帝王業

下

寐語者

目錄

番外

第三卷

風雨長路

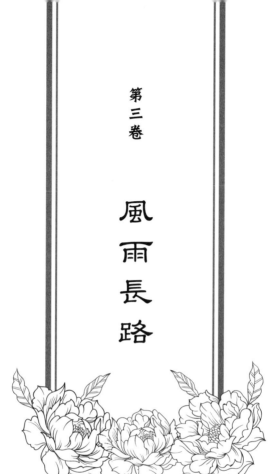

廢立

回府之後我才知道，果然又有了麻煩。

子澹與胡妃大婚之後，原本一直相安無事，以他的性子斷不會讓一個女子太過難堪。昨晚卻不知為了什麼事，胡瑤竟連夜負氣回了娘家，惹得胡光烈一早找上賢王府生事。

子澹閉門不應，任他在門前吵鬧，一時間鬧得不可開交。左右勸他不住，只得派人飛馬向蕭綦奏報。

這一次胡光烈實在太不知輕重，惹得蕭綦動了真怒，命人將他綁了，打入大牢。眼下蕭綦正要扶子澹登基，胡光烈卻仍仗著一貫的跋扈，鬧出這樣的麻煩，莫說蕭綦動怒，連我亦覺得這蠻漢太欠教訓。

過了兩日，胡瑤終於耐不住了，入府求見我，替她哥哥求情。短短時日裡那神采飛揚的女子竟憔悴了許多。問她前因後果，她卻怎麼都不肯說，只是一味自責。我一時也不知道如何勸慰她，反倒隨她一起心酸。

莫非是我錯了，只顧給子澹尋得依託，卻賠上了另一個人的快樂。

我帶了胡瑤去向蕭綦求情，這次懲處胡光烈，也不單是為了他大鬧賢王府。蕭綦雖倚重這員虎將，卻也惱他一貫張狂跋扈，早有心殺殺他的氣焰，好讓他知道些分寸。既然有我求情，蕭綦也就順水推舟，放了胡光烈出來，革去半年俸祿，責他登門賠罪。

子澹婚後，我再沒有踏入賢王府。送胡瑤回府，到了門前，我猶豫片刻，終究還是掉頭而去。

元宵過後第三日，太醫院呈上奏摺，稱皇上所染痹症，日漸加重，痊癒之機渺茫。

群臣紛紛上表稱皇上年幼，更染沉屙不起，難當社稷大任，奏請太皇太后與攝政王另議新君繼位，以保皇統穩固。

蕭綦數次請子澹入宮議政，子澹始終稱病，閉門不出。

這日的廷議，事關宗廟祭祀大典，閣輔公卿齊集，唯獨不見子澹。王府來人回話，卻說賢王殿下酒醉未醒，群臣相顧竊竊，令蕭綦大為光火，當廷命典儀衛官奉了龍輦，去賢王府迎候，便是抬也要將賢王抬進宮來。

龍輦，是皇帝御用之物——蕭綦此語一出，其意昭然，用心再明白不過。

太常寺卿礙於職守，匍匐進言，稱賢王只是親王身分，若龍輦相迎，恐有僭越之嫌。

話音未落，蕭綦冷笑。「本王給得，他便當得，何謂僭越？」

太常寺卿冷汗如漿，重重叩首。公卿大臣伏跪了一地，汗不敢出，再無一人進言。

蕭綦攝政以來，行事深沉嚴恪，武人霸氣已刻意收斂，鮮少在朝堂之上流露，今日卻悍然將皇統禮制踏於足下。

我抱住靜兒坐在垂簾之後，心中一片瞭然——蕭綦是要藉此立威，給即將登基的新君子澹一個下馬威，更讓朝中諸人看個明白，天子威儀在他蕭綦眼中不過玩物爾，生殺予奪，唯他一人獨尊。

未幾，賢王子澹被龍輦迎入宮中。

嚴冬時節，他竟只穿了單衣常服，廣袖敞襟，不著冠，不戴簪，散髮赤足的任人扶了，酩酊踏入殿來。前人有「其醉也，傀俄若玉山之將傾」一語，儼然便是眼前的子澹。

蕭綦命人在御座之下設了錦榻，左右侍從扶子澹入座。眾目睽睽之下，他竟醉臥金殿，就此昏昏睡去。

那樣優雅驕傲的子澹，身負皇族最後尊嚴的子澹，如今傾頹如酒徒，連素日最珍重的風度儀容也全然不顧，索性任人擺布，自暴自棄，既不得自由，亦不再反抗。

看著子澹近在咫尺，我忽然間忘了所有，只想掀簾而出，將滿殿文武統統趕走，誰也不能再將憐憫鄙棄的目光投向他——陡然間，一道深涼目光落到我身上，只是不著痕跡的一瞥，卻令我全身血液為之凝結。

那睥睨眾生的攝政王，正是我的丈夫，也是令子澹萬劫不復之人——若說將子澹推入這境地的人是蕭綦，我便是他最大的幫凶。

我在這一剎那恍惚，第一次開始懷疑，一直以來，是否真的是我錯了。或許我不該千方百計要子澹活下來，這樣屈辱地活，殘忍更甚於死亡。或許我不該一廂情願為他謀取姻緣，強加的美滿之下，卻是他的無望沉淪。

我閉了眼，猝然側首，不敢再看子澹一眼。

丹墀之下的群臣三呼千歲，高冠朱纓，蟒袍玉帶，這些高貴的頭顱此刻低伏在蕭綦腳下，卑微如螻蟻。

數百年皇統至尊，一夕踏於腳下，這便是帝王天威。望著蕭綦的身影，我漸漸覺得寒冷。

承康三年正月，明景帝因病遜位。

太皇太后准輔政豫章王蕭綦所奏，冊立賢王為帝，廢明景帝為長沙王。

正月二十一日，賢王子澹於承天殿登基，冊立王妃胡氏為皇后，生母謝氏追諡為孝純昱寧皇太后。改年號元熙。隨即大赦天下，加封群臣，擢升左僕射王夙為左相，宋懷恩為右相。新君入主乾元宮，同日，廢帝長沙王遷出，暫居永年殿。

子澹登基三日後，蕭綦上表辭去輔政之職，眾臣長跪於承天殿外，伏乞收回成命。蕭綦不允，摺子遞到子澹手裡，他自是不置一詞，此事就這樣懸在了那裡。

表面看來，蕭綦已然還政，退居王府，輕從簡出。然而左右二相依然事事向他稟奏，朝政的核心依然不變，權力層層交織，被看不見的線密密牽引，最終匯入蕭綦手中。

早春新柳，萌發淡淡綠芽。

窗外鶯聲宛轉啼囀，我慵然支起身子，一晌貪眠，不覺已近正午。如今靜兒遜位，不再需要每日早起攔他上朝，頓覺閒散逍遙。

「阿越。」我喚了兩聲不見人影，心下奇怪，逕自揮開紗幔，赤足踏了絲履，步出內室。到底是春回漸暖，只披一件單紗長衣也不覺得冷，迎面有輕風透簾而入，捎來淡淡草葉清香，頓覺神清氣爽。

推開長窗，我俯身出去，正欲深嗅庭花芬芳。忽然腰間一緊，被人從後面攬住，來不及出聲已跌入他溫暖的懷抱。

我輕笑，順勢靠在他胸前，並不回頭，只賴在他臂彎中。

「穿這點兒衣服就跑出來，當心著涼。」他收緊雙臂，將我整個人環住。

「又不會冷，我已經被你養得很壯了，你不覺得我胖了嗎？」我掙開他，笑著旋身一轉，誰知腳下一個不穩，堪堪撞上他，驚叫一聲向後倒去。

蕭綦大笑，伸臂將我打橫抱起，徑直抱入榻上。

我尷尬地笑。「我真的長胖了一些嘛。」

「是胖了些。」他啼笑皆非。「抱起來跟貓兒一樣沉了。」

我用力拍開他探入我衣襟的手。「王爺現在很清閒嗎？大白天賴在閨房裡尋歡。」

他一本正經地點頭。「不錯，本王賦閒在家，無所事事，只得沉迷閨房之樂。」

我笑著推他，忽覺耳畔一熱，被他銜咬住耳垂，頓時半身酥軟，一聲驚喘還未出口，便被他的吻封在了脣間，良久糾纏不分……我伏在他胸前，溫熱的男子氣息拂在頸間。

他嘆息。「妳要把身子養得再好些，健壯些，才能生下我們的孩子。」

旖旎情迷之際，他的話，忽然如一桶冰水澆下。我閉了眼，一動不動，任由他輕撫我的臉頰，嘴脣印上我的額頭，我縮身避開，從指尖到心底都有些僵冷。

蕭綦握了我冰涼的手，拉過錦被將我裹住。「手怎麼冰成了這樣？」

我無言以對，低垂了臉，怕被他看見我眼中的歉疚，心中一片慘淡。

午後來人稟報，請蕭綦入宮議事。

他離府之後，我閒來無事，帶了阿越在苑中剪除花枝。

大概真是著涼了，我漸漸有些頭痛，阿越忙扶我回房，召了醫侍來診脈。

靠在榻上，我不覺昏昏睡去。夢裡只覺到處都是嶙峋怪石，森然藤蔓，擋在我面前，怎麼也邁不過去，走了許久許久，還在原地，腳下忽被怪藤纏上，沿著我的腿簌簌爬上來……我聽見自己一聲尖叫，猛地自惡夢裡驚醒。

阿越奔過來，慌忙拿絲帕給我擦汗。「王妃，您這是怎麼了？」

我說不出話來，只覺後背一片冰涼，全是冷汗。

醫侍恰好到了，忙為我診脈，只說偶感風寒，並無大礙，且從近日的脈象看來，氣血虧損之症大有好轉。

我沉吟道：「已調養了這麼些年，還是於生育有虞嗎？」

「這個……」醫侍沉吟良久。「以眼下看來，王妃若能繼續調養，應當康復有望，只是切忌憂思過勞。即便完全康復，孕育子嗣仍是不易。」

我心中欣喜，卻是不動聲色地遣退了醫侍，囑他暫勿告訴王爺。

新晉的太醫院長史是南方人，遊歷廣博，見解獨到。他讓我每日浸浴藥湯，早晚各一次，以此讓血脈順暢，精氣旺盛。每日內服外浸，並輔以施針。

蕭綦起初十分緊張，不肯讓我輕易嘗試，而我一力堅持，數日下來見我臉色紅潤，一切安好，這才准許太醫繼續施藥。

這半年多來，我竟奇蹟般沒有病過，太醫也說我漸漸康健了起來。

我試探著說服蕭綦，或許是時候停藥了。然而他堅決不允，不許我再冒一次風險。

然而太醫也說，我服藥多年，如今停下只怕已經太晚，再有子嗣的可能微乎其微。

這令我剛剛看到的一線希望再次失去，日復一日，年復一年，我已經習慣了無數次的失望。只是這一次，我尤其不甘心——連嘗試的機會都不曾有過，就逼著我放棄。

陽春三月，萬物始萌。

銀青光祿大夫吳雋入京迎親，宣寧郡主下嫁江南。兩大豪族的聯姻轟動京城，大婚場面極盡奢華烜赫。郡主離京之日，街頭萬人空巷，此後一連十數日，依然沸沸傳言著那一天的盛況。王氏的聲望，如日中天。

自佩兒嫁後，便只剩下嬸母與倩兒相依獨守在偌大的鎮國公府。哥哥憐憫她們母女孤寂，又喜歡倩兒天真無邪，時常接她們母女到江夏王府客居小住。

我原以為嬸母未必肯放下昔年怨隙，未料她如今卻似毫無芥蒂，短短時日裡，與哥哥府中一眾姬妾盡皆熟識，相處甚歡，更讓倩兒跟著哥哥學畫。

哥哥說倩兒頗有幾分肖似我少年時候，蕭綦也曾讚嘆過王氏的女兒個個是頂尖人物，令嬸母十分喜悅。

漸漸我卻發覺，嬸母越來越喜歡帶著倩兒出入豫章王府，名為探訪我，每次卻都趁蕭綦在府的時候上門。

倩兒時常纏著蕭綦，甚至要蕭綦教她騎術，令蕭綦頭痛不已。嬸母也總是有意無意在蕭綦面前提到哥哥的兒女，提到我身子病弱云云。

我寧願是自己心胸狹隘，想得太多。然而初時不動聲色，冷眼靜觀，嬸母似乎以為我真的孱弱無能，越發明目張膽地試探起來。

我素來有午後小憩的習慣，此時往往蕭綦會隻身在書房翻閱公函。

一日午後，我醒來便聽見外間隱約有笑聲，起來看時，竟是倩兒帶著哥哥的小女兒卿儀在庭中嬉戲，蕭綦恰從書房過來，立足廊下出神地看著這一幕——鮮妍活潑的少女，逗弄著粉妝玉琢的孩子，身邊花團錦簇，溫暖得叫人心酸。

我靜靜地放下簾子，一言不發地轉身回了內室。

倩兒走後，我怔怔地坐在廊下，凝望滿庭繁花出神。手中把玩著一枚精巧奇麗的玉簪，原本是想見著倩兒送給她的……蕭綦不知何時來到我身邊，閒閒敘話家常，我心情低抑，寡言少應，他見我心緒不佳，也便靜了下來。

隔了半晌，他笑道：「方才見著倩兒逗弄卿儀，著實有趣。」

叮的一聲，那玉簪不知為何竟被我隨手敲斷。

對於嬸母，我可以謙和有禮，敬她為尊長，但這並不意味著她可以忘乎所以。

之後嬸母一連數次登門求見，都被我以臥病為由擋了回去。她又設法讓哥哥來邀約我們往別館赴宴，三番五次之後，也不見她再有新的花樣。

今日我卻親自帶了徐姑姑回府探視她，乍看我登門，嬸母倒是十分詫異。敘話之間，我主動提及哥哥的兒女異常可愛。

嬸母與我對坐，微微嘆息。「妳這身子自小單薄，調養了許多年，怎麼也不見好。只可惜長公主去得太早，她素來喜歡孩子，若是有生之年能夠看到妳的兒女，大概再無遺憾。」

我抬眼看她，微微蹙眉道：「嬸母說得是。阿嫵未能了卻母親這個心願，一直深以為憾。」

嬸母垂首嘆息，欲言又止。我忽而問道：「倩兒今年也快十五了吧？」

「是，這孩子年歲也不小了。」嬸母一怔，忙笑著接話，眸子在我臉上一轉。

我含笑點頭。「倩兒生性活潑，叫我看著很是羨慕，若是能有她常在身邊，我那府裡也會熱鬧許多。」

「怕是這孩子太過頑劣。」嬸母忙笑道，眼中有機芒一閃而過。「妳若嫌府裡清淨，倒可時常讓她去陪陪妳。」

我笑了笑，話鋒陡轉：「那樣再好不過，只是如今到了京裡，處處不比在故里，倩兒終究是名門閨秀，終日玩鬧也是不妥，我看還需個穩當的人時時在左右提點才好。」

嬸母沉吟不答，目光閃爍，似在揣摩我這話裡的用意。

我不待她作答，回首喚來徐姑姑：「嬸母大概還記得故人吧？自母親去後，徐姑姑一直跟在我身邊，這數十年來，雖名為主僕，我卻視她如親人。」徐姑姑含笑不語，目光沉靜。

「我想著，嬸母離京已有多年，這府中諸事荒廢，不能沒有個打點管事的人。」我微笑道：「況且徐姑姑在宮中多年，深諳禮儀規制，有她在跟前，時時提點，也無須送倩兒到宮裡，請教習嬤嬤來教導了。」

嫿母臉色一僵，怔在那裡，不知如何作答。

我的話全無漏洞可駁，聽來俱是好意，嫿母無奈之下也推辭不得，只能訕訕應了。

從此有了徐姑姑在一旁，她母女的一舉一動，都在我眼中。我淡淡含笑望向嫿母，在她眼裡看見了令我滿意的警怯。

昔日她費盡心思也鬥不過姑母，如今若是欺我年輕，且不妨來試試。

自此，嫿母收斂了許多，只是仍時常讓倩兒去哥哥那裡。

我只作不知，有時在哥哥府中遇見倩兒，也一樣言笑晏晏，時而還教她些琴技。

倩兒似乎有些怕我，在哥哥面前一副嬌痴活潑，見了我便斂聲斂息，格外本分。

我看她畢竟還是個孩子，亦不忍給她冷遇。

我悚然一驚，回望蕭綦，他毫無察覺，自顧與哥哥舉杯對飲。再轉去看倩兒，她已半垂了臉，靜靜地坐在那裡，還未長足身量，細削肩頭透出隱隱落寞。

少女心事，我豈會不識——這孩子，莫不是真對蕭綦動了心思？心頭百般滋味湧上，我執了杯，卻失去飲酒的興致。

「怎麼，累了嗎？」蕭綦的聲音喚回我神思，抬眸觸上他關切的眼神，我只能淡淡搖頭。

酒至半酣，座中諸人皆有些醺然。嬸母忽欠身笑道：「小女不才，今日也略備了份薄禮獻壽。」

哥哥大笑。「嬸母客氣了，倩兒有這份心意，叫人好生快慰。」

倩兒落落大方地起身，笑吟吟地走到面前。「蒙夙哥哥教導，倩兒斗膽塗鴉，給夙哥哥賀壽，請夙哥哥、姊夫、姊姊指教。」

哥哥拍手稱妙，嬸母身後一名侍女捧了卷軸，款步近前。

「這孩子倒是靈巧有趣。」蕭綦含笑讚道。

我淡淡地看了嬸母一眼，微笑回望蕭綦。「都快十五了，哪裡還是孩子，你倒把人看低了。」

他若有所思。「十五？」

我心中一頓，面上依然含笑，屏息聽他說出下文。

「妳嫁我時，也是這般年紀。」他悵然一笑，將我的手緊緊握了。「妳那般年少，我卻讓妳受了許多的委屈，所幸如今還來得及補償。」

我心中一酸，竟說不出話來，只反手與他十指緊扣。

卻聽席間一片讚嘆之聲，倩兒已親手將侍女手中畫卷展開。見畫上是兩名雲髻高綰的女仙，比肩攜手而立，飄飄若在雲端，筆觸雖稚氣孱弱，倒也頗為傳神，畫上人物看去格外眼熟。

「妳這是畫了美人贈我？」哥哥拊掌大笑。

倩兒抬頭，臉頰升起紅暈，飛快向我們這邊瞟了一眼，咬脣道：「這是湘妃圖。」

「娥皇女英？」哥哥一怔，凝神再看那畫，目光微微變了。不只哥哥臉色有異，連蕭綦亦斂了笑容，眉心微蹙地看向那畫卷。

我凝眸看去，那畫中兩名女仙，依稀面貌相似，仔細分辨，分明一個略似倩兒眉目，一個卻有我的神韻。

座中有人尚渾然不覺，也有人聽出了弦外之音，一時間陷入微妙的沉寂之中。

「倩兒這是嫌我府裡不夠熱鬧，要我將朱顏那美貌的小妹也一併納了嗎？」哥哥不羈大笑，不著痕跡地引開了話頭。

侍妾朱顏是個直性情的女子，不諳所以，立刻接話笑啐：「我家妹子早許了人家，王爺莫非想強奪民女？」

我牽動脣角，截了她話頭笑道：「只怕是妳家王爺自作多情，誤會了倩兒的用心。」

倩兒抬眸看我，一張粉臉立刻羞紅。

「我瞧這畫，倒不像為妳夙哥哥而作呢。」我笑謔道：「倩兒，我猜得對是不對？」

哥哥與蕭綦一起朝我看來，倩兒更是粉面通紅，咬了脣，將頭深深垂下。

我淡淡掃過眾人，見嬸母難抑笑意，蕭綦緊鎖眉峰，哥哥欲言又止。「哥哥不如做個順水人情，將這畫好生裱藏了，送往江南吳家，玉成一樁美事。」

倩兒身子一震，臉色頓時蒼白，哥哥如釋重負，蕭綦似笑非笑，嬸母呆若木雞——每個人的神色清楚地映入我眼中。

我笑著迎上所有人的目光，毫不退縮。

想做娥皇女英，可惜嬸母妳看錯了人。

宴罷回府，一路上我獨自靠在鸞車裡，心緒黯然。

方才一幕，雖逞了一時意氣，然而氣頭過去之後，我卻沒有半分喜悅得意。同姓同宗的姊妹，何以走到這一步，僅僅就為了一個男人，還是為了這個男人手上的無上權勢？我的勝利，踏在另一個女子的慘淡之上，有何可喜。

到了府前，我徑直下了鸞車，不待蕭綦過來攙挽，拂袖直入內院，沒有心思說笑半分。

卸去脂粉釵飾，我披散長髮，怔怔地坐在鏡前，握了玉梳，凝視著一盞琉璃宮燈出神。

蕭綦不知什麼時候站在我身後，默然地看著鏡中的我，並不言語，眼裡隱隱帶著歉疚。

良久，他嘆息一聲，將我輕攬入懷中，手指穿過我濃密長髮，指縫裡透下絲絲旖旎。支撐了許久的倔強意氣，在這一刻化為烏有，只剩下深深的疲倦與辛酸。

今日我可以逐走一個倩兒，往後呢，我還需要提防多少人，多少次的明槍暗箭？即便恩愛不衰，我能一生一世留住蕭綦的心，可是眼前這個男人，首先是雄霸天下之主，其次才是我的夫君。

我與江山，在他心中的分量，我從來不敢妄自揣測。

那些山盟海誓，一朝擺在江山社稷面前，不過鴻毛而已。

「我從未對人講過我的家世。」他沉聲開口，在這樣的時候，說出毫不相干的話。

我一時怔住，若說豫章王蕭綦傳奇般的出身，早已是世人皆知——一個出身寒微的扈州庶人，親族俱亡於戰禍，自幼從軍，從小小士卒累升軍功，終至權傾天下。

伴隨數年，我從未主動提及過他的身世，我唯恐門庭之見引他不快。

「其實，我尚有族人在世。」他笑容淡淡，神色平靜。

我猛然抬眸，愕然地望著他。他的眼神卻飄向我身後不可知的遠方，緩緩道：「我生在廣陵，而非扈州。」

「廣陵蕭氏？」我訝然，那個清名遠達的世家，以孤高和才名聞世，素來不屑與權貴相攀附，歷代僻居廣陵，門庭之見只怕是諸多世家裡最重的。

蕭綦淡然一笑，流露些許自嘲。「不錯，扈州是先母的家鄉，她確是出身寒族。」「先母連侍妾都不算，不知何故得以生下我，被視為家門之辱。她病逝那年我只十三歲，兩年之後先父也逝去。我就此偷了些銀子跑出蕭家，一路往扈州去。半路丟了盤纏，飢寒交迫，正好遇上募兵，就此投身軍中。原本只想混個飽暖，未知卻有今日。」

他三言兩語說來，帶了漫不經心的漠然，彷彿只在說一段故事，與自己並無關係。我心裡酸楚莫名，分明感覺到那個倔強少年的孤獨悲辛。雖感同身受，卻難以言表。我只能默默地握住他的手。

「我有過一些侍妾，每有侍寢，必定賜藥。」蕭綦的聲音沉了下去：「我生平最恨寒仕之別、嫡庶之差，我的子女若也有生母身分之差，往後難免要承受同樣的不公。在沒有遇見能夠成為我正妻的女子之前，我寧肯不留旁人的子嗣。」

我說不出話來，默默地攥住他的手，心中百味莫辨。

「上天對我何其垂顧，今生得妻如妳。」他低下頭來，深深地看著我。「可這世事總不能盡如人意。軍中多年，我殺戮無數，鐵蹄過處不知多少婦孺慘死。如果上天因此降下責罰，讓我終生無嗣，那也無可怨怪。」

他這樣講，分明是故意讓我寬慰，越是如此，我心中越是悽楚不已。

「我已想好了。」蕭綦含笑看著我，說來輕描淡寫。「若是我們終生未有所出，便從宗親裡過繼一個孩子，妳看可好？」

我閉上眼，淚水如斷線之珠。

他，竟然為我捨棄嫡親血脈，甘願無嗣無後。

如此深情，如此至義，縱是捨盡一生，亦不足以相酬。

徐姑姑一早向我稟報，說倩兒受辱之後，不堪委屈，昨夜幾乎要投繯，寧死不肯嫁往江南。

我正拿了小銀剪修理花枝，聽她說罷，手上微微用力，喀的將一截枝條絞斷。

「如果真的想死，只怕不是幾乎，而是已經了。」我漠然丟下斷枝，無動於衷。動輒求死，以命相脅的女子，我素來最是厭惡。性命是父母所賜，若連自己都不看重，誰還會來看重妳。如此愚蠢的女子，實在不值憐惜。

「那麼，奴婢這就去籌備婚事。」徐姑姑從不多言，只欠身等我示下。

我默然半晌，庭院裡粉白嫣紅的桃花隨風飄落，繽紛撒了一地，轉眼零落成泥。千百年來，大概世間女子的命運十之八九，都如這花事易逝吧。

我嘆口氣。「終歸是叔父的女兒，雖是庶出，也不能就這麼無名無分地嫁了。」

徐姑姑緩緩一笑。「王妃心地仁厚。」

我想起嬸母那無時不在算計的眼神，實在無法對她寬仁，淡淡道：「另外擇個匹配的人家，將她遠遠嫁了，不可再生風浪。嬸母就暫且看管在鎮國公府，喜事過後便將她遣回故里。」

經過倩兒一事，我真正覺得心涼了。來自親族的威脅，真正令我覺得惶恐，令我懷疑還有什麼人值得相信。

我不知道究竟還有多少人在明處暗處覬覦著我的一切，在他們看來，我風光無限，擁有世間女子最渴求的一切，卻不知道，我手中握住了多少，另一隻手也就失去了多少。

一個倩兒可以逐走，若是往後再有十個百個倩兒，我又該怎麼辦。

沒有子嗣，終究是我致命的軟肋，只怕也是蕭綦的軟肋。

如果沒有一個孩子來承襲我們親手開創的一切，百年之後，他的江山、我的家族，又該交由誰來庇佑？

我不甘心就此放棄，思慮再三，終於下定決心一搏。

一切都在我的計算之下悄然進行，我每日悄悄減少藥的用量，最後徹底將藥停下。多年來我再未抗拒過服藥，蕭綦早已放鬆了戒備，不再注意此事。

餘下的，我只能向上天默禱，祈求再賜我一次機會，為此我願折壽十年而不悔。

兩日後，蕭綦收到一冊奏表，我恰好親手奉了茶去書房，卻見他負手立在那裡，蹙眉若有所思。

「在想什麼？」我笑吟吟將茶擱到案上。

「阿嫵，妳過來。」蕭綦抬頭，面色肅然地看著我，將那奏表遞到我面前。

我凝眸看去，赫然有一句躍入眼中——「天子征伐，唯在元戎，四海遠夷，但既懾服。今叩懇天朝賜降王氏女，自此締結姻盟，邦睦祥和，永息干戈於日後……」

我一驚非小，忙拿起來細看，卻聽蕭綦在一旁淡淡道：「是賀蘭箴。」

我僵住，目光久久盤桓在「賜降王氏女」這五個字上。

每當我快要將這個名字遺忘的時候，他總會以莫名奇詭的方式出現，彷彿是為了提醒我，遙遠的北疆還有這麼一個人存在，不容我將他忘卻。他已身為突厥王，即便要向皇室求親，也該求降宗室女兒。

王氏這一代人丁稀薄，我與佩兒均已嫁為人婦，僅剩下一個倩兒尚在閨中。賀蘭箴這是指明了求娶我的堂妹。

兩國聯姻是澤及萬民的大事，豈能如此意氣用事。嫁誰過去，哪裡由得他來指名點姓。原本是締結姻盟的好事，卻又故意做得這般狂妄。

我心中五味莫辨，轉頭望向蕭綦，苦笑道：「他這不是指明要倩兒嗎？」蕭綦笑道：「雖身為傀儡之主，這口氣倒是狂妄如昔。」

「那你允還是不允？」我一時忐忑。

「妳以為呢？」蕭綦亦微微蹙眉。

我一時怔住，被這突如其來的變數擾亂了思緒。倩兒再不懂事，終究也是和我同宗同姓的女子，若將她遠嫁突厥，是否會就此毀了她一生？

窗外淡淡的陽光將我們籠罩，空中飄浮著細小的微塵，時光彷彿凝頓。

良久之後，他淡淡開口：「和親倒是好事，我正想尋個時機，另派妥當的人過去，將唐競召回。」

唐競素來是他的心腹愛將，深受倚重，更助賀蘭奪嫡，挾制突厥立下大功，至此鎮守北疆，坐擁數十萬兵權，儼然封疆大吏，身分僅次於胡宋兩人之下。

我微覺意外。「唐競並無過錯，此番何以突然召回？」

「唐競為人陰刻，與同僚素來不睦，最近軍中彈劾他的摺子越來越多，雖說難免有嫉妒之嫌，但眾人同持一詞，未必不是事出有因。」蕭綦深蹙眉頭，面有憂慮。

我默然，更換北疆大吏不是小事，何況還有突厥在側，百足之蟲，死而不僵。當此緊要之際，蕭綦不希望多生事端，既然賀蘭箴要王氏女下嫁，便如他所願。

讓倩兒和親之事就此定下，我命人傳倩兒次日入府，由我親口來告訴她。

沐浴之後，我正梳妝綰髻，倩兒已經到了，我便讓她在前廳先候著。

過了片刻，阿越匆匆進來告訴我，二小姐不顧侍從勸阻，徑直闖進書房找到王爺哭鬧，似乎已知道和親的消息。

我一驚，和親之議竟然這麼快就透露出去，想來定是哥哥身邊與嬸母交好的侍妾傳遞了消息。

無奈之下，我只得吩咐阿越：「妳去那邊看看，若有事情即刻來回我，若是無事，便領她來內室見我。」

只過了片刻，阿越便回來了，臉上紅紅的，一副欲笑又強忍的模樣。

我詫異地看她。「怎麼？」

「二小姐真是……」阿越漲紅臉，終於忍不住笑出聲來。「她竟在王爺跟前哭鬧尋死，險些一頭往屏風撞去！」

我蹙眉道：「之後呢？」

阿越噗哧一笑。「王爺只說了一句，那是王妃喜歡的紫檀木，別碰壞了！」

倩兒進來時還紅著眼圈，見了我立刻重重跪倒，哭著求我讓她留下，寧願削髮出家也不遠嫁突厥。

我靜靜地看著她，一直以來，只當她是個莽撞無知的孩子，心地總不會壞到哪裡去。此時凝神看去，回想起她每每出現的情景……第一次在鎮國公府，她明豔無端，大膽向蕭綦投擲雪球；壽宴上明送秋波，直道仰慕之情；王府裡委屈哭訴，以死拒婚……似乎每一次都那樣恰到好處，或天真，或痴情，或可憐，足以撩撥起男子的憐愛之心。

如果這個男子不是蕭綦，而是哥哥，是子澹，或是別人……我無法設想另一種結果會是怎樣，有些誘惑，並不是每一個男子都捨得拒絕。

普天下的男子，十之八九總是喜歡溫順的弱質女流，並非每人都能如蕭綦一般放下俗見，由衷去欣賞一個與自己比肩的女子。

神思恍惚飄遠，往事驟然浮上心頭。當年見謝貴妃柔弱無爭，也曾為她深感不平，問姑母為什麼不能放過她。

姑母當時答我的話，此刻清晰迴響在耳邊——「這宮裡沒有一個是無辜之人，等妳長大便會明白，最可怕的女人不是言行咄咄之人，而是旁人都以為天真柔弱之人。」

冷意漸漸侵進身子，和風拂袖，竟帶起一陣寒意。

倩兒垂首立在面前，怯生生一雙淚眼不敢直視我，紅菱似的脣瓣咬了又咬，許久才哽咽著開口：「倩兒知道錯了，但憑姊姊責罰，也不敢有半句怨言，只求能讓倩兒留在娘身邊！她一生孤苦，有生之年只求安穩度日，別無他念……如今姊姊已經遠嫁了，若再讓家母承受骨肉分離之痛，姊姊，您又於心何忍！」

看似楚楚可憐的小人兒，句句話都直逼要害，柔順羔羊的外表下，終於現出小獸的利齒來。

我緩緩開口：「倩兒，妳可想清楚了，果真不願和親嗎？」

「但憑姊姊做主，即便讓倩兒另許人家，也不敢再有怨言。」她明眸微轉，依然細聲哽咽。

另許一段姻緣倒也是一條不錯的退路，如此一來，裡子面子也都有了。我微微一笑，這孩子小小年紀，心機如此之深，眼見情勢不利倒也懂得退守自保。

「妳是個聰明的孩子。」我瞧著她。「只是此時再找退路已經遲了，我曾給過妳選擇的餘地，是妳自己貪心不足。」

倩兒一時僵住，料不到我會突然沉下臉來，將一切說透，頓時啞口無言。

「妳我不是外人，那些虛話假話也都免了吧。」我仍是微笑，語聲卻已冷透：「眼下妳仍有兩條路可選，要麼和親突厥，要麼削髮出家。」

倩兒的臉色在瞬間慘白如紙，終於明白我是動了真怒，明白我一旦翻臉，便再不留情。

今日一個王倩便敢挑釁我，若不殺一儆百，日後還會有更多人以為可以欺我心軟，斗膽覬覦我的一切。

我為庇佑我的家族，可以不擇手段，自然也敢於不惜代價，拔除身側隱患。

她跪倒，膝蓋撞在冷硬的地上，淚水滾滾而下。「姊姊，倩兒錯了！往日是我存了非分之想，如今已知悔改，求姊姊念在同為王家女兒的分上，饒恕倩兒！」

「和親已成定局，妳早做準備吧。」我站起身來，心下煩亂，再不願與她糾纏。

她驀地拽住我的衣袖，哭叫：「難道妳定要趕盡殺絕嗎？」

我不怒反笑，回首看著她，一字一句緩緩道：「若是趕盡殺絕，妳此刻已不在這裡！」

她被我話語中的寒意震住，滿臉駭茫，直勾勾地盯著我看，似乎突然間不認得我了。

「姊姊妳好手段……」倩兒慘笑，臉上漸漸浮出絕望神色，嬌怯褪盡，眸子裡迸出針尖似的寒芒。

她昂起頭，倔強地咬了脣，拂袖站起——此刻才是真正的倩兒，是嬸母一手教養出來的好女兒，那個天真無邪的女孩不過是層虛殼。

「妳再美貌狠毒，也總有老去的一天。妳不能生育，沒有兒女，將來總有女人取代妳，奪去妳現在的一切！到那時，孤獨終老，晚景淒涼，便是妳的報應！」她陡然笑出了聲，越笑越開心，彷彿看見了最好笑不過的事情。

是什麼將一個十五歲的女孩變得這般世故，讓一個稚齡少女，竟有如此之深的怨毒。

冷汗滲出後背，手腳陣陣冰涼，我竭力抑住胸口的翻湧，沉聲道：「來人，送二小姐回府！」

看著倩兒的背影漸漸遠離，我只覺陣陣眩暈，張口喚來阿越，卻驟然墜入黑暗之中。

明綃煙羅帳外，跪了一地的太醫，蕭綦負了手，來回急急踱步。

從來沒有這麼多人一起進到內室，太醫院內所有醫侍幾乎都在這裡了。睜開眼看到的這一幕，讓我心裡陡然抽緊，驚恐得不能出聲。

當年小產後的記憶驀然躍出腦海，難道這一次，又是同樣的結果……我再不敢想，極力撐起身子，卻驚動了簾外的侍女，低呼一聲：「王妃醒來了！」

蕭綦霍然轉身，大步奔到床前，不顧外人在側，一手掀開床幔，定定地望著我，竟似說不出話來。

眾人忙躬身退出，轉眼只剩我與他兩人，默然相對。我突然害怕像上次那樣，從他口中聽到最壞的結果。然而，他猛然拽住我，啞聲道：「妳怎麼敢瞞著我冒這樣的風險！」

我怔怔地望著他，恍惚想著，他到底知道了，這麼說……彷彿有什麼撞入心口，迅速在身子裡綻開，迸出萬千光芒，照得眼前熾亮。

「阿嫵！妳這傻丫頭……」他聲音哽住，小心翼翼地抱著我，似捧著易碎的輕瓷在掌心，眼中分不清是驚是喜是怒。

我呆呆地望著他，直至他狂熱的吻落在我額頭、臉頰、嘴唇……我不敢相信，上天的眷顧來得這般容易，我夢寐以求的孩子就這樣悄然來到了。

沒等我們從驚喜緊張中回過神來，道賀的人已經快要踏破王府的門檻。

上一次的意外還令我們心有餘悸，太醫尤其擔心我難以承受再一次的波折。

蕭綦下了一道完全不可理喻的禁令，將我禁足在內室整整三日，不許離開床榻，不許任何人打擾我的休養，連哥哥和胡皇后都被他拒之門外。直至太醫確定我康健無恙之後，才解除禁令，還回我自由身。

每個人都喜形於色，但潛藏在這欣喜背後的，卻是更多的憂慮。我比任何人都清楚，稍有不慎，將會面臨怎樣的危險。蕭綦更是喜憂難分，終日提心吊膽。

連太醫也擔心我不能承受生育之苦，偏偏世事神奇，我非但沒有纏綿病榻，反而精神大好，連從前一向挑揀厭惡的食物也突然喜歡起來，不再如往常一樣畏寒怕冷，整個人都似有了無窮活力。

徐姑姑笑著嘆息說，這孩子必定是個淘氣的小世子。阿越卻說，她希望是個美如仙子的小郡主。

世子與郡主的意義自然大大不同，之前我也曾心心念念期盼過男孩，可是到了此時，卻陡然覺得那一切都不重要，只要是我們的孩子就足夠了。

哥哥終於得以見我，踏進門來就大罵蕭綦太混帳，怎麼能將舅父擋在外頭。他雖已是兒女繞膝，第一次做了舅父仍是高興得眉飛色舞。

隨他同來的侍妾只有碧色一人，往日總跟在他身邊的朱顏卻不見了。我隨口問及朱顏，哥哥的臉色卻立刻沉鬱下去。

哥哥告訴我，當日蕭綦將倩兒和嬸母都幽禁在鎮國公府。然而趁徐姑姑入府照看我，她母女二人竟連夜出逃，驚動了午門戍衛，被當場擒住，此事立即傳遍帝京，鬧得盡人皆知。而我被蕭綦困在府中，竟然不知半點音訊。

我驚怒交集。「真是糊塗透頂！鎮國公府是什麼地方，怎會由得她們說逃就逃？」

哥哥面色鐵青。「是朱顏暗中相助，讓她們混在侍女之中逃出。」

「朱顏？」我看著哥哥臉色，一時不知該說什麼才好，心中只為朱顏惋惜不已。

「此事是我疏忽了，竟未料到嬸母會存心利用她。」哥哥沉沉嘆息。

嬸母與朱顏一向來往甚密，私下更認她做了義女。我原當朱顏出身寒微，自幼無母，只想攀個王氏尊長做靠山。如今看來，她竟是真對嬸母如此言聽計從，也真心將倩兒視為妹妹一般回護。

朱顏爽朗率直的笑顏掠過眼前，那紅衣翩躚、笑靨如花的女子，可知一時的糊塗，已將自己推入深淵。

王氏之女將要和親突厥，已經傳遍帝京。然而王倩突然私逃，鬧得盡人皆知，一夜之間讓整個京城都傳遍了王氏的笑話。

堂堂左相大人，縱容婢妾助堂妹私逃，置和親大事於不顧——這話傳揚開來，哥哥非但顏面無存，更難辭管束不嚴的罪咎。

各種流言紛起，壞事總是以最快的速度傳開，越是強壓，越是傳揚得更廣。

王倩是再不能作為和親的人選了，無奈之下，我只能從宗室女兒之中另行擇人，作為太后的義女，充作王氏女兒去和親。

眼下這地步，我不得不站出來收拾殘局，以堵悠悠眾口。

越是狼狽的時候，越不能流露半分疲態。梳妝畢，我緩緩轉身，凝視鏡中的自己——宮錦華服，廣袖博帶，嵯峨高髻上鳳釵橫斜，寶光流轉。珠屑丹砂勻施雙頰，掩去容色的蒼白，眉心點染的一抹緋紅平添了肅殺的豔色。

這似曾相識的容光裡，我分明照出了姑母當年的影子。

儀仗烜赫，扈從嚴整，長驅直入宮禁。

胡皇后鳳冠朝服，匆匆迎出中宮正殿。

「臣妾叩見皇后。」我欠身，被胡皇后搶上前扶住。

「快快平身，王妃萬金之軀，不必多禮。」胡皇后雖也被我來勢所驚，仍鎮定得體，不失六宮之主風範。

我不再與她謙辭客套，正色道：「臣妾今日特來向皇后請罪。」

胡皇后大驚，惶恐道：「王妃何出此言？」

「臣妾管教無方，以致舍妹年少妄為，前日犯下大錯，想必皇后已經得知。」我淡淡看她。

胡皇后怔了怔，乾脆地一點頭。「略有耳聞。」

我肅然道：「此事由臣妾管教不嚴而起，自是難辭其咎。王倩一人之失，延誤和親大事，令家國蒙羞。臣妾今日便將信遠侯母女執送御前，聽憑皇后發落。」

內侍將嬸母母女帶了上來。數日不見，嬸母鬢髮凌亂，老態盡顯，倩兒容色也黯淡了幾分，卻仍倔強如故。

徐姑姑惱恨她母女，顯然下了狠手整治，跟在後頭的四個嬤嬤，盡是訓誡司裡酷厲聞名之人。

「雖說情有可原，但妳二人所作所為，終究是太過糊塗。」胡皇后側首看我，見我點頭，便端肅神色道：「念在信遠侯一生忠顯，我從輕論處——」

「皇后，王子犯法與庶民同罪，不可礙於門庭，有違公正。」我打斷胡皇后的話，冷冷開口：「臣妾懇請，將信遠侯夫人送往慈安寺思過，王倩行為不檢，應送入訓誡司管教懲戒。」

胡皇后一窒，左右皆寂然無聲，「訓誡司」這三個字，是每個宮人最不願聽見的惡夢，那意味著往後的日子都將生不如死。

嬤母跌到地上，雙目發直，恍若失神。

倩兒掙扎了要去攙扶她，被徐姑姑上前一步，擋在面前。

倩兒回頭，恨恨地盯著我。「阿嫵姊姊，聽說妳有了身孕，倩兒還沒來得及跟妳道喜，妳千萬保重身體，千萬別有閃失，否則就是一屍兩──」

她最後一個「命」字尚未出口，被徐姑姑抬手一記耳光重重摑上，打得她直往後跌去。

「倩兒！」嬤母尖叫，奮力撲到她身邊，還未觸到她衣角，即被兩名嬤嬤拽回。

嬤母終於歇斯底里。「你們害死我一個兒子，又來害我女兒，遲早你們滿門都會遭報應！」

「帶下去。」我無動於衷地聽嬤母一路叫罵，與倩兒一起被拖了出去。

胡皇后坐在一旁，低頭沉默，臉色蒼白，似乎猶未從震駭中回緩過來。

倩兒之罪可輕可重，憑了蕭綦的權勢，就算我要強壓下來，也無人敢當面置喙。

然而我對嬤母和倩兒的懲處之嚴酷，震懾了所有等著看戲的人，在眾人來不及非議之前，就已生生封住了他們的口。

哥哥與蕭綦商議和親之事直到傍晚，便留在府中用膳。

席間正說笑，阿越匆匆進來，稟報江夏王府總管有急事求見。

「什麼大不了的事情，能追到這裡來？」哥哥沉下臉，大為不悅，這幾日他為著朱顏之事已經甚為煩心。

我心頭掠過一抹莫名的不祥，正欲勸慰他，卻見那總管奔了進來，連禮數也未行得周全，便跪倒在地，面色如土。「稟王爺，府中出事了。」

「又鬧什麼？」哥哥頭也不抬，重重擱了銀箸，端起酒杯。

「朱夫人自盡了。」

一聲清脆裂響，玉杯從哥哥手中滑脫，跌了個粉碎。

朱顏一向是哥哥最喜歡的侍妾，即便犯下這樣的過錯，哥哥也不曾嚴責，只是將她禁足，令她閉門思過，一連數日不曾理會。

誰也想不到，性烈如火的朱顏不堪哥哥的冷落，也承受不了府中其他姬妾的嘲諷，竟然懸梁自盡。而挑唆眾姬妾落井下石、對朱顏惡言相激的人，正是與她一同入府、感情甚篤的姊妹——碧色。

哥哥只看得到平日裡姹紫嫣紅，各逞風流，背後裡爭寵算計的一面卻藏在花團錦簇之下，唯獨他一人看不見而已。

朱顏之死，以及眾姬爭寵背後的殘酷，令哥哥心灰意冷。昔年嫂嫂的死，已令他自責至今，如今他越發認定自己命中帶煞，凡是他身邊的女人都難逃淒涼結局。

朱顏殮葬三日之後，哥哥將府中沒有子女的姬妾盡數遣出，厚賜金銀還鄉。

哥哥是真正憐香惜玉之人，即便狠毒如碧色，也不忍處死，只將她逐出了府去。他說天下女子皆是可憐人，這句話由哥哥口中說出，不知道是頓悟，還是無奈。

我陪著哥哥，看著他親手封閉了漱玉別館。昔日無限風流，都被關在那扇沉沉大門背後，落鎖塵封。

他孑然轉身，依舊白衣如雪，鴉鬢玉冠，猶帶幾分不羈，眼底卻掩不去那淡淡落寞。

「我們回去吧。」我如幼時一般偎在他身邊，牽了他的手。他垂首看我，目光溫暖。

徐姑姑深恨孀母母女，認定一切是非都是她們弄鬼，若不是她們也不會害得哥哥傷心若此。

她陪著我沿紫蘿小徑徐步行來，一路念叨著我太過心軟，應該直接將王倩賜死，永絕後患。

許久不曾見她如此大動肝火，畢竟哥哥也是她親眼看著長大的孩子。紫藤枝條從頭頂垂落，粉紫花朵累累，蕊絲輕顫。

我嘆了口氣，將雙手伸出，纖長指尖蒼白得沒有血色。「這雙手已染過無數血腥，我只希望永不沾染到親人的血。」

徐姑姑目光震動，長嘆了一聲，仍遲疑道：「老奴只擔心往後留下禍患。」

我笑了笑，心中無盡蕭索。「所謂後患，不過是自己的膽怯……愛憎禍福，都在我自己手裡，輪不到旁人來左右。」

挑選為和親公主的宗室女兒名錄，我反反覆覆看了數遍，都挑不出一個合意的人。但凡有些聲望勢力的世家，都捨不得讓女兒遠嫁異邦，能報上來的人選，都是些沒落門庭的女子。

我不需要這個女子如何美貌聰慧，但求她忠貞可靠，務必效忠家國，效忠蕭綦。

一籌莫展之中，顧采薇卻突然登門求見。我也許久沒見著她了，那日一別，倒不知她現今如何。

這女孩不是輕易求人的性子，今日突然登門，大概又是因為哥哥。

阿越照我吩咐，帶了她徑直來書齋見我。今日天色陰沉，我懶得動彈，只在書齋閒坐，翻看些古舊的曲譜。

垂簾半捲，一襲緋紅衫裙的倩影娉婷入內，盈盈下拜，向我問安。

這身妝容精緻明麗，襯得她越發清麗絕倫，眉目間淡淡含笑，不似往日憂鬱憔悴。

「好標致的人兒。」我笑讚。「坐吧，在我這裡不必拘禮。」

她依言落座，輕輕細細地開口：「恭喜王妃。」

我笑笑。「多謝妳有心了。」

「采薇疏於禮數，道賀來遲。」她聲細如蚊，臉頰通紅，好似萬難開口。

我實在忍俊不禁，打趣她道：「分明說不慣這些場面話，好端端學什麼虛禮。」

她滿面通紅地咬了脣，卻又長長地喘一口氣，自己也笑出來。看著她嬌憨羞窘的模樣，我對她越發多了幾分好感。

「不是虛禮，我是真心高興的。」她抬起頭，眼眸晶亮。

她的話，讓我心頭驀地一暖。

「我明白。」我微笑地看著她，柔聲道：「采薇，妳和別人不同，妳說恭喜就一定是真心恭喜我，這份心意比任何賀禮都貴重，多謝妳。」

她又臉紅，低了頭，但笑不語。我靜靜等了半晌不見她說話，忽然覺得自己是小人之心了，莫非她上門只為道賀，並無所求。

我正欲開口，卻見她屈身又是一跪，直直跪在我跟前。「王妃，采薇今日登門，一為道賀，二來有事相求。」

這女孩什麼都好，就是有些拘謹彆扭，我笑了笑。「妳且說來聽聽。」

「采薇冒昧自請，甘願嫁往突厥。」她低了頭，不辨神色，聲音卻是堅定。

我幾疑自己聽錯，愕然看了看她，心中這才漸漸回過味來。「為什麼？」

她似早已準備好了說辭，侃侃說了一通大義之言，彷彿背誦一般流暢。

「這些話留給朝官去說，我只問妳的真話。」我蹙眉，站起身來，走到她面前。

顧采薇也不抬頭，也不回話，瘦削雙肩微微顫抖，半晌終於抬起頭來，淚眼盈盈，目光卻是堅定無比。「既然求他一顧也不可得，那便讓他永遠記得我。」

「胡鬧！」我拂袖轉身。「妳以為這樣做，江夏王就會挽留妳嗎？」

顧采薇猛地搖頭。「不是的！」

「兒女之情，豈能與家國大事混為一談！」我背轉身，厲聲斥責：「這種話我不想再聽，妳回去吧。」

身後砰的一聲，她竟以額觸地，重重地叩在地上。

「此生不得所愛，縱然嫁與他人，也是鬱鬱一生。王妃，您也是女子，求您體恤采薇！」

我惱怒。「妳還如此年輕，說什麼鬱鬱一生！」

徐姑姑掀簾進來，大概在外頭聽見我的怒斥，見了這副情狀，便沉了臉冷冷道：

「王妃需靜心休養，不得吵鬧打擾。」

我苦笑，擺了擺手。「我累了，妳退下吧。」

顧采薇跪在那裡，只是默默地流淚，倔強地不肯起身。

按下不忍之心，我拂袖離去，交代徐姑姑不可對她無禮，只要不吵鬧生事，就由她去吧。我靠在榻上，蹙眉沉吟，思索著顧采薇究竟出了什麼事，以致灰心絕望至此……不覺昏昏睡去。

一覺醒來已是傍晚，我剛梳洗了起身，就見蕭綦步入房中。他劈面就問：「門口那女子是怎麼回事？」

「什麼女子？」我莫名其妙。

「就是那什麼……」他皺眉，一時想不起來名字。「那顧家的女兒。」

我啊了一聲。「顧采薇！她還在？」

蕭綦點頭。「正是她，是妳罰她跪在門口？出什麼差錯了？」

我頓時愕然無語，此刻天色已經黑盡，濃雲密布，隱隱有風雨將至，夜風吹得垂簾嘩嘩作響。派了人去江夏王府請哥哥過來，哥哥卻久久未至。夜風裡已經帶了些許雨意，風雨將至，顧采薇還執拗地跪在門前，已經快一天了。

「阿夙如果不來，她打算一直跪死在這裡？」蕭綦不耐地皺眉。

「什麼話？」我挑眉瞪他，復又嘆息。「那也是個可憐可敬的女子，不要這樣說她。」

蕭綦訝然。「難得妳會說一個小女子可敬。」

我嘆息。「她敢堅持，既不放棄心中夢想，也不求非分之念。」

蕭綦默然片刻，點頭道：「實屬難得。」一陣風捲得珠簾高高拋起，清越脆響不絕，聽在耳中越發叫人心裡煩亂。侍女忙將長窗合上。

「江夏王到了。」阿越挑起簾子，低聲稟報。

我與蕭綦詫異回首，見哥哥白衣落寞地出現在門口。

「哥哥，你和她到底是怎麼回事？」我蹙了眉，又不知該從何問起。他倦怠地揮退了侍女，鬱鬱坐下來。

「我見過采薇了，她不肯聽我勸。」哥哥臉上一絲笑意也無，也不見了平素的瀟灑落拓。

「她不是一心盼你回心轉意嗎？」我愕然不解。

哥哥端了茶盞，默默出神，也不回答。我欲再問，卻見蕭綦微微搖頭。

哥哥喃喃開口：「那天她來府裡見我，或許是我將話說得太絕……當時我尚且不知顧閔汶逼她下嫁，只想絕了她的痴想，早些死心為好。」

料不到中間還有這樣兩重情由，想起顧采薇那兄長的小人嘴臉，便叫人生厭。

「顧閔汶將她許了什麼人家？」我想起她說過，與其嫁與旁人，鬱鬱一生，不如遠嫁突厥。

哥哥眉頭一擰。「是西北商賈豪富之家。」

我驚怒之下，還未開口，便聽蕭綦冷哼一聲：「無恥。」

這兩個字用在顧閔汶身上，再貼切不過，這番行徑簡直是市井小人。顧家破落至此，大半家產被他揮霍殆盡，如今竟連唯一的妹妹也要賣；堂堂公侯之家，怎麼淪落到這一步。

顧采薇去求哥哥，大概是得知婚訊，存了最後一線期望，卻被哥哥斷然回絕。

「那日我不明就裡，出言傷了她……方才我應允向她兄長提親，納她為妾，她已斷然不肯了。」哥哥面色鬱鬱。

要怎樣的絕望，才能讓這樣一個弱女子甘願捨棄一切，斬斷情絲，隻身遠嫁異國？

我有片刻的恍惚，想起自己所經歷過的種種，即便最艱難的時候也不曾如此絕望。只因我從來不是孤立無援，總有最信賴的一個人站在身側。

比起顧采薇，或是朱顏那樣的女子，我實在太幸運。

雷聲隆隆滾過，雨點打在琉璃瓦上，急亂交錯，聲聲敲在人心。

「阿越，讓人撐傘出去，替她遮一遮雨吧。」我無奈嘆息。

哥哥忽然起身。「讓我去。」

蕭綦沉默了許久，此時卻開口：「阿夙，你若不能愛她，不如放手讓她離去。」

哥哥怔住，蹙眉看向蕭綦。「放手離去，當真嫁去突厥？」

「人各有命，嫁往突厥未必對她就是壞事。」

我恍然有所頓悟。「哥哥，你若只因憐憫而納了她，或許會傷她更深。」

哥哥神色悵惘，呆立良久，還是一轉身走了出去。

一時間，我與蕭綦相對無言，只聽得風雨之聲，分外蕭瑟。

「你們兄妹實在生反了性子。」蕭綦忽然嘆道：「阿夙看似風流，實則膽小，不敢真心待人，只知一味迴避。他若能像妳一般果決勇敢，也不會害這諸多女子傷心。」

「我勇敢嗎？」我苦笑。

他點頭笑道：「妳是我所見過的最凶悍的女子。」

果然沒有好話，待他話音未落，我已揚手將一本舊書擲了過去。

哥哥陪著顧采薇淋了徹夜的雨，她終究不肯改變心意。

我不知道她是太聰明還是太傻。

從此，哥哥是再也忘不了一個名叫顧采薇的女子，然而她自己也親手毀去了唾手可得的幸福。

也好，或許對於哥哥這樣的男子，未得到，已失去，反而是最珍貴。顧采薇與哥哥這番痴纏，叫人唏噓不已。

世間最不能強求的事，莫過於兩情相悅。

一對男女，若不能在恰好的時候，恰好的時節相遇，一切便是惘然。縱然有千種風情，萬般風流，也只落得擦肩而過。

平心而論，顧采薇堅貞剛烈，倒也確是和親的上上人選。

數日後，太后懿旨下，收顧采薇為義女，晉封長寧公主，賜降突厥。

此去塞外，朔漠黃沙，故國家園永隔。

顧采薇別無他求，只有一個心願，請求以江夏王為送親使，親自送她出塞。

哥哥當即應允。

長公主離京那日，京城裡下了整整一天的雨。

煙雨迷濛，離人斷腸。

第四卷

鐵血江山

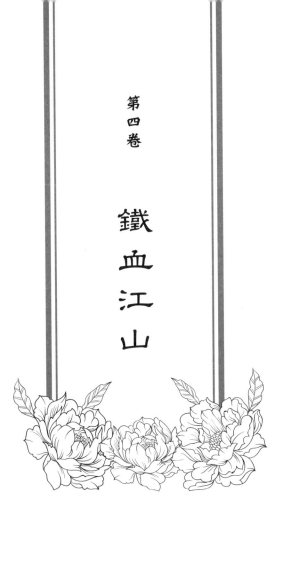

兩難

和親之事至此塵埃落定。

宮中卻突然傳出喜訊，胡皇后有了身孕。

中宮女官甄氏入府報喜的時候，我正提筆畫一幅墨竹，聞聽此言，頓時失手滴落一團濃墨在紙上，怔怔地轉身，又碰翻了案側錦瓶。

阿越忙上前攙扶，我拂袖令她退下，獨自默然坐回案前。一時間心念百轉，五味雜陳，驚詫、歡欣，卻又忐忑不安。

帝后的起居都由中宮女官一手掌管，我知道胡皇后每日飲食之中都被下了藥物，令她無法生育。子澹暫未冊立別的妃嬪，胡皇后無嗣，皇家就斷了血脈。

這也是無可奈何之事。蕭綦必然不會容許出現新的皇位繼承人，即便有，也會被他除去。除非子澹遜位之後，才能擁有自己的兒女。

他的遜位只是遲早之事，胡瑤和他都還年輕，遜位之後還有許多的時間和機會。然而，不知其中出了怎樣的差錯，也不知是人為還是意外，胡瑤竟在此時有了身孕。

難道，這也是天意？我不知道應該欣喜還是憂慮。自子澹大婚以來，與胡瑤不可謂不睦，諸般禮數周全，人前也算琴瑟相諧。我亦期望他得遇佳偶，珍惜眼前人，然而，縱然是舉案齊眉，到底意難平。原以為，能這樣相敬相守地一輩子，或許也夠了。

可上天竟在此時賜給他們一個孩子，子澹親生的孩子……這何嘗不是對子澹最大的慰藉。一個孩子，可以讓一個寂寥的女子重獲希望，或許也能讓一個脆弱的男人，成長為堅強的父親。

然而這個孩子的到來，究竟是悲是幸，我卻不敢深想。

心緒鎮定之後，一顆心卻是懸緊，我沉聲問道：「王爺是否已知道？」

甄氏垂首道：「內廷已經向王爺稟報了。」

我心中咯噔一下，沉吟：「平日為皇后主診的，是哪一位太醫？如今可有變故？」

「回稟王妃，平素是劉太醫為皇后主診，今日劉大人告病，已換了林太醫主診。」

甄氏的話，讓我的心驟然沉了下去。

一整天不見蕭綦回府，到了夜裡，又是子時將近，他才悄然踏進房來。

我並未睡著，只闔眼向內，假裝沒有驚覺。侍女都退出門外，他自己動手寬衣，動作極輕緩，唯恐將我驚醒。我側身，微微蹙眉，感覺到他俯身看我，輕輕撫拍我的後背，掌心溫暖，盡是撫慰憐惜。

我睜開眼，柔柔地望著他。他眉目間笑意恬定，平日冷厲神色一絲也不見，彷彿只是一個尋常人家的丈夫和父親。

可是，另一對母子的性命此刻卻捏在他手中，禍福都在他一念之間。他在我耳邊低語。「睡吧。」

「我剛才夢見了胡皇后。」我望向他黑眸深處。「她抱著個小孩子，一直哭泣。」

蕭綦凝視我，眼底鋒芒一掠而逝，脣角隱隱勾起笑意。「是嗎，那是為何？」

「我不明白。」我直視他雙目。「她貴為皇后，如今又有了皇嗣，怎會無端悲泣？」

「既然是夢，豈可當真。」他微笑，抬起我的臉。「妳的小心思，越來越多了。」

我深深地看著他。「我的小心思，都告訴了你，可你的心思，卻不曾告訴我。」

他斂去笑意，眼神漸冷。「妳想知道的，不必我說，不也猜得到嗎？」

這話裡隱含的芒刺，扎下來，隱隱的痛。我怔怔地看著他，無言以對，喉間似乎湧上濃稠的苦澀。

他這樣說，便是承認了他不會讓胡瑤生下子澹的孩子，不會讓皇家再有後嗣。而我竟說不出一句話來勸阻反駁，因為，他實在沒有做錯。

狠一時之心絕無窮之患，成帝業者，哪一個不是踏著前朝皇族的屍骨過來。

可是，那是子澹，子澹的妻兒亦是我的親人。

「也許，會是一個小公主。」我的掙扎，連自己都覺得孱弱無力。「皇室到今日的地步，早已是個空殼，留下這麼個孩子，又能礙什麼事。若是女孩子，未嘗不能留下。」

蕭綦臉色沉鬱，望定我，似有悲憫。「不錯，女孩可留，但若是男孩又如何？」

我僵住，半晌方艱難地開口：「至少，還有一半生機。」

看著我身子抑不住地顫抖，蕭綦終於嘆息一聲，不忍心再逼迫我。「好，就依妳的一半生機，且待十月，留女不留男。」

翌日一早，我進宮向胡瑤道賀，卻在中宮寢殿裡，見到子澹。

踏進殿中，正看見子澹溫柔地將一碟梅子遞給他的皇后。胡瑤依在他身旁，頰上略有紅暈，眼底眉梢都是溫暖笑意。

剎那間，我的心口微微一抽，那樣熟悉的眼神，如舊時一般溫存。他轉過頭來，見了我，眼神凝頓，遞出一半的手僵在半空。

「臣妾叩見皇上、皇后。」我垂首低眉，屈膝向他叩拜。

「平身。」眼前晃過明黃的袍角，他上前來攙扶，雙手還是那樣蒼白瘦削。

我不動聲色地抽身退開，轉向胡皇后，微笑著道賀。看著我與胡瑤言笑融融，子澹靜靜地坐在一旁，帶了格外溫柔的笑意，卻一語不發。

不多時，太醫入見，為皇后診脈。我起身告辭，卻聽子澹也道：「朕還有事，晚些再來探視梓童。」

胡皇后眼神一黯，卻不多言，只是欠身送駕。

一路從朝陽宮出來，行至宮門前，子澹始終沉默地徐步走在前面。

鸞車已在前面候著，我欠身淡淡道：「臣妾告退。」

子澹沉默，亦不回身。我走過他身側，擦肩而過的剎那，臂上驀地一緊，被他用力握住。突如其來的力道讓我身子一傾，幾乎立足不穩。

剎那間，我如母獸般驚起，只恐有人危害我的孩子，不假思索便伸手按住袖底短劍！然而手指剛剛觸到冰冷的劍柄，我已看清眼前是子澹。

我僵住，怔怔地望向子澹，看見他盯著我按劍的手，眼底一片驚痛。

我張了口，卻說不出一個字，明知道深深傷了他，卻不知道從何解釋——連我自己也不知道，方才的一剎，是母親的天性讓我失去常態，還是連子澹也不再是可以全心信賴之人！

四目凝對，只是短短一瞬，卻似無比漫長。「我只是想恭喜妳。」子澹慘然一笑，緩緩放手。

春色轉暮，夏蔭漸濃。

午後小睡初起，渾身慵倦無力，我坐在鏡前重新梳妝，見兩頰泛起異樣的嫣紅，越發襯出脣色的蒼白。這一陣子，精神漸漸又不如前，越發容易疲憊。

這段時日，每天都有雪片般的摺子遞上來，全是上書叩請蕭綦還朝主政的。奏疏被直接送到府裡來，堆滿了書齋，每天都要差人清理。

蕭綦韜光養晦，蟄居王府許久，差不多也該到火候了。等北疆大吏更替，整肅軍中積弊的大事落定，再無任何人、任何事，能夠阻擋他的腳步。大業將成，又該有怎樣一番天翻地覆。

那日之後，子澹命人送來一只錦匣。裡頭是一幅已經發黃的絹畫，淡淡筆觸勾勒出秀美少年的側影，恍如夢中。

那是我的筆跡，昔日偷偷摹了他讀書時的模樣在絹上，不敢被人看見，萬般小心地藏起，卻終究被他發現。他歡喜不已，央著求著要這張畫，我都不肯。直到他離京去往皇陵守孝的那日，我才將這畫封在錦匣裡，送給了他。

如今，錦匣與絹畫雙雙退回，我惆悵良久，終究將其付之一炬。

禮官上奏，宮中一年一度的射典將至，陳請豫章王主持典儀。

本朝重文輕武，騎射只作為高門子弟的一項禮藝來修習，年年射典都不過是應景的遊樂。直至蕭綦主政，尚武之風大盛，朝官貴胄紛紛熱衷騎射，論其盛況，尤以射典為首。今年更不同往常，禮官有意藉射典盛況，賀皇上與豫章王雙雙得嗣之喜，故而有意鋪排，隆重至極。

雖然禮制沒有限定，然而歷年射典都是皇帝親自主持。禮官這道奏表一上，滿朝震動，更無人敢有異議。

子澹允了禮官所奏，命蕭綦主持射典。皇家校場，旌旄錦簇。

胡皇后率眾命婦觀禮，我的座位在她鳳座之側。眾人行禮如儀，我略欠身，目光與胡瑤相接，她淡淡含笑，眉間隱有陰鬱。

相顧無話，我拂衣落座，靜靜轉頭，望向校場那端。

號角響，儀仗起，華蓋耀眼處，一黑一白兩匹神駿良駒並轡馳出。

墨黑戰馬上，是金甲黑袍的蕭綦，子澹明黃龍袍，披銀甲，騎白馬，略前一步。

陽光照亮戰甲，刺得眼睛微微澀痛，我側眸，卻見身側胡皇后挺直背脊，一瞬不瞬地望向前方，目光專注，神情幽晦。

那是我們各自的良人，不知她看著子澹，與我看著蕭綦，心境是否一樣。

競射開始，校場遠處懸掛了五只金杯，競射者輪流以輕矢射之，射中者獲金杯載酒。輕矢是沒有箭頭的，極難掌握力度和準頭，這才真正考較箭術。

場下子弟馳馬挽弓，女眷們遙遙張望。

蕭綦馳馬入場，左右頓時歡聲雷動，轟然叫好，氣勢大振。

卻見子澹突然縱馬上前，越過蕭綦身側，搶先一步接過了禮官奉上的雕弓。

事出突然，來不及看清蕭綦的反應，子澹已經引弓搭箭，弦響，疾矢破空，金杯應聲墜地。

場上瞬間靜默，女眷們呆了片刻，這才紛紛驚呼出聲。

我驚出一身冷汗，心中劇跳，卻聽蕭綦緩緩擊掌，左右這才轟然叫好。

禮官上前欲接過子澹手中雕弓，子澹策馬掉頭，看也不看那禮官，徑直將雕弓拋擲在地。

場下譁然，蕭綦冷冷側首，沉聲道：「皇上留步。」子澹駐馬，卻不回頭。

「輕慢禮器，乃是大忌。」蕭綦不動聲色，淡淡道：「還請皇上將禮器拾回。」

「朕不喜歡俯身低頭。」子澹臉色鐵青，與蕭綦相峙對視，一時間劍拔弩張。

我驚駭已極，只覺得子澹今日大異往常，隱隱讓我湧起強烈的不祥之感。我略一躊躇，咬唇站起身來，卻見胡皇后搶先一步奔了出去。

眾目睽睽之下，胡瑤大步奔入場中，俯身拾起雕弓，雙手捧起，呈給子澹。

僵持之局，被她的舉動打破。然而以她皇后之尊，親自撿拾雕弓，仍是大大辱沒了皇家顏面。

子澹的臉色越來越難看，胸口起伏，一動不動地盯著蕭綦，卻看也不看胡瑤一眼。

「恭喜皇上射中金杯。」蕭綦欠身一笑，轉頭吩咐左右：「來人，置酒。」

侍從忙奉上金杯美酒，子澹卻恍若未聞一般，驀然探身抓過胡瑤手上雕弓，抽箭開弦，弓張如滿月，箭頭直指蕭綦。

那箭，不再是競技輕矢，而是真正殺人的白羽鐵矢。

狼煙

時當正午，耀眼的陽光驟然凝結如冰。

黑鐵箭鏃的鋒稜，在陽光下映出一片白光，如利刃切入我眼底。子澹舉弓的一霎，我全身血液已經凝固。

箭尖與蕭綦的咽喉，相距不過五步。

尾端雪白箭羽，扣在子澹手中，腕上青筋凸綻，弓開如滿月，弦緊欲斷，一觸即發。

我眼裡，突然只看得見刺目的白——子澹的臉色青白，指節泛白，箭鋒的冷光仍是白。天地間，剩下一片冰冷如死的白，唯有蕭綦黑袍金甲的身影，矗立於天地中央。

蕭綦端坐馬背，背向而立，我看不見他此刻的神情，只看到那挺直的背影，始終紋絲不動，玄黑滾金的廣袖垂落，如嶽峙淵渟，不見分毫動容。

「皇上扣穩了！」蕭綦的聲音低沉，隱有肅殺的笑意。「一念之差，流血的必不只臣下一人。」

子澹的臉色更加青白。

如果這一箭射出，蕭綦血濺御苑，隨之而來的，將是鋪天蓋地的復仇、殺戮與動盪。仇敵的血，或可洗刷一時的辱，為此的代價，卻是親人、愛人、族人，乃至天下蒼生都將為此而流血。

「皇上！」一聲微弱的哽咽，驚破眼前肅殺。

胡皇后跪下了，跪在子澹馬前，朱帛委地，鳳冠上珠墜顫顫。

我從未見過她如此軟弱無助的模樣，素日落落明朗的年輕皇后，此刻常態盡失，只顧垂首掩泣，極力壓抑了喉間的嗚咽，卻抑不住肩膀的劇烈顫抖。

眼前劍拔弩張的兩個男人，對峙如舊，誰也不曾側目，亦不看她一眼，任憑一國之母跌跪在塵土中。然而子澹的箭，分明顫了一顫，弓弦依然緊繃，手上的力道卻似有所減弱。

這個跪倒塵埃、掩面哀求的女子，畢竟是他的妻。如果換作我，蕭綦會不會心軟動搖？

我永遠無法知道，因為，我不是胡瑤，也永不會跪倒在強敵面前。

「皇后不必驚惶，皇上與王爺只是比箭罷了。」我疾步而入，俯身攙扶胡瑤。右手挽住胡瑤的同時，我按住袖底的短劍，抬眸直視子澹。

這把短劍，他是見過的。

——子澹，你若射出這一箭，我必為他復仇，必以整個皇族之血為祭，包括我自己。他凝視著我，目光如錐如芒如刺，眸底似有幽光燃燒，焚盡了最後的希望，徒留灰燼。

蕭綦笑了，朝我略微側首，凌厲輪廓逆了陽光，脣角揚起冷峻的弧線。

「王妃所言甚是，皇上神射，微臣自愧不如。」他長聲一笑，翻身下馬，傲然以後背迎對子澹的勁弓，頭也不回，從容走向禮官。

禮官跪在一旁，戰戰兢兢地捧了金杯，高舉過頭頂。

我扶了胡瑤，將她交與侍女，轉向子澹，深深欠身。「請容臣妾為皇上置酒。」素手執玉壺，金杯盛甘醴。

甘洌的酒香撲鼻，我將兩只金杯斟滿，親手捧起碧玉托盤。子澹的手臂緩緩垂下，弓弛弦頹，殺氣已然潰散。

蕭綦舉杯迎向子澹，廣袖翻飛，神情倨傲，薄脣挑出一絲嘲諷。

校場曠寂，四下旌旄翻捲，獵獵風聲裡，只聽蕭綦朗聲道：「吾皇萬歲——」左右山呼萬歲之聲如潮水湧起，淹沒了鐵弓墜地的聲響。

鋪天蓋地的稱頌聲裡，子澹孤獨地端坐馬背，高高在上，而又搖搖欲墜。

次日，太醫稱皇上龍體欠安，需寧神靜養。

內廷宣旨，皇上即日移駕京郊蘭池行苑，著豫章王總理朝政。事已至此，再無可挽回。

我知道，子澹這一去，只怕要久居蘭池，歸期難料了。

滿朝文武乃至市井都在流傳皇上失德的流言，說皇上當眾失儀，行事暴虐，竟欲射殺功臣，摧折國之棟梁……還有更多不堪的流言，我已不願再聽。

蕭綦終於有了最好的理由，將子澹幽禁。

我不明白子澹在想什麼，不明白他為什麼要觸怒蕭綦。我費盡了心思，只求保他平安，他卻偏偏往劍鋒上撞。

還能怎樣呢，傾我之力，所能做的，只能一面打點好蘭池宮裡裡外外，讓他在那裡的日子不至於太難過。另一面，護著胡瑤的周全，讓他的孩子平安降世。

由於我的阻攔，胡皇后沒有隨駕前往蘭池，得以留在宮裡。從校場回宮之後，她便發熱病倒，神志昏亂，病情日漸加重。

一連數日都未聽說她有好轉的跡象，我心憂他們母子安危，再顧不得太醫的勸阻，執意入宮探視。

鸞帳低垂，茜色輕紗下，胡瑤靜靜地臥在那裡，蒼白面孔透出病態的嫣紅，眉峰緊蹙，薄唇半咬，似睡夢中猶在掙扎。

我伸手去探她的額頭，卻被徐姑姑攔住。「王妃身子貴重，太醫叮囑過，不宜接近病人。」

說話聲似乎驚動了胡瑤，我還未答話，卻見她身子一顫，眼眸半睜，直直地望著我，吐出兩個含混的字來。我離她最近，聽得依稀清楚，分明就是叫的「王爺」。

這一聲，驚得我心頭劇震，半晌才斂定心緒，遣出所有人，只剩了我與胡瑤，留在空寂的中宮寢殿。

「阿瑤，妳想見誰，告訴我。」我伸手握住她的手，頓覺她掌心觸手滾燙。

胡瑤似醒非醒，眼裡幾許迷離，幾許悽楚，喃喃道：「王爺，求您放過皇上，放過這孩子……阿瑤再不會違逆您，阿瑤知錯了……」她哀哀囈語，攥住我的手，用力握緊，像抓住溺水時唯一的救命稻草。

我退後一步，陡然失去依憑，跌坐到床沿，彷彿溺進一潭冰水，卻連掙扎也不能。

胡瑤，竟也是蕭綦布下的棋子，竟也是一心效忠蕭綦的人！我千挑萬選，原以為她年少率真，就算出身胡家也應沒有危害子澹之心……眼前恍惚掠過校場上的一幕，子澹奪弓、擲弓、開弓，以及那憤恨欲狂的眼神。

回想他與胡瑤種種反常異態，驟然從心底滲出寒意，不敢再想下去。

子澹，他必然已知道了真相。

當他發現枕邊人只是一枚棋子，當他以為這棋子是我親自挑選，親手安插……我不敢想像，那會是怎樣的絕望和憤恨？

怎樣的激憤欲狂，才會讓子澹在校場上不顧後果，憤而開弓？

他恨蕭綦，恨我，恨胡瑤，恨每一個欺他之人……假若還有解釋的機會，我還能請求他的原諒嗎？

我頹然掩面，欲哭已無淚。

這熟悉的大殿，囚禁了姑母一生，如今又在胡瑤身上，重現一場宿命的悲哀。

邁過殿門，我茫然前行，並不知道該往哪裡去，腳步卻不由自主地邁動，彷彿被某個方向召喚，徑直朝那裡走去。

「王妃，您要去哪裡？」徐姑姑追上來，惴惴探問。

我怔怔地站定，半晌，方記起來，這是去往皇帝寢宮的方向。只是，那處宮殿早已空空蕩蕩，沒有了我想探望的那個人。

良夜靜好，明紗宮燈下，我凝望蕭綦專注於奏疏的身影，幾番想喚他，復又隱忍，終化作無聲嘆息。

即便問了他，又能如何。他騙我一次又一次，我何嘗不是瞞他一次又一次。彼此都明瞭於心，彼此也都不肯讓步。既然如此，那又何必說破，只要我們還能相互原諒，就讓這樣的日子繼續下去。

這一次，我總算學會了沉默。

那一天，從校場回王府，是他一路抱著我回來的。一踏上鸞車，我所有的勇氣和鎮定都被後怕擊潰。當時那支箭，離他的咽喉，不過五步遠。

冷汗到這一刻，才溼透我重重衣衫。一切的安好，只因為他在這裡。如果失去他，我的生命，也將隨之沉入黑暗。

在他與子澹之間，我清楚知道兩種感情的輕重不同——他若殺了子澹，我會痛不欲生；而子澹若殺他，我卻會以命相搏。

再過些時候，就到母親的忌日了。

算起來，哥哥早已到了突厥，該是回程的時候了，卻遲遲沒有消息傳回。

蕭綦總是勸慰我說，此去北疆路途遙遠，有些耽擱也是平常事。可是他眉宇間分明也有幾許隱憂，我明白他的憂慮，正如他知道我的不安——恰逢北疆大吏更替之時，突厥向來反覆無常，就算哥哥路上耽擱了行程，也不該斷絕音信。

北疆到京城的訊息，已經斷絕了半月，道政司回報說山道毀塌，一時阻斷南北交通。可此事依然顯得不同尋常，即便蕭綦再不肯在我面前提及政事，我依然從他的繁忙與焦灼中，察覺到一絲不祥的徵兆。

這幾日，我總是莫名地煩躁，夜不能寐，食不知味。

女人的直覺總是驚人地準確，尤其，在遇到禍事的時候。數日之後，一場震動朝野的大禍，從北疆傳來。

龍驤將軍唐競反了，突厥藉機起事，已經殺進關內。

烽煙起，邊城亂。

唐競野心勃勃，自負功高，疑忌之心極重，不甘屈身於胡、宋之下，對蕭綦早有怨懟。此番被削奪兵權，終於激起反志。

六月初九。

唐競斬殺新任北疆鎮撫使，拘禁副帥，在軍中散布流言，稱豫章王疑忌功臣，裁奪兵權，為取悅門閥親貴，打壓寒族武人，唯恐舊部反抗，將行殺戮之事。

一時間，軍中流言四起，人心惶惶。

效忠蕭綦的部屬舊將，有不肯聽信謠言者，或被拘禁，或被奪職。參將曹連昌極力抗辯，被斬殺帳前，血濺轅門。

是夜，唐競率領五萬叛軍，在營中起事，趁夜襲掠，直撲寧朔。不肯隨之反叛的將士，大半被剿殺，其餘被迫叛降。

天明之際，南突厥斛律王的狼旗突然出現在遠方。十萬突厥騎兵，如沙暴一般呼嘯而來，捲起滾滾黃沙。

唐競叛軍與突厥人會合於城下，強攻城門，與寧朔守軍惡戰兩晝夜。殺到次日五更時分，城下已是血流成河，屍堆如山，駐守寧朔的定北將軍牟連、副將謝小禾一面拚死力戰，一面燃起狼煙，遣人飛馬急報，向朝廷告急。

第三日正午，北突厥大軍殺至，咄羅王親率二十五萬鐵騎，千里橫越大漠，揚言踏平中原，一雪前恥。

四十萬虎狼之師，幾乎將整座寧朔淹沒在血海屍山之中。

初抵突厥的江夏王與長寧長公主，被斛律王挾為人質，押赴陣前。北疆十二部族隨之一同反叛。

六月十五，寧朔城破。

定北將軍牟連戰死，牟將軍夫人曹氏披甲上陣，戰死城頭。突厥人入城戮掠縱火，襲掠財物，百姓稍有反抗即遭屠殺。

昔日繁華的邊塞重鎮，一夜之間淪為修羅屠場。

副將謝小禾拚死救出牟家幼女，浴血殺出重圍，連夜南奔。

北境工防本由蕭綦一手建立，自唐競接手駐防以來，早已對各處機關布防瞭若指掌。唐競其人，素有「蝮蛇」之名，行軍詭譎迅疾，堪稱一代梟將，論謀略手段，在軍中罕逢敵手。

此番變起肘腋之間，叛軍來勢迅猛，更挾南北突厥之勢，銳不可當。臨近各州郡倉促應戰，幾無還手之力。

守將皆不是唐競之敵，屯駐的兵力也遠不及叛軍與突厥。

寧朔一破，猶如凶殘的狼群撕破了圍欄，北疆各郡驟然被踐踏在鐵蹄之下。短短十數日，已經連失四郡。

突厥人的馬蹄再度踏入了中原大地。消息傳來，如晴空霹靂，天下皆驚。

朝堂之上，謝小禾將軍含悲恨訴，句句泣血。

滿朝文武莫不悲慨，牟將軍的妻舅，侍郎曹雲當廷伏地大慟，以致昏厥，謝小禾等一眾武將誓死請戰。

牟連，當日與我在寧朔並肩抗敵的年輕將軍，以及他堅毅貞靜的夫人，竟這樣與我永訣。

我無從知道，面對滿朝文武，面對泣血含恨的部屬，甚至面對那年僅七歲的牟家幼女——那一刻，威震天下的攝政王、大將軍、我的夫君，他是怎樣的心情。

十年相隨的親信舊部，一朝反叛，引狼入室，疆土淪陷，大禍殃及蒼生。半生征戰換來的安寧，就此毀於一旦。

誰最痛，誰最恨，誰最悔。

這一刻，全天下都在看著一個人——豫章王蕭綦。這個名字，在太平時的魔，亦是亂世裡的神。

殿堂之上，三道詔令頒下，一日之間傳遍京城，震動天下。

其一，追封牟將軍為威烈侯，曹氏為貞烈夫人，收牟氏幼女為豫章王義女。

其二，戰死於寧朔的諸將士，均晉爵三等，厚賜家人重金。

其三，豫章王奉旨平叛，三日後親征北伐。

將伐

散朝後與眾朝臣將帥議事至深夜，蕭綦回府已是夜闌人靜時分。

我站在王府大門玉階前，擎一盞宮燈，默默望著那兩隊燈火自遠處蜿蜒而來。

蕭綦勒馬，在離我十步外停佇。我看著他，仰頭微笑，擎起宮燈，親手為他照亮家門。他躍下馬背，大步來到我面前，緊緊抱住了我。

左右扈從遠遠退開，四下悄然，夜風拂衣而過。

淚水在這一刻潸然滑落，鏤銀玲瓏宮燈脫手墜地，旋即滾下玉階，無聲熄滅。風寒，露重，更深。

唯有我們彼此相擁，兩個人的身影交織糾纏，長長地投在地上。相對無聲，卻勝有聲。

他默默地握緊我的肩頭，溫暖的掌心彷彿一團火焰，烙得肌膚生生發燙。在他眼底，紅絲牽連，盡是疲憊，銳利裡透出陰沉。

我抬手撫上他的眉心、眼角、臉頰，指尖停留在他脣上。如削的薄脣，抿出一縷艱澀。

此時，我只盼這唇上，重現平日的微笑，那樣驕傲、冷酷、從容，他所獨有的微笑。

他凝視我許久，長長嘆息，閉了眼。「我終是負了妳，負了天下。」

縱然早知他會負疚自責，然而聽到這一句話，胸口仍是椎刺般的疼痛。

唐競之亂，引外寇入侵，禍延蒼生——蕭綦識人有誤，防範太遲，確有不可推卸之責。然而，他終究不是神。縱然是同生共死十餘年、一起從刀山血海裡走過來的弟兄，也擋不住野心的誘惑。

人性如此，連神也未必能洞徹人性，何況蕭綦一介凡人。然而，無須緣由，錯便是錯了，負便是負了。

蕭綦或許不是君子，卻也不是文過飾非，不敢擔當的懦夫。親征，便是他對天下的擔當。

宋懷恩、胡光烈、唐競，這三人曾是他最信賴倚重的手足。

昔日患難與共，生死相與，如今胡宋兩人輔佐左右，唐競坐鎮邊陲，成三足鼎立之勢，原本是牢不可破。放眼當今天下，再無一人可與之匹敵——誰料到，一夕之間，君臣反目，手足相殘。

唐競狹隘好妒，為人跋扈，一直以來忌恨胡宋兩人，紛爭不斷，早已積下宿怨。

多次的紛爭都被蕭綦壓下，對唐競一再警示，可謂寬容已極。

此人卻分毫不知收斂，引得軍中非議日增，彈劾他的摺子也是不斷。此番撤回兵權，調換邊疆大吏，蕭綦亦是思慮許久，最終痛下決定。或許唐競的反叛，出乎所有人意料，卻未必能令蕭綦意外。

他不是沒有料到，也不是沒有防範，只是自負地相信了同袍之義，相信了昔日手足的忠誠。

唐競的反叛，顯然是蓄謀已久。

當年突厥王死後，族中王族陷入無休止的嫡位爭鬥，最終分裂為二。

南突厥據守舊都，享有南面水草豐茂之地，漸漸與中原通商交融；北突厥遠走苦寒的北方原野，依舊游牧為業，厲兵秣馬，降伏北方十二部族，重新興建了王城。

然而南北突厥因昔年舊怨，至今對峙分立，素無往來，即便在中原大軍長驅直入，襄助斛律王奪位一役中，北突厥也只作壁上觀，始終按兵不動。直至斛律王承襲王位，北突厥也默認了南突厥的王權。

這其中奧祕無從得知，然而，有一個人定然是其中關鍵。

賀蘭箴，他以一個王室異種的卑微身分，究竟用了何等手段，在其間周旋應對，最終博得北突厥的默認和支持？又憑了什麼，換得唐競這陰鷙之人的信任，這兩人又達成了怎樣的盟約，共同與蕭綦為敵？

他隱忍許久，或許等的就是這一天，終有機會向蕭綦復仇。

次日一早，我見到了我的義女，以及那位浴血千里的少年將軍。

昨夜在門口等候蕭綦時，似乎染了風寒，夜裡便又開始咳嗽。蕭綦要我靜臥休養，然而今日是那女孩子入府，無論如何，我都要親自去迎她。

踏入正廳，便見一名青衫男子與一個瘦小的女孩已經候在座上。

見我進來，那男子立刻起身，屈膝見禮。「末將謝小禾叩見王妃。」青衫鴉鬢，秀欣風骨——謝小禾，竟是這樣一個清朗的少年。

我微笑。「謝將軍請起，不必拘禮。」

轉眸看那女孩，尖削下頜，眉目清秀，一身鵝黃宮裝也掩不去面孔的蒼白，教人一見生憐。此時她卻低頭立在那裡，並不行禮，只是沉默。

「沁兒！」謝小禾轉頭，壓低了聲音斥她，卻不見厲色，僅有憐惜。她微微一顫，低著頭上前，似極不情願，卻又不能違悖謝小禾的話。

我起身，止住她正欲下拜的姿勢，柔聲一笑。「妳叫沁兒？」

「我叫，牟沁之。」她沉默了一下，說出自己的名字，尤其重重地念出一個「牟」字。

是牟沁之，不是蕭沁之——我在心裡替她說出未能出口的後半句，剎那間明瞭她的心思。難為她一個七歲的孩子，心心念念記得自己的姓氏，不肯更改。

謝小禾卻急道：「王妃恕罪！沁兒年紀尚幼，不知禮儀——」

「謝將軍多慮了。」我微笑打斷他急切的解釋，正欲開口，突然胸中翻湧，一陣咳嗽襲來，掩了口，一時說不出話來。阿越忙遞上湯藥來。

我接過藥盞，忽聽沁兒輕怯怯地開口：「咳嗽的時候，不可以喝水。」

我與謝小禾均是一怔，卻見她抬起頭，眸子晶瑩，隱含悲戚。「我娘說，咳嗽的時候喝水會嗆到。」

「傻丫頭……」謝小禾啼笑皆非，我亦笑了，心頭卻酸楚不已。

「好，那我不喝。」我放下藥盞，含笑看她。「妳叫牟沁之，嗯，這名字很好聽。」

她眸光晶瑩地看我。

「我的名字是王儇。」我起身，朝她伸出手。「我們四下瞧瞧，看看妳喜歡哪一間屋子，好嗎？」

她遲疑片刻，終於怯怯地將小手交給我。

——從此，我多了一個女兒。

握著這孩子的手，我心中突然充滿了寧靜與柔軟。

幼吾幼以及人之幼，這句話，到此刻我才明白它的涵義。

在我的身體裡，是我與蕭綦的孩子，而身邊這個在戰爭裡失去父母、失去一切的孩子，同樣也將是我珍愛的寶貝——我會好好愛她，保護她，補償給她愛與溫暖。

不僅僅是她，還有那麼多孤苦的孩子，他們都不該成為戰爭的犧牲品。

牽著沁兒一路穿過迴廊，我的心中越發明晰，豁然開朗——在屬於男人的戰爭裡，女人並非只能守在家中等待丈夫歸來。

我需要做的事情，還有很多。

月光清寒，穿透窗櫺，照徹堂前玉砌雕欄。

蕭綦面對案几上漆黑的劍匣，周身籠在寒月清輝裡，雖凝然不動，卻有森然寒意迫人而來。

劍匣緩緩開啟，一柄鯊鞘吞銀，通體烏黑斑駁的長劍重握在他手中。劍一入手，此人此劍，彷彿合為一體。

肅殺之氣彌散，恍惚似重回大漠長空，黃沙萬里的塞外。

——這是他隨身的佩劍，隨他馬踏關山，橫掃千軍，渴飲胡虜血，十年來從未離身，直至入京逼宮，臨朝主政。那之後，他以攝政王之尊，爵冠朝服加身，佩劍亦換為符合親王儀制的龍紋七星長劍。

這把飲血的劍，便連同昔日雪亮甲冑一起封藏。封劍之日，我伴在他身側，親眼見他合上劍匣。

當時我笑言：「但願此劍永無出鞘之日，遂得天下太平。」言猶在耳，烽煙又起，這把劍飲血半生，終究還是重現世間。

月光下，蕭綦平舉長劍，三尺青鋒森然出鞘。

我猛地閉了眼，只覺眉睫皆寒，一時不敢直視。終究，還是殺伐，殺伐，殺伐。豫章王的勁旅鐵蹄之下，再沒有寬憫和饒恕，所帶來的，只有殺戮和懲戒、威懾和滅亡。

我嘆息，他回身看向我，目光森寒，似有千鈞。

我向他走去，腳下虛浮，又似沉重如鉛。

他皺眉，還劍入鞘。「別過來，刀兵凶器，不宜近身！」

我悵然一笑，伸手握住那烏黑斑駁的劍鞘，緩緩摩挲——每一處斑駁，都是一個生死印記，這把劍上究竟銘刻了多少血與火，生與死，悲與烈。

「阿嫵！」他奪過劍，重重地擲在案上。「這劍煞氣太重，於妳不祥，會傷身的。」

我笑了笑。「煞氣再重，也重不過你，我又何曾怕過。」

他不說話，沉默地凝視我。我仰頭，微笑如常。

自唐競謀反、突厥入關、哥哥身陷敵營，一連串的變故，直叫風雲變色。

然而我的反應，卻比他預料的堅強——沒有病倒，沒有驚惶，在他面前我始終以沉靜相對。

當全天下都在望著他的時候，只有我站在他的身後，是他唯一可以得到慰藉的力量，給他最後一處安寧的地方。

月光如水，將兩個人的影子映在地上，浸在溶溶月色裡，微微浮動。或許是月光太明亮，耀得眼前漸漸模糊，濃濃的酸澀湧上。

離別就在明日。

今宵之後，不知道要等待多少個漫漫長夜，才得相聚。

此去關山萬里，長風難度，唯有共此一輪月華，憑寄相思，流照君側。他抬手，輕輕撫上我的臉頰，掌心溫溼，竟是我自己的淚。

什麼時候，我竟已淚流滿面。

「妳怨我嗎，阿嫵？」他啞聲開口，隱隱有一絲發顫。

——我怨怪嗎？

若說沒有，那是假話。

偏偏在最艱難的時候，他遠赴沙場，留下我一人，獨自面對種種艱辛——孤苦、憂懼、叵測，甚至生育的苦難。

不是不痛，不是不怨。

我只是一個女人，一個害怕離別、害怕孤獨的女人。然而，我更是蕭綦的妻子，豫章王的王妃。

這痛，已不是我一人的痛；這怨，也不是我一人的怨。

萬千生靈都在戰禍中遭遇家破人亡、骨肉分離之痛——比起這一切，我如何能怨，如何能痛。

我抬手覆上他的手背，淡淡笑了。「你早一天回來，我便少一分怨怪；你若少一根頭髮，我便多一分怨怪。我會一直怨你，直到你平安歸來，再不許離開，一輩子都不許離開。」一語未盡，我已哽咽難言。

他不語，只是仰起頭，久久，才肯低頭看我，眼底猶有溼意。我顫然撫上他的臉龐，卻猛地被他緊緊擁住。

他將我抱得很緊，很緊，似害怕一鬆手就會失去。

「我會在寶寶會說話之前回來，在他叫第一聲爹爹之前回來！阿嫵，妳要等著我，無論如何艱難都要等著我……」他的聲音哽住，喉頭滾動，再也說不下去，微紅的雙目深深地看著我，似要將我看進心底裡去。

他的身子微微顫抖，洩漏了全部的痛楚與無奈。

這一刻，他再不是無所不能的豫章王，而只是一個有血有淚的平凡人，一個無奈的丈夫和歉疚的父親。

我分明觸摸到他冷面之下掩抑的心傷，觸到他的恐懼……他怕從此一別再不能相見，怕我熬不過生育之苦，怕我等不到他回來。

然而置身家國兩難之中，總有一邊是他必須割捨的，哪怕再痛也要割捨。

我將臉龐深深地埋在他胸前，用力點頭，淚水洶湧。「我會的！我會好好等著你回來，到那一天，我和寶寶一起在天子殿上迎候你凱旋！」

元熙五月，豫章王北伐平叛。

先遣冠威侯胡光烈為前鋒主將，率十萬勁旅星夜疾馳，馳援北境。另遣副將許庚、謝小禾，率輕騎十萬步向許洛，緣道屯守。

蕭綦親率三十萬王師北上，六軍集於涼州。右相宋懷恩留京輔政，都督糧餉。

豫章王揮師北伐的消息傳開，軍心鼓舞，天下為之振奮。

不僅北方邊關戰事激烈，京城、朝堂、宮廷，乃至軍帳之中，無處不是暗流洶湧，風雲詭譎。

蕭綦留下了宋懷恩坐鎮京中，輔理政務，都督糧草軍餉。京中明處有宋懷恩掌控著京師的安全與補給，暗處有我控制著宮廷與門閥世家，一明一暗，相輔相成，源頭最終仍彙集到蕭綦手中。

邊關事變一起，胡光烈第一個請戰爭功。他與唐競素來不和，此番平叛更唯恐被宋懷恩搶去功勞。

油。

唐競的反叛，已令蕭綦警戒疑忌之心大盛，胡光烈此時的舉動，無疑給他火上澆油。

自入京之後，以胡光烈為首的一班草莽將帥，自恃功高，時常有荒唐胡鬧之舉。胡光烈尤其對世家高門憎惡無比，時時尋釁生事，對蕭綦籠絡世家親貴的舉措大為不滿，私下多次抱怨蕭綦得勢忘本，偏寵妻族，嫌棄舊日弟兄。

此前蕭綦尚且顧念舊義，一再隱忍，自唐競事發之後，卻再無姑息之仁。

暗流

轉眼八月，已是夏末。

京城的桂花快要開了，王府木樨水榭裡，夕陽斜照，風裡隱隱有一絲甜沁的氣息。

玉岫抱了剛滿兩歲的小女兒來探望我。

對面的沁之，端了槐汁蜜糕，學著大人的樣子，一杓杓餵給小人兒吃。

小人兒很是貪吃，粉嫩的脣邊沾了白生生的糕末，還兀自舞著小手索要不休。沁之看得咯咯直笑。

這個孩子比起三個月前初來府裡，已經白潤了許多，不似當日那般瘦小，越發清秀可人。雖然還是沉默寡言，卻也漸漸與我親近，只是仍不肯改口。

蕭綦允她不必改姓，依然叫作牟沁之，我亦從不勉強她，任由她叫我王妃。

我搖頭笑嘆。「沁兒，妳再這麼餵囡囡，該把她餵成陸嬤嬤一樣了。」

陸嬤嬤是掌膳司老宮人，一手廚藝妙絕天下，尤其長得憨肥渾圓，奇胖無比。

「胖才好，胖人有福。小世子可要像我們囡囡一樣，長得白白胖胖，可不能像王妃這樣弱不禁風！」玉岫爽快地笑道。

徐姑姑與沁兒都笑出聲來。

「小世子必然是肖似我們王爺的。」徐姑姑笑道。

我垂眸，笑而不語，心底泛起一抹酸軟，卻又透出甜蜜。

玉岫啊了一聲，拍手道：「聽說王爺前日連克三鎮，已將侵入葫蘆嶺的叛軍逼退到那什麼，什麼關外……」

「瓦棘關外。」我微微一笑。

「是了，就是這個地方！那些個地名古怪得很，我可記不得。」她臉頰泛起興奮的紅暈，眸光閃亮，連比帶畫。「瓦棘關那一仗，咱們三萬鐵騎直插敵後，左右兩翼合圍，給叛軍來了個迎頭痛擊，從正午殺到黃昏，直殺得天昏地暗，日月無光……」她越說越是興奮，好似親眼所見一般，滿面驕傲光彩。

如今宮裡宮外，無處不在傳揚豫章王的驍勇戰績，人人仰慕稱頌。

自蕭綦親征之後，前方戰局一掃頹勢，風雲翻湧，橫掃千里，將叛軍迎頭阻擊在河朔之北。步步進逼，沿路收復失地，傳說守城叛軍遠遠望見豫章王的帥旗，不及細辨真偽，即棄城而逃，過後方知蕭綦根本不在營中。

也有負隅頑抗的叛軍，據城死守，以滿城百姓性命相要脅，卻被蕭綦截斷水源，圍困七日後，城中水竭，兵馬百姓皆瀕危之際，我軍趁夜強攻，殺入城中，盡斬叛軍頭領，城中百姓亦脫險獲救。

不出兩月，叛軍和突厥人即被逐出關外，豫章王帥旗所到之處，連突厥悍將也望風披靡。

「反正咱們王爺就是天下無敵！」玉岫一揮手，話音重重擲地，頗有將門主婦的豪氣，惹周遭一群侍女聽得神往不已。

我靜靜地含笑聽著，儘管她所說的一字一句，都早已知道，心頭亦想過了不知多少回，每聽人說起，卻依然心潮澎湃，百轉千迴。

她們口中，那個天神般不可打敗的人，那個世人稱頌的大英雄，正是我的丈夫，我的愛人，我寶寶的父親——還有什麼，比這更值得驕傲。

每一天都有戰報從北邊源源不斷地傳回，經由宋懷恩，再送入我手中。

每一晚，我臨睡前必做的事情，就是將前方最新的戰況講給寶寶聽，讓他知道，他的父王如何英勇無敵，如何保家衛國，如何頂天立地。

再過不久，我的寶寶就要來到人世了。

除了前方的戰事，蕭綦與哥哥的安危，這便是對我最重要的事。

玉岫一氣說了半天，終於說得口乾，端起茶水來喝。

「謝將軍也打勝仗了嗎？」一直安靜聆聽的沁之，突然插嘴進來，細聲問道。

我一怔，隨即莞爾。「小禾將軍帶著前鋒，也攻下了叛軍多處要塞，旗開得勝。」

沁之聞言，整個小臉都亮起興奮的光彩，即刻卻又黯然。「那樣又要死許多人了……小禾哥哥一定很不開心。」她的話，令四下一片默然。

不錯，每一場勝仗，也同樣意味著死亡和傷痛，意味著狼煙燃過沃土，烽火燒毀家園。

又有多少人流離失所，又有多少人痛失至親。

「一些人的死，是為了換回往後的安寧，讓更多人可以活下來。」我輕輕握住沁之的手。「國家疆土，正因這些將士的熱血灑過，才會讓生命一代代傳延下來，讓我們的後代繁衍生息。」

這句話，是我說給沁兒聽的，也說給寶寶聽的——不管孩子們現在能不能懂得，將來，他們卻一定會明白，父輩今日所做的一切，正是為了他們的將來，為了天下的將來。

仰頭眺望遙遠的北方天際，一時間，心潮湧動，感喟無際。

「對了，王妃，昨日賑濟司回報，又收容了近百名老弱幼殘，錢糧恐怕又吃緊了。」玉岫惴惴開口。

「人還會越來越多……」我蹙眉嘆息，心中越發沉重。「仗一天打不完，流民一天不會減少。」

「這樣下去，賑濟司只怕支撐不了多久。」玉岫長嘆。「實在不行，讓懷恩從軍餉裡多少撥一些來——」

「胡鬧！」我斥斷她。「軍需糧餉，一分一毫也動不得，怎能打這個主意！」

玉岫也急了。「可那些也是人命啊，一張張嘴都要吃飯，總不能眼見著人餓死！咱們好歹把賑濟司建起來了，如今多少流民就指望著這一條活路，怎可半途而廢！」

「玉岫！」徐姑姑喝住她。「妳這是什麼話，為了建這賑濟司，王妃耗費了多少心血……」

「夠了，不要爭了。」我無力地扶了錦榻坐下，心中煩憂，頓覺冷汗滲出後背，眼前昏花。

她兩人都噤聲不語，不敢再吵。

當日建立賑濟司，並沒想到會有這般規模。

原本按規制，各地官府都設有專人賑濟災民，然而長年戰亂，流民不絕，官府疲於應對，賑濟之職早已荒廢。如今北疆戰亂，大量流民逃難南下，流離失所，若是青壯年尚可覓得安身之地，一群老弱孤殘卻只得倒臥道旁，生死由命。

我與宋懷恩商議後，由他下令，在官道沿途，設立了五處賑濟司，發放水糧藥物，收容老人幼兒。

最初建立賑濟司的錢糧，由官庫撥出，初時我們都以為足夠應對。卻不料，賑濟司建立之後，流民從四面八方湧來，數量竟如此之巨，不到兩個月，幾乎將錢糧消耗殆盡。

照此下去，只怕賑濟司再難支撐。

為解賑濟司的燃眉之急，我決定先以王府庫銀救急，其餘再從宗親豪門裡籌措。

然而喚來管事一問之下，我才知道，王府庫銀竟然不足十萬兩。

是夜，徐姑姑、阿越與我徹夜秉燭，查點王府帳冊。

我自幼便被父親當作男孩子教養，對持家理財全無興趣。

大婚之後，諸多周折，及至回到王府，更有徐姑姑與府中老管事操持瑣事，對於王府的庫銀開支，我竟是全然不知。

燈下，對著一本本近乎空白的帳冊，我唯有撫額苦笑。

我這位夫君，堂堂的豫章王，何止是兩袖清風，簡直可以說是寒酸至極。

他征戰多年，皇家厚賜的財物金帛，幾乎盡數賜予屬下將士，自己身居要職，卻是嚴謹克儉，未曾有一錢一釐流入私囊。

他的薪俸用於日常開支之後，並無節餘。

如今，即便將整個王府搜刮個乾淨，也僅能湊足十六萬兩。

這區區十六萬兩，對於北方饑困交加的萬千流民，可謂杯水車薪。

燭火搖曳，我看著窗外發呆半晌，蹙眉問徐姑姑：「鎮國公府能有多少庫銀？」

徐姑姑搖頭。「有是有的，但亦不算多，何況王氏枝系繁雜……」

「我明白。」我喟然長嘆，心中明白她的意思。

王氏家風崇尚清流高蹈，向來不屑在錢財之事上蠅營狗苟。雖然歷代襲爵承祿，卻也慣於揮霍，加之族系龐大，開支繁雜，一份祖業要供養整個親族，實在算不得豪綽。

「此次攸關民生，除此別無他法。」我決然回頭。「況且要從京中豪門裡籌集財力，王氏也當作為表率。」

王氏解囊之舉，贏得朝野讚譽無數。

然而京中高門依然不為所動，從者寥寥。其中確有許多家族，迫於家道中落，財資困窘，然而也有不少世家，平日斂財成性，揮金如土，真要讓他們為百姓出錢的時候，卻如剝皮抽筋一般，抵死不從。

想必他們也是料定，眼下邊疆戰亂，蕭綦不在京中，我亦不願多生事端，拿他們無可奈何。

玉岫粗略盤點，這幾日從宗親世家中募集到的銀兩不足八萬。

她頹然擲筆。「平日裡一個個道貌岸然，開口蒼生，閉口黎民，到了這時候才顯出真心。」

「無妨，眼下籌到的銀兩，也夠賑濟司應付兩、三月了。」我閉上眼，淡淡一笑。「任他們慳吝如鐵，我總有法子叫他們鬆口。」

「那可妙極了！」玉岫喜上眉梢。

我搖頭笑嘆。「眼下還不是時候。」

正待與她細說，侍女進來稟道：「啟稟王妃，宋大人求見。」

我一怔，與玉岫對視一眼。

「今日他倒來得早，敢情是公務不忙吧。」玉岫笑道。

正說著，宋懷恩一身朝服走進來，臉色沉鬱，看似心事重重。見了玉岫，他也只淡淡頷首。

見此情狀，我心中一沉，顧不上寒暄，劈頭便問：「懷恩，可是有事？」

他點頭。「懷恩愚昧，本不該驚擾王妃，只是此事牽涉非小，懷恩不敢擅專。」

我從錦榻上直起身。「你我不必客套，但說無妨。」

宋懷恩抬起一雙濃眉，面容沉肅。「前日例行查點，發現糧草軍餉似有微末出入，看似尋常，卻有可疑之處。我連夜查點，未料想，這裡邊竟然大有文章。」這一驚非同小可。

水至清則無魚，軍需開支向來龐雜，下面有人略動腦筋，從中貪取些小利，已是心照不宣的事。陳年積弊，並非一朝一夕可改變。

然而如此小事，何以驚動當朝右相？

宋懷恩以右相之尊，若要懲處一、兩個貪汙下吏，又何需向我稟報？除非，此事背後牽出了特殊的人物。

心中立刻懸緊，我直視他雙目，抿緊了脣，一言不發。

宋懷恩臉色鐵青。「自開戰以來，有人一直對糧草軍餉暗動手腳，非但挪用軍需，更以次充好，將上好精米偷換成糙米送往前方。」

「什麼！」玉岫驚怒直呼。

震動之下，我一時間說不出話來，分不清是急是怒，身子不由微微發抖。

「非但如此，屢次撥予賑濟司的銀兩，更有近半被截用。」宋懷恩濃眉糾緊。

「好大的膽子！難怪下面總說錢糧吃緊，原來一半都落入了碩鼠之口！」玉岫怒極反笑，猛一拍案几，怒道：「王爺在前方征戰殺敵，背後竟有人幹起這等勾當！到底是誰如此膽大包天？」

宋懷恩沉默，望向我，一言不發。不必他再說什麼，我已經明瞭。

這個答案，讓我瞬間如墜冰窖，刺骨寒徹。

——掌管軍需的官吏正是胡光烈的弟弟，胡光遠；而掌管賑濟物資的官員卻是子澹的叔公，謝老侯爺。

胡光遠分明是個耿介爽朗的漢子，深得蕭綦信重，怎會是他幹下這等蠢事！

而謝老侯爺卻是子澹唯一的親人，當年謝氏捲入皇位之爭，敬誠侯事敗伏誅，謝家滿門受此牽累，幾乎就此覆亡。唯獨這謝老侯爺因病告假，未曾參與其中，且身為三朝老臣，有功於社稷，僥倖避過當年之難，卻從此閒置在野，多年不得啟用。

子澹登基之後，顧念母家顏面，才給了謝老侯爺一個雖無實權，卻油水豐厚的官職，讓他頤養天年，安樂終老。

子澹，為何又是子澹——這兩個人，與他雖不見得親厚，卻終究是妻弟和長輩，如今雙雙涉入這樁醜事，讓他顏面何存，讓我情何以堪！

「證據可確鑿？」我緩緩張開眼，望向宋懷恩，一字字問得艱澀無比。

「鐵證如山，這是一干下吏與侯府帳房的供詞。」宋懷恩從袖中取出一方黑色絹冊。「若按刑律論處，謝侯重罪難脫，應處以腰斬之刑；胡光遠死罪可免，卻只怕難逃刺配流放之刑。」

久久沉默，沉默得令人近乎窒息。

我疲乏地開口：「王子犯法，與庶民同罪，該怎麼做，你便去做吧。」

宋懷恩默默地望著我，欲言又止，目光深深如訴。

避開他的目光，我長嘆一聲：「皇上遠在行宮，不必奏請。即刻將謝侯與胡光遠下獄，交大理寺量刑。同時查抄侯府，家產一律籍沒，充入國庫。」

「卑職遵命！」宋懷恩垂首。

「還有——」我緩緩道：「讓人放出風聲，就說此案牽涉重大，我決意徹查一干涉案官員，凡有貪汙私弊，家產來歷不明者，一律按重罪論處。」

我沉吟片刻，又道：「既然胡氏涉案，同時牽涉帝后親族，難免引致宮闈動盪。如今是非常之時，且命內禁衛封閉中宮，暫時不可讓皇后知曉此事。」

決絕

簾外已是黃昏，暴雨不知何時停歇了，天地間沖刷得一派澄澈。京城裡依然是處處錦繡，彷彿並未籠上戰事的陰霾。

但是，雷霆總隱藏在最平靜的雲層之下。

殺伐悄然降臨，於無聲處驚心動魄，沒有人察覺，亦來不及回應，一切已經發生。

今晨，胡光遠奉命至相府議事，甫踏入大門即被設伏在側的虎賁禁衛擒住，押往大理寺。

宋懷恩持我掌管的太后印璽，帶人直入安明侯府，將猶在宿醉中的謝侯收押，府內外層層重兵看守，徹底查抄闔府上下，家產盡數抄沒入籍。

謝氏一門，上至花甲之年的老僕，下至未滿週歲的嬰兒，一概拘捕下獄。

相對於謝氏的滿門驚變，胡府卻陷入死一般的沉寂之中。

宋懷恩沒有立即動手，只收押了胡光遠一人，並將胡府上下嚴密監控起來，嚴禁消息走漏。

胡光烈征戰在外，與家中音訊隔絕，不知吉凶，皇宮更在我控制之下，胡皇后自身難保，胡家不敢妄動，唯有閉門以待，惴惴如坐針氈。

三日後，安明侯謝淵斬首於市。朝野震動，百官驚悚。

「賑濟司共收到募銀……一百七十六萬兩。」玉岫清點帳目，擱筆長嘆。

阿越咂舌。「天，這怕是好多年都用不完了！」

她兩人喜不自禁，我卻笑不出來。

沉煙繚繞，一室清幽，心緒卻是紛亂如麻。

疲憊地闔上眼，不願也不忍去想，眼前卻分明晃動著子澹的影子。我該如何對他說……

謝老侯爺一生才名遠達，撰寫史稿三百餘卷。對這位老者，我自幼便深懷孺慕之心。然而人非聖賢，即便大英雄、大智者，也會有弱點。謝老侯爺非但貪財，更加放不下世家的面子，硬撐著昔年輝煌門庭，明明家道已頹敗，仍揮金如土，分毫不肯低頭。

那一份奢靡精緻、紙醉金迷，豈是謝家空空如也的府庫可以維持的。

這些年，蕭綦一力推行簡儉，一反我朝數百年來奢靡頹逸之風，裁減了高官俸祿，提高寒族下吏的薪俸，充盈國庫軍需，減賦稅，免徭役，迫使許多奢侈成性的世家大為收斂。

謝家雖敗落已久，我卻沒有想到，他們竟淪落到如此地步，要靠貪弊維生。

我絕不相信謝老侯爺是十惡不赦的壞人，然而國法不能容情，一朝踏錯，便是一世盡毀。

這一切都應是滴水不漏，卻沒有料到，胡光遠死了。

兩個時辰之前，他趁獄卒不備，以頭觸柱，撞死在牢中——原本以他的罪責，並非死罪，只判了刺配黔邊，終生不得起用。然而他卻一頭撞向石柱，血濺天牢，以死來贖清罪孽。

聞聽他的死訊，我驚呆在當地。

那個爽朗的少年，笑起來總是嗓門宏亮、常常騎了快馬奔馳在官道上的少年，每次被蕭綦責罵都會抓頭傻笑的少年……他的自盡，究竟是因為自愧自慚，還是捨一人之命而不致連累兄妹——我已經永遠無法知道了。

宋懷恩垂首肅立在側，一言不發，神色沉重。

「這便是一個人的命數，王妃，您切莫太過自責。」徐姑姑溫言勸我。

我一時惘然，沉默了許久，對宋懷恩嘆道：「既然人都去了，就不要太過為難胡家……他們終究也是有功之臣，這汙名，就免了吧。」

胡光遠的屍身，經太醫查驗，被宣布為舊疾突發，不治而亡。

事態平息之後，我解除了中宮的封禁，讓胡氏家人入宮探視皇后。當晚，宮中即來人稟報，說皇后娘娘悲痛過度，病倒在床。

對於胡瑤，對於胡家，於情於理於法，我不知道該不該有愧。寧願她痛罵憤恨，也不願看到她沉默。她的不抱怨，或許才是真正的可怕。

輾轉想了整夜，似醒非醒之間，我依稀見到子澹，容色如霜，忽又見胡瑤渾身是血，披頭散髮……猛然驚醒過來，竟已汗透重衣。

望向羅帳外，約是四、五更光景，天色將亮未亮，越顯淒清。這個時候，蕭綦應當已在校場上馳馬點將了。

我撫著身邊似水柔滑的錦緞，睡了整夜，床的另一半仍是空空冷冷。眼眶忽熱，溼了衾枕。

在這九重宮闕裡，我與胡瑤，這普天之下最尊貴的兩個女人，同時面臨著驚人相似的處境，卻又有著天差地別的不同。

她是皇后又如何，我是豫章王妃又如何，在戰爭、殺伐、離別、孤獨、疾病、生死面前，我們都只是無辜而無助的女人。

我左右不了自己的命運，尚能改變他人的處境。

並非我有多麼心軟仁慈，不過是，己所不欲，勿施於人。三日後，我力壓宋懷恩的反對，下令從行宮迎回了子澹。

子澹回宮之後，行動仍不得自由，起居皆受左右監視，但至少，他可以陪伴著胡瑤，陪伴著他的妻兒——他有她，她亦有他，兩個人再不孤單。

這之後，胡瑤終於開始進藥，病情漸有起色。

而我卻一天比一天消瘦下去，無論如何滋養進補，也不見明顯的效用。太醫也說不出什麼病況，只讓我靜心寧神，好生休養。

靜心，說來容易，可又如何能說靜就靜？

前方戰事，流民賑濟，宮闈動盪，哪一件可以不去想？

這幾日，姑母的情形也不大好。

她是真正已經油盡燈枯了。纏綿病榻這麼些年，神志混沌，四肢僵痹，連眼睛也盲了，與行屍走肉並無不同。從起初想盡一切辦法為她醫治，到日漸悲哀絕望，如今我已徹底放棄。

眼看姑母這個樣子，我甚至想過，寧願當日沒有從刺客刀下救她，讓她保持著昔日風華，在最高貴的時候離去——而不是被時光碾壓，飽受疾病摧殘，以龍鍾老嫗的姿態踏上黃泉。

不過，當太醫親口說，太后時日無多的時候，我仍是無法接受。親人一個個離去，如今，連姑母也要走了嗎？

我每日強撐精神，盡可能去萬壽宮陪著姑母，在她最後的時光裡，靜靜地陪她走完。凝望她的睡顏，我黯然嘆息。

姑母向來是最愛潔淨的，怎能讓她帶著憔悴病損的容顏離去。我讓阿越取來玉梳和胭脂，扶起姑母，親手幫她梳頭綰髻。

「王妃，皇上來了。」阿越低聲道。

我一怔，玉梳脫手墜落。

是子澹來探望姑母了……自他回宮之後，我一直小心迴避，不願見到他。

「皇上已到宮門外了。」阿越惴惴道。

來不及思索，我倉促起身，轉入屏風後。「皇上若問起，就說我來探望過太后，已經離去了。」

立在紫檀屏風後，隔了雕花的空隙，我隱隱看見那個淡淡青衫的身影邁進門來。一時間，我屏住了氣息，咬脣強抑鼻端的酸楚。

阿越領著侍女們向他跪拜，子澹卻似未留意，徑直走到姑母床前，默然佇立。

「是誰在給太后梳妝？」他忽而發問。

「回皇上，是奴婢。」阿越答道。

靜默了片刻，子澹再開口時，聲音微微低澀：「妳，妳是豫章王府的婢女？」

「是，奴婢是在王妃身邊伺候的，方才王妃命奴婢留下，服侍太后梳妝。」

子澹不再說話，久久靜默之後，聽見他黯然道：「都退下吧。」

「奴婢告退。」阿越有一絲遲疑，卻只得遵命。

聽得裙袂窸窣，左右侍女似乎都已退出殿外，再沒有一絲聲響。殿內歸於死水般的沉靜，唯有藥香與安息香的氣息淡淡繚繞。

靜，長久的寂靜，靜得讓我錯覺，他或許早已經離開。

忐忑地湊近雕花紋隙，正欲窺看外面的動靜，忽然聽得一聲低微到幾不可聞的哽咽。

子澹伏倒在姑母床邊，將臉深埋入垂幔中，肩頭微微抽搐。「母后，為什麼，為什麼變成了這樣？」

他像個無助的孩子，死死地抓住沉睡中的姑母，彷彿抓住記憶裡最有力的那雙手臂，企盼她將自己從泥沼裡救出。然而這雙手臂，早已經枯槁無力。

那單薄身影隱在垂幔間，卻聽他喃喃道：「母后，從前妳總想讓皇兄登基，妳告訴我，皇位到底有什麼好？這皇位害死了父皇、皇兄、二皇兄，還有皇嫂……連妳也變成了這個樣子，為什麼，她還一心要這皇位？」

我狠狠咬唇，不讓自己出聲。

「我又夢見她，一身的血，站在大殿上哭。」子澹的聲音幽幽迴盪在冷寂的寢殿。「可是轉過身，眼前血流滿地，身首異處……她騙我，阿瑤也騙我，還有誰可以相信？我不明白，那樣愛過的人，到頭來，為什麼都成了恨？」

這一聲「恨」，聽在耳中，我只覺嗡的一下蓋過了所有聲響。眼前屏風的雕花，再也看不清楚，繚亂昏花。

痛，只有痛，鈍鈍地從身體裡傳來，像一隻冰冷的手在緩緩撕扯，一下下剝離出心底最脆弱的地方。

除了痛，再感覺不到別的，甚至已沒有喜悲。

手指絞緊裙上絲絛，我卻聽叮的一聲，絲絛斷，明珠濺落在地。

「誰！」子澹驚跳。

屏風被他猛地推開，眼前光亮大盛，照見他臉色慘白。抵著背後牆面，我已退無可退。

他迫視我，忽地一笑。「何必藏在這裡，妳想知道什麼，何不直接問我？」

我並非故意，卻被他看作是存心——如宮中無處不在的耳目，藏身暗處，窺探他的言行。

在他眼裡，我是如此不堪。

閉了眼，任憑他目光如霜似刃，我再不願開口，一切都已是徒勞。

頰上一涼，他撫上我的臉，手指冰涼，沒有一絲溫度。「還是如此驕傲嗎？」他另一隻手隨即貼上我胸口。「妳的心，究竟變成什麼樣了？」

我渾身顫抖，手足冰冷。「你放手。」

他烏黑的眼底，一片幽暗，透出令我驚悸的寒意。

未及掙扎，他的脣已狠狠壓了下來，顫抖著侵入我雙脣，那麼冷，那麼柔，與記憶深處，第一次親吻的味道悄然重合……搖光殿，春日柳，熏風拂面。

曾經有一個溫柔的少年，第一次親吻了我的脣，酥酥暖暖的感覺，一輩子停留在記憶深處。

十年之後，同樣的人，同樣的吻，卻是如此冰冷破碎。

淚水滑落，沿著臉龐滑入脣間，他亦嘗到我的淚，驀然一僵，停止了脣舌的糾纏。

我已沒有力氣支撐搖搖欲墜的身體，從心底到四肢百骸，都蔓生出無可抑制的痛楚，冷汗滲出全身，想開口卻發不出聲音。

他似覺察我的異樣，伸手來扶我。「妳，怎麼了……」

我咬牙，推開他的手，將身子抵住屏風站穩，慘然一笑。「如你所說，我滿手血腥，害人無數，你恨我也好，就此愛恨相抵，從今往後，你我便是路人了。」言罷，我掉頭轉身，再不敢看他的面容，一步步走向殿外。

我不知道是如何被阿越扶上鸞車，一路上，漸漸清醒過來，方才隱約混沌的痛楚，越發清晰，越發尖銳。

車駕漸緩，已近王府，我勉力探起身，整理裙袂。

忽覺身下一暖，熱流湧出，劇烈的痛楚隨即洶湧而來——蓮色素錦的裙袂上，赫然一片猩紅。

鸞車停了，我挑開車簾，竭力鎮定地開口：「阿越，傳太醫。」

太醫當即入府，湯藥金針，統統用上，直忙到入夜。

分不清是累是痛，彷彿知覺已經完全麻木，神志卻無比清醒。

徐姑姑一直守在旁邊，不停地用絲帕為我拭去冷汗，饒是如此，冷汗依然浸透了我全身。

太醫惶恐地退出去，宮中幾位年老的接生嬤嬤已經候在了外面。

看起來，我可憐的未足月的寶寶，已經要提早降臨這人世了。靜夜沉沉，唯覺更漏聲聲。

我在昏沉裡時醒時睡，下一刻額上忽覺清涼，是誰溫柔的手，為我拭去冷汗。睜開眼，恰看見一雙淚光瑩然，滿是慈愛的眼睛，恍惚是母親，又是姑母。

是徐姑姑吧，我想喚她，想對她微笑，卻聽見自己的聲音斷續若遊絲。

「我在這裡。」徐姑姑忙握緊我的手。「不怕，阿嫵不怕，妳吉人天相，一定會母子平安！」

我略微緩過氣來，茫然看向簾外，是已經天黑了嗎？看不透這重帷深深，也不知道北方的天際，是否已經落下夕陽。望不穿這萬水千山，卻依稀見到他的身影，如在眼前。

九錫

五更過後，不見展露晨光，天色越發陰沉晦暗，簾外風雨欲來。

神志在痛楚煎熬中漸漸迷失，眼前晃動著產婆和侍女的身影，恍惚看見誰的手上沾滿猩紅。

床前垂下的帷幕，時而飄動，忽遠忽近，如同周遭的聲音，時而清晰，時而模糊。徐姑姑一直守在身旁，握緊我的手，一聲聲喚著我的名字，不讓我昏睡過去。

闔上眼，彷彿看到烽煙火光，遠遠地，在那漆黑暴烈的戰馬上，蕭綦戰袍浴血，長劍裂空，揮濺出血光漫天……此時此刻，你在哪裡？

藥香混合著寧神的熏香氣息，沉沉如水，飄入鼻端令人昏昏欲睡。我卻不敢闔眼，因為我不知道，這一睡去還能否醒來。

徐姑姑滿面是汗，迭聲催促著幾位嬤嬤。

「徐姑姑……我有話對妳說。」我抓住她的手，艱難地開口：「妳記住我現在的話，一字不能差。」

「不要說傻話，傻孩子！」徐姑姑再也強撐不住，老淚縱橫，撲倒在榻邊。

我輕輕闔目而笑。「假如我不在人世，日後王爺另娶……我要妳轉告王爺，即便日後，這個孩子不是他唯一的子嗣，卻是唯一可以繼承大統的嫡子！」

這一生，太多動盪反覆，早已不能相信永恆。對於蕭綦，我有多深的眷戀，亦有多深的瞭解。

當日他許下的誓言，我不奢望他全都做到，只盼他信守對子嗣的承諾，善待這個孩子。

「老奴記下了。」徐姑姑哽咽著，默默點頭。

我咬脣，沉默片刻道：「若是女孩……待她日後長大，務必讓她遠離宮廷。」

整夜的痛楚煎熬早已麻木了知覺，恍惚裡，聽見風雨驟急，聲聲入耳。一道驚雷響徹。

嬰孩的哭聲在雷聲後響起，嘹喨清脆。

是錯覺嗎，我竭力抬首望去，眼前卻模糊一片。「王妃大喜，恭喜王妃，小郡主平安降世！」是女兒，終究還是女兒，我的女兒。

在這一瞬間，所有的苦與痛都歸於寧靜，生命的神奇與美好，令我淚流滿面。尚未來得及擁抱我的女兒，再一次的痛楚襲來，讓我直墜向黑暗深淵。

依稀聽見誰的驚呼：「是雙生子！」

徐姑姑抓緊我的手，抖得那樣厲害。「阿嫵，妳聽到了嗎？還有一個寶寶……老天，求祢保佑阿嫵！公主在天有靈，保佑他們母子平安，長命百歲……」

最令人恐懼的不是痛楚，卻是如鐵一般壓下來的疲倦，將意志重重壓倒，讓人只想拋下一切，就此放棄，就此沉睡，就此悠悠飄浮於天地之間，從心所欲，再也沒有疲憊和痛苦……

那是怎樣的誘惑，怎樣的渴慕。冥冥中，我似乎看見了母親，又看見許多熟悉的身影……有宛如姊姊，有錦兒，甚至有朱顏，她們都幽幽地望著我，緩緩靠過來，越逼越近……我動彈不得，呼叫不出，驟然被恐懼扼住了咽喉。

蕭綦……你在哪裡，為什麼不來救我？

黑暗裡，我越墜越深，越來越冷，已經看不見一絲光亮，也聽不見一點兒聲音。

忽然，彷彿從那天際最遠處，有一絲嬰兒的啼哭聲悠悠傳來，漸漸響亮，漸漸清晰。那是我的女兒，是她的聲音，在呼喚母親。

這稚嫩的啼哭，一聲聲傳來，牽引著我，轉身，向那光亮處迎去。

「阿嫵，阿嫵——」徐姑姑蒼老的、撕心裂肺的聲音，一點點清晰起來，甚至感覺到她的手，重重搖晃我，抓得我肩上隱隱作痛。

「小世子有反應了！」產婆驚喜的呼聲驟然傳入耳中，我全身一震，霍然睜開眼。產婆竟然倒提著一個嬰孩，用力拍打他的後背。

我猛地嗆咳起來，胸中氣息頓時流轉，呼吸重又順暢，卻仍說不出話來。

幾乎同時，產婆手中的嬰孩也發出一聲微弱的啼哭，宛如一隻可憐的小貓。襁褓中的兩個嬰兒被抱到我跟前。

紅色襁褓中的是姊姊，黃色襁褓中的是弟弟。

一樣吹彈可破的粉嫩小臉，一樣烏黑光亮的細軟頭髮，竟覆至耳際──我見過的初生嬰兒，都是淺淺黃黃一層絨髮，從未見哪個孩子，一生下來就有這麼美麗的胎髮。

這一雙孿生的孩子，眉目樣貌卻不相似。

抱在臂彎中，朱紅錦緞裡的女孩，立即睜開眼睛，烏溜溜一雙眸子望著我，粉嫩小嘴微微努起，小手不安分地亂動，那神態眉目分明像極了她的父親。

而小小的男孩子卻安靜地躺在襁褓裡，纖長的睫毛濃濃覆下來，秀氣的眉梢微微蹙起，容貌依稀有著我的影子。

徐姑姑說，小世子生下來的時候不哭不動，氣息全無，我也昏迷不醒，沒有了脈息。她幾乎以為我和孩子都沒能熬過來的時候，我的女兒突然放聲大哭，直哭得撕心裂肺一般。

就是這哭聲，冥冥裡喚醒我，將我從生死一線之間拽回。

小世子被產婆一陣拍打，吐出胸中積水，也終於有了哭聲，奇蹟般地活了下來。

玉岫守在外面已經許久，一見到產婆侍女出去報了平安，便不顧一切地奔進來。她看著這一雙孩子，又看著我，彼此對視，我們竟同時流下淚來。

此時此刻，似乎說什麼話都是多餘。

良久，她才輕輕抱了抱孩子，哽咽道：「真好，真好……王爺知道了，該有多快活！」

我沒有力氣說話，只伸手與她相握，默默微笑，傳遞著我的感激。

派了人飛馬趕赴北境，算著日子，這兩日蕭綦也該收到喜訊了。

想像著他會有什麼反應，會不會喜極而狂……他一定不敢相信，上天如此眷顧我們。他會給孩子們取什麼名字呢？這個做父親的遠在千里之外，等到他取好名字，也不知是什麼時候了。他能想出來的名字，必然是一番金戈氣象……

我忍不住笑了，望著襁褓中的女兒，看她蹬腿揮手，總想抓住我的手指，放到嘴裡吮吸。只覺怎麼都看不夠她，心底裡最柔軟的一處地方，似有甘冽泉水淌過。

她生下來的時候，正好細雨瀟瀟，天地之間，清新如洗。

我並不在意這雙兒女是否龍章鳳姿，只求他們一生平安喜樂，清淨寧和。斜雨瀟瀟，洗淨世間萬物——女兒的乳名，就叫瀟瀟吧。

我的兒子，我希望他不僅僅有其父的英武，更有一顆明淨的心，不必再像他的父母一般，沾染滿手血腥……他的乳名，便是「澈」，澄淨清澈如世外之泉。

一晃半月過去。

生命如此神奇，如此不可思議。我眼睜睜地看著兩個孩子，看著他們一天天變化成長，時常讓我怔怔不能相信——置身於無休止的戰禍、傾軋、恩怨，唯有看著這一雙兒女，才覺得世間猶存美好，猶有希望。

宗親朝臣送來的賀儀堆積如山，奇珍異寶，滿目琳琅。

內侍單獨入見，奉上一只平常的紫檀木匣，那是子澹的賀儀。

看似尋常的木匣，托在手中，只覺重逾千鈞。匣中水色素緞上，靜靜托著一副紫金嵌玉纏臂環。

我怔怔地望著這雙金環，心口一寸寸揪起，鬱鬱的疼痛湮散，化也化不開。

纏臂金環的舊俗，相傳是在女孩誕生時便要繞在臂上的，直到婚嫁之日，方可由夫婿取下，以此寄寓守護、圓滿之意。

舊盟猶記，前緣已毀，誰也沒能守護住最初的圓滿。枉有纏臂金、碧玉環，也不過是平添一分諷刺罷了。

罷了，到了這一步，譏誚也好，怨恨也罷，終歸都是我欠你的。

十月初九，捷報飛馬傳來，豫章王收復寧朔，大破南突厥於禾田，克王城，斬殺叛將唐競於城下。

越三日，城破，斛律王棄國北去，奔逃漠北。城中王族未及出逃者，盡斬於市。豫章王大宴眾將於王庭，受突厥彝器、渾儀、土圭之屬，頒賜將帥，犒封三軍。上至朝堂，下達市井，無不歡騰振奮。

豫章王的輝煌戰績，於國於民於史於天下，意味著安定、強盛、驕傲和榮耀。而這一切，對於我，只是遠行的離人終將歸來。

薄薄一紙家書隨著捷報一起傳回。

顧不得阿越還在跟前，我顫著手抽出薄薄一紙素箋，竟是未展信，淚先流。不敢縱容相思，唯恐被離愁動搖了剛強。

卻在展開家書的這一刻，瓦解了所有的防禦。

這是，他自烽火連天的邊關，千里迢迢送回的家書。

墨痕裡，字句間，筆筆銀鉤鐵畫，征塵撲面。

恍惚間，似到了無定河邊，赫連臺下。榆關歸路漫漫，將軍橫刀縱馬，踏遍寒霜，獨對孤月羌笛。縱然鐵血半生，終不免離恨柔腸。幾回夢渡關山，見嬌妻佳兒，相思蝕骨透，更甚刀斧。幾回笑，幾回淚，薄薄一紙素箋，字字看來，寸寸心碎。

我笑著仰起頭，只怕眼淚落下，湮溼了墨跡。

「王妃……」阿越忐忑喚我，惴惴地守在一旁，不敢貿然探問。「王爺給世子和郡主取了名，男名允朔，女名允寧。」

我仍是笑。

「啊！」阿越恍然。「這是，永銘收復寧朔之意吧！」

我微笑點頭，復又搖頭。

允，即是允諾、允誓；寧朔，更是我們真正初相遇的地方。

相遇、相許、相守，這一路走來，風雨曲折，個中甘苦，何足為外人道。

「這可好極了！」玉岫喜孜孜笑道：「王爺幾時班師回朝？」

我低頭，微笑不語，一點點疊好素箋，緩緩放回錦匣。「王爺說……」甫一開口便哽住，分明努力笑著，眼淚卻落下。

我深吸一口氣，望向遙遠的北方天際。「王爺決意乘勝追擊，揮師北進，踏平南北突厥。」未收天子地，不擬望故鄉。

唐競死了，叛軍滅了，這場戰爭卻遠遠沒有結束。

我的夫君，沒有急於千里返家，沒有為了早些與妻兒團聚而班師，而是繼續北進，開疆拓土，踏平胡虜，去實現他的皇圖霸業，一償畢生心願。

這便是我的夫君。

他屬於鐵血疆場，屬於萬里江山，唯獨不屬於閨閣。

十月十二，群臣上表，以豫章王高勳廣德，請賜九錫之命。

禮有九錫：一曰車馬，二曰衣服，三曰樂器，四曰朱戶，五曰納陛，六曰虎賁，七曰弓矢，八曰鉞，九曰秬鬯。自周朝以來，九錫之賜，已是天子嘉賞的極致，意味著禪讓之兆。

歷代權臣，一旦身受九錫之命，自是天命不遠。子澹禪位，只在早晚。待蕭綦班師之日，亦是天下易主之時。

十月十五，朝廷頒詔，賜豫章王天子旌旗，駕六馬，備五時副車，置旄頭雲罕，樂舞八佾。

冊封豫章王長子澈為延朔郡王，女為延寧郡主。

飄搖

午後秋陽和暖。

我卻手忙腳亂也應付不了瀟瀟的折騰。

天知道她哪來這麼充沛的精力，從早到晚沒有一刻肯安分，簡直比那些頑固的朝臣更難纏。

所幸澈兒倒是個安靜的寶寶，全然不似他姊姊那般淘氣。

此刻他乖乖躺在奶娘懷中，睡得十分香甜，睡顏宛如白蓮，任何人看了都不忍驚擾。

好不容易哄得瀟瀟入睡，將她交到徐姑姑手中，我亦累得精疲力竭。

倚在軟榻上，我翻看著北疆傳回的戰報，方看了兩行便覺睏意襲來，漸漸闔目睡去……朦朧中，聽得簾外有人低語，徐姑姑低聲應答了什麼。

我懶於回應，側身向內而眠。

忽聽徐姑姑失聲低呼：「什麼！怎不早來稟報？」

睡意頓時消散，我撐起半身，蹙眉道：「外面何事喧譁？」

徐姑姑慌忙趨至榻邊，隔了紗幔，低聲道：「回王妃，龐統領差人來報說，方才巡查發現，有一面出宮權杖……恐是失竊了。」

心中大震，我霍然拂開垂幔。「什麼時候的事？」

「失竊應在凌晨時分。」徐姑姑惶然道。「詳情尚不清楚，奴婢這就傳內侍衛入府問話。」

「來不及了。」我冷冷道：「立刻傳令下去，命鐵衣衛飛馬出城，沿東面、北面追擊，務必在今夜子時前追回出逃之人，如遇抵抗，就地格殺，斷不能容一人漏網！」

徐姑姑額上滲出冷汗。「奴婢明白。」

「立即封閉宮禁，將昨夜值守的內侍衛全部收押，傳宋相和龐統領來見我！」我匆匆披了外袍，喚來阿越給我梳妝更衣，預備車駕入宮。坐在鏡臺前，我才發覺額頭已有冷汗滲出。

宮中禁軍副統領龐癸，是我多年心腹，一直由他暗中掌控著宮中一舉一動。一面權杖看似小事，可一旦有人趁隙作亂，千里之堤也會潰於蟻穴。

此時大軍長驅直入北疆大漠，正是京中空虛之時，若後方生亂，無疑將陷蕭綦於腹背受敵。

鏡中自己的面容蒼白異常，襯著脣上殷紅如血的胭脂，猶如罩上一層寒霜。門外靴聲橐橐，宋懷恩已趕到，我轉身披上風氅，迎出門外。

「屬下參見王妃。」宋懷恩戎裝佩劍，容色凝重堅毅。

遠處城東兵營方向，升起濃濃的青色煙霧，直湧天際。那是向沿途關隘示警的煙訊。

宋懷恩按劍道：「屬下已經發出煙訊，派人飛馬傳令，封閉沿途隘口關卡。」

「很好。」我仰頭望向那青色煙柱，緩緩道：「照路程算來，他們子時前到不了臨梁關。鐵衣衛已出城追擊，屆時前後合圍，一個都不能放走。」

「可需留下活口？」宋懷恩沉聲問道。

「事已至此，要不要活口，已不重要了。」我淡淡道：「東邊不過是螳臂之力，北邊卻萬不能有失。你可部署周全了？」

宋懷恩頷首。「東郡屯守的兵力不足兩萬，我已在沿途布下防務。京畿四面屯兵，堅若鐵壁，王妃無須擔憂。北邊縱有天大本事，諒他也翻不出王爺的掌心。」

我蹙眉。「兩軍陣前，豈能自起內亂，無論如何不能讓消息走漏。」

「王妃放心，鐵衣衛行事，迄今未曾失手。」宋懷恩目光沉毅，殺機迸現。「既然箭已離弦，再無回頭路可走，還望王妃早作決斷！」他的目光與我堪堪相觸。

隔得這樣近，我幾乎可以看見他因激動而展露在額頭的青筋。決斷，這兩個字輕易脫口，卻是一生的逆轉。

十年間多少次決斷，要麼踏上風口浪尖，要麼退入無底深淵，從來就沒有一條妥協的路可走。

一取，一捨，失去了，便是一生。風起，滿庭蕭瑟。

我拽緊了風氅，仰頭，望向宮城的方向。

——子澹，你終究要與我一搏了嗎？

紅日漸西沉，黃昏將至，殘陽如血，染紅了長長甬道。宮門外，三千鐵騎分列道旁，甲冑鮮亮，嚴陣以待。宋懷恩一騎當先，仗劍直入宮門。

我抬手拉低風帽，遮住面容，策馬隨在他身後，左右兩騎親隨與我並轡而行。此刻我身著騎服，以風氅遮掩了形貌，不著痕跡地隱身親隨之中，悄然入宮。駐馬宮牆下，回望天際斜暉，整個京城都沐在一片肅穆的金色之中。

京畿四面城門皆已封閉戒嚴，禁軍副統領龐癸親自率兵圍捕胡氏一門，各王公府邸皆被重兵把守。

乾元殿前，黑壓壓跪了一地的宮人，數十名內侍帶刀立在殿門前。

內侍總管疾步趨前道：「皇上正在殿中。老奴奉命看守宮門，未敢讓人踏出一步。」宋懷恩側首，我略略點頭，與他一同步上殿前玉階。

殿內深濃的陰影裡，子澹素衣玉冠，孤獨地坐在御座正中，冷冷地望著門口。

我與宋懷恩踏進殿內，最後一抹餘暉將我們的影子長長地投在地上，與玉磚雕龍重疊在一起。

「你們來了。」子澹淡漠的聲音，在殿內迴盪。

「臣護駕來遲，望皇上恕罪！」宋懷恩按劍上前，單膝跪地。

我低頭屈膝，沉默地跪在宋懷恩身後，將面容隱在風帽的陰影中。

「護駕？」子澹冷冷笑了。「朕一寡人，何足驚動宋相入宮。」

宋懷恩面無表情道：「胡氏謀逆，皇后矯詔欺君，臣奉太后懿旨，入宮護駕，肅清宮禁。」

子澹微微一笑，語聲慘淡，似早已預料到這一刻：「此事無關皇后，何必累及無辜。既知事不可為，朕已素服相待，等你們多時了。」

他輕嘆一聲，似終得解脫般輕鬆，從御座上緩緩起身。「既是太后懿旨，那便有勞你，代朕轉告太后——」這「太后」二字，他重重說來，語意盡是譏誚。「朕總算遂了她的意，不知她可快活？」

宋懷恩沉默片刻，自袖中取出黃綾詔書，雙手奉上。「臣愚鈍，只知奉命行事，不敢擅傳聖意。廢后詔書在此，請皇上加蓋玉璽，即刻平定中宮叛逆。」

子澹握拳，臉色蒼白如紙。「朕一身承擔，不必連累旁人！」

宋懷恩冷冷道：「胡氏謀逆，鐵證如山，望皇上明鑑。」

「此事與胡氏無關。」子澹微微顫抖。「朕已經任由你們處置，何必加害一個弱質女流？」

「臣不敢。」宋懷恩聲如寒冰。

子澹扶住御座，恨聲道：「你們，果真是趕盡殺絕，連婦孺都不放過！」

宋懷恩終於不耐，霍然按劍起身。「請皇上加蓋玉璽！」

「休想讓朕頒這詔令。」子澹倚著御座，怒目相向，卻渾身顫抖，似力已不支。

宋懷恩大怒，驀然踏前一步。

「皇上。」我起身，掀了風帽。子澹一震，側首，與我四目相對。

他的目光直直剜進我心底。

兩人之間，不過三丈距離，卻已隔斷了一世恩怨。我緩緩向他走去，每一步都似踏著刀尖。

「妳要親自動手了嗎？」他笑了，蒼白的臉色透出死一樣的灰白，身子晃了一晃，跌坐回御座，慘無血色的脣動了動，再說不出話來。

我沉默，任由他的目光、他的笑容，無聲地將我鞭撻。

「皇上請過目。」我接過宋懷恩手中詔書，緩緩展開在子澹眼前。

「這是廢后的詔書，並無賜死之意。」我克制著臉上每一絲表情，克制著自己的聲音，只讓他看到我最冷酷的樣子。「若是殺人，用不著玉璽，只需一杯毒藥。胡氏謀逆，按律當滅族。只有廢入冷宮，才能保全她性命。」我望著子澹。「皇上，臣妾所能做的，僅止於此。」

子澹閉上了眼，似再不願看我一眼。「我的命拿去，放過她跟孩子。」

他已認定我會藉此發難，斬草除根，清除他所有的親人。

「朕既做了放手一搏的決定，便已有最壞的打算，自當承擔一切。」他閉目仰首，唇角噙一絲慘笑。

我望著他，滿心蕭索，只覺悲涼。「你真想保全胡家，又何必將他們推上刀口？」一旦事敗，胡家將是第一個受戮，這一點子澹不會不知。然而他依然將整個胡氏投入這場希望渺茫的賭局，哪怕這裡面有他的妻，有他未降生的孩子。

他終究做了一個帝王該做的事情，卻可惜，已經太晚。

「妳說我從不曾爭取過。」他忽然倦淡開口。「現在我爭了，卻又如何？」

我握緊詔書，卻無法回答他的話。

縱然沒有今日，胡氏也難逃滅門之災；縱然沒有玉璽，我也一樣會動手。

——子澹，錯不在你我，只錯在這亂世。

「臣，鐵衣衛統領魏邯回宮覆命！」鏗鏘如鐵的聲音從殿外傳來，刺破死一般的沉寂，僵持的堅冰驟然崩裂。

子澹直勾勾地望向殿門外，薄唇微顫，滿目絕望。

魏邯按劍上殿，一身黑衣，行止迅捷如豹，面罩鐵甲，只露一雙犀利的眼睛在外。他單膝跪地，雙手呈上一件染血的杏黃鳳羽絲袍，那是皇后才可穿的貼身中衣。

宋懷恩接過那件血袍，霍然抖開。

絲袍已被鮮血染透，卻仍清晰可見，衣上寫滿字跡，筆觸纖秀飄逸，風骨若神。這是胡瑤的衣，子澹的字，襟下赫然蓋著鮮紅的玉璽。

——將密詔寫在皇后貼身的中衣上，由宮婢穿了，躲過宮門盤查，一路潛逃出宮，分頭帶往北疆和東郡，向胡氏求援。除了北疆有胡光烈十萬部眾，東郡尚屯有胡氏三萬舊部。

此舉兵行險著，孤注一擲，以子澹的優柔，只怕是想不到的。

血衣尚未乾透，一股濃重的血腥氣直撲鼻端。

子澹猛地掩住口，轉過頭，全身顫抖。他素來厭憎鮮血，卻從未見他如這一刻的恐懼。

「臣在北橋驛外三里，截獲潛逃的宮婢與其同犯，搜遍車駕不見可疑，其後自隨行僕婦身上發現御用之物。徐副統領往東面追擊，也已捕獲逆賊，現正快馬回馳。」魏邯俯首稟來，聲如寒冰：「一眾逆賊共七人，無一漏網。」

「可有留下活口？」宋懷恩冷冷道。

魏邯一頓。「三人就地格殺，兩人自盡，餘下兩名活口已嚴密看押。」言畢，他與宋懷恩雙雙望向我，緘默不語，幾乎與殿中陰影融為一體，卻似兩把出鞘的刀，殺氣森森迫人，竟讓我透不過氣來。

我咬牙轉頭，再不看子澹一眼。「乾元殿總管何在？」我厲聲道。

內侍總管王福疾步趨入，伏地跪倒。「老奴在。」

「取玉璽來。」我揚手將詔書擲在他面前。「傳旨，廢皇后胡氏為庶人，即刻押入冷宮。」

屏風後，兩名內侍如幽靈般現身，一左一右上前。

王福臃腫肥胖的身軀此刻矯捷異常，大步趨近御座，對子澹一欠身。「皇上，老奴得罪了。」

左右內侍按住子澹，王福上前，搜出子澹貼身所藏的玉璽，重重按上那道詔書。

子澹僵如石雕，任憑擺布，只目不轉睛地望著我，一雙眼裡似要滴出血來。

我猝然轉身，緊緊閉上眼。「魏統領，即刻將胡氏一門下獄，肅清其餘逆黨。」

「屬下遵命。」魏邯屈膝一拜，立即折身退出，與王福一同往昭陽宮而去。

我緩緩回身。

子澹頹然垂首，直勾勾地盯著地面——在他腳下，是那猩紅刺目的血衣。

他死死盯著那血衣，猛地縮回腳尖，伏在御座上，彎腰嘔吐，肩頭陣陣抽搐。我一呆，心口猛地抽痛，再不能自制，奔上前去扶住了他。

他抖得那樣厲害。

「傳御醫，快傳御醫——」我轉頭對宋懷恩喊道。

子澹劇烈喘息著，猛然掙脫我的攙扶，反手一掌摑來。耳邊脆響，眼前金星繚亂。

我跌倒在御座下，怔了，僵了，彷彿不會動彈。

臉頰火辣，脣間腥澀，都抵不過心口似被尖刀剖開的痛。

子澹目不轉睛地看著我，眼底一片空洞，脣角卻是一絲冰冷微笑。嗆的一聲，劍光劃過，一柄長劍擋在我與子澹之間。

宋懷恩的身影擋在面前，手背青筋凸綻。

——子澹，我欠你的何止這一掌。

恨也罷，憎也罷，只要是你給的，我都受著。

我恍惚笑了笑，抬手拭去脣邊的血絲，勉力起身。宋懷恩伸手來扶，被我擋開。

我淡淡道：「皇上龍體欠安，今日起，即在寢殿靜養，任何人不得驚擾。」踏出乾元殿的剎那，我再不能支撐，腳下一軟，竟邁不過那道門檻。

「王妃！」宋懷恩的手，穩穩托住我的手臂，將我扶住。

他憂切的目光，透出無比堅毅，讓人心安。

「信使已趕往北疆，快馬晝夜疾馳，不出七日，密函便可送達王爺手中。眼下還需支持少頃，京中一切有我，王妃千萬保重！」

我心中感激，卻不知如何表達，只淺淺一笑。「多謝你，懷恩。」

九重宮闕漸起晚風，天際沉沉，似陰晦欲雨。遠近的宮院已經掌燈，點點燈火在夜色裡飄搖。

「是否要去昭陽宮？」宋懷恩問道。

去昭陽宮做什麼呢，炫耀我的勝利，還是欣賞他人的失敗？

我慘然一笑，胡瑤並沒有做錯，她的選擇和我一樣，只不過是為自己，為所愛之人爭得生存與尊嚴，清除一切障礙和危險，即使不擇手段，也要活下去。

如果不是在這樣的境況中相遇，我和她，或許會是知己。

「不必再去昭陽宮，一切由你做主，我累了，回府吧。」我黯然轉身，登上鸞車。

正欲起駕，卻見王福急匆匆自昭陽宮方向奔來。

「啟稟王妃，皇……廢后胡氏，方才受驚暈倒，似有臨盆之兆。」

血刃

燈火通明的昭陽殿內，宮女醫侍各自奔忙，人人低眉斂色。

除了殿內隱約傳來的呻吟，再沒有別的聲音，殿上靜得可怕，呻吟聲斷續入耳，令人心悸。

殿外是甲冑森嚴的禁軍，嚴陣以待，夜色如鉛似鐵，黑沉沉壓得人喘不過氣。在我的記憶裡，這萬古寂寥的昭陽殿，第二次迎來新生命的降臨。

明貞皇后曾在這裡生下了子隆哥哥的兒子……那一天，依稀也是宮傾朝變，天地易色。已經多少年了，眼前彷彿還看到白衣蕭索的謝皇后，懷抱嬰兒，向我下跪託孤。

如今靜兒廢了帝位，遠在封邑，病況漸有起色，總算保得一世太平。宛如姊姊的囑託，我算是做到了，還是辜負了？子隆如今是否已轉生民間，如願以償地做一回庶民，自由自在度過一生？

我對著一盞宮燈，恍恍惚惚地出神，不覺陷入往事紛紜。驀然間，一聲微弱的嬰兒啼哭傳來，驚得我全身一震。

這聲音稚嫩嬌弱，彷彿小貓一般。我頓時心跳加劇，只盼上蒼憐憫，一定要是女孩！

廖嬤嬤匆匆步出內殿，屈膝跪倒。「皇后產下小皇子。」

耳中轟然一聲，最後一線幸運的祈望也破滅。

皇子……終究是個小皇子，終究要逼我做此抉擇。

我跌坐回椅上，茫然抬頭，只覺這昭陽殿從未如這一刻陰森迫人。

鳳簷鸞梁，宮錦垂幔之間，幢幢搖曳的陰影，似乎是皇族先祖，歷代皇后，不散的陰靈。

此刻他們正居高臨下地俯視著我，俯視著這個身上流淌著一半皇族之血的女子，是否要親手扼殺這末代皇朝，最後的血脈。

——「留女不留男」，當日蕭綦允我的五個字，給這嬰兒留下了半線生機。

我始終抱著這一線希望，祈望上天垂憐，讓胡瑤生下女兒。

而另一半生機，亦早在祕密籌劃之中。

許久以來，我一直心心念念想著，如何為子澹和他的妻兒留下生路，將來如同靜兒一樣，遠離深宮樊籠，去一個山明水秀的地方，安度餘生。

及至今日之前，我仍是如此籌劃——若胡皇后產下皇子，即將孩子祕密帶出宮廷，以奶娘之子的身分匿藏在王府，對外只宣布小皇子夭折。待子澹禪位，遠赴封邑之後，再將小皇子送回，以義子的身分承歡父母膝下。

然而密詔事敗，胡氏滅門，子澹那一記恨絕的掌摑，給我的全盤籌劃帶來致命一擊。

我的一廂情願，終是錯了，徹底的錯了。

子澹不是靜兒，不是任由人擺布一生的孩子。奪位之恨，滅族之仇，終此一生再也不能化解。子澹和蕭綦，胡瑤和我，註定永世為敵。

如今這嬰孩尚不知人間悲歡，然而多年之後，他將會變成怎樣？他可知道，從降生的這一刻起，便已背負上父輩的仇怨——血脈不絕，仇怨不息！

「王妃！」廖嬤嬤低聲喚我。「皇后產後虛弱，尚在昏迷之中，小皇子不足月早產，先天不足，眼下看來羸弱堪憂。」

我心裡緊了一緊。「把孩子抱來，讓我看看。」

「是。」廖嬤嬤應聲而去。

我沉吟片刻。「傳太醫進來。」

奶娘步出內殿，懷抱一只明黃襁褓，到我跟前跪下，小心翼翼舉起襁褓。襁褓內裹著的嬰孩，並不啼哭，只發出微弱的嚶嚶聲。

我顫顫抬手，正欲從奶娘手中接過，驀然瞧清楚了孩子的面容——那輪廓口鼻，與子澹如出一轍，然而眉眼卻像極了胡瑤。

他彷彿感應到我的目光，細細的睫毛一抖，竟睜開了眼。

剎那間，我錯覺，眼前晃過一雙淒怨的眼睛，毒芒一般刺進我眼底。

那分明是胡瑤的眼，卻又似是胡光遠，那個落落英朗的少年，那個自盡在獄中的少年。

奶娘看我伸出手，卻僵立在原地，便欲將襁褓遞入我手中。

「不要過來！」我一震，踉蹌退後，廣袖拂倒了案上宮燈。宮燈翻倒熄滅，眼前驟然昏暗。

「奴婢該死！」奶娘嚇得伏地叩頭，抱了嬰孩，顫顫不知所措。孩子似被驚嚇，也發出微弱的哭哼。

我連連退後數步，方斂定心神，撫著胸口，竟不敢看向那小小襁褓。周遭宮燈搖曳，卻照不見我的面容，只有隱在陰影中，才覺得安全。

「王妃，太醫到了。」廖嬤嬤望向我身後，面色驚疑。

聽得靴聲橐橐，我轉身看去——來的不只是三名太醫，當先一人，卻是宋懷恩。

我倒抽一口涼氣，抬眸望向宋懷恩，堪堪對上他冷靜的目光。

這冷靜到近乎殘忍的目光，連死亡亦不能使之動容。

「太醫已到了，是否立即為小皇子診治——」宋懷恩低下頭去。「請王妃示下。」

我的目光緩緩自那三位太醫臉上掃過。

孫太醫、徐太醫、劉太醫，原來是他們。

連我亦不知道，這三位德高望重的國手，竟也是投效蕭綦的人。蕭綦果然早已將一切都安排好了。

若要讓一個初生的嬰兒夭折，還有誰比太醫更容易辦到？這孩子，是生是死，只在他們舉手之間。

宋懷恩一言不發，等待我的示下。

若我不允，他當如何？若我強行抱走孩子，一如最初的計畫，將他安全藏匿起來，然後又當如何？即便這孩子平安長大，等待他的命運又是如何？

冷汗涔涔而下，腦中混沌一片，我再也想不下去，只覺頹然無望，一路盤算到頭都是錯，錯，錯！可如何又算是對？恍惚十年，是非對錯，誰來為我分個清楚？

一名侍女匆匆步出內殿，跪下道：「啟稟王妃，皇后娘娘醒來了，詢問小殿下……」

「大膽！」宋懷恩斷喝。「廢后胡氏已為庶人，胡言犯上者，廷杖三十！」

侍女嚇得呆若木雞，連求饒也不會了，一旁侍衛當即上前將她拖出。周遭宮女俱已驚駭得跪了一地，各個戰戰兢兢。

宋懷恩低頭。「請王妃速作決斷。」

我疲憊地閉上眼，在仇怨裡偷生，或是在無知無覺時死去，哪一種算是仁慈？如果終有一日，這個孩子將要帶來新的殺戮與動盪，或許是蕭綦，或許是我的澈兒，總有一個人要與他為敵——那麼，我寧願這個人是我，寧願這殺孽由我來背負。

我的身體裡，流著一半皇族的血，和這個孩子相同的血。就讓這血脈斷絕在我手中，一切歸零。

「請太醫為殿下診脈。」我轉身，一步步走向昭陽殿外。步出殿外，夜色如墨，遠近殿閣的輪廓森然。

我緩緩回身，望向昭陽殿深處。

往事如雪山崩塌，轟然奔湧，將我淹沒。

曾經，我在這裡蹣跚學步，垂髫弄琴，承歡姑母膝下；曾經，我在這裡初見子澹，兩小無猜，度過最純淨的年華；曾經，我在這裡接受賜婚，命運從此扭轉，踏上這條不可回頭的路；曾經，我在這裡拘禁了姑母，背叛了親族，雙手第一次沾染鮮血；曾經，我在這裡看著謝皇后殉節託孤……今日，我在這裡，廢黜了子澹的皇后，處死了他的兒子。

巡邏侍衛驚起一群亂鴉，刮喇喇飛過宮牆。鴉聲淒厲，聲聲如泣。

「徐姑姑……」我茫然喚道。

「王妃！」卻是宋懷恩的聲音。

我有些恍惚，側頭看他半晌，才記起徐姑姑並不在身邊。他似乎在說著什麼，我卻一個字也聽不進去。

扶了廊柱，我摸索著走了兩步，背靠涼沁沁的雕柱，緩緩滑坐在地上。宋懷恩伸手來扶，想將我攙挽起來。

我搖頭，蜷起膝蓋，將臉深深埋在膝上。

很冷，很累，再沒有力氣說話，只想就這樣睡去。

恍惚間，是誰的臂彎將我抱起來，有微微暖意，卻不是我熟悉的懷抱……

蕭綦，你去了哪裡，怎麼這樣久了，還不回來？

前面是熊熊火光，背後卻是萬丈深淵，進退都是兇險，恍惚似回到寧朔，再一次孤身高懸斷崖上，卻見一個熟悉的身影出現，遠遠向我伸出手來。

我不顧一切奔去，陡覺身子一空，急遽下墜。

「蕭綦！」我脫口驚呼，睜開眼，卻見繡帷低垂，晨光初透，哪裡有他的影子。回憶起方才的夢境，周身卻是忽冷忽熱，汗透中衣。

我拂開帷簾，扶了床柱下地，阿越掀簾進來，忙為我披上外袍。

「我怎麼睡了這樣久？」我茫然走到窗下，推開長窗，清涼晨風撲面而入。

阿越捲起垂簾。「哪裡久了，您夜半才回府，這才歇了兩個時辰不到。」

「那也太久了，眼下一刻也耽擱不起……」我驀地頓住，目光越過九曲迴廊，直望見庭前那佇立的身影。「那是——」

「是宋大人。」阿越低聲回道。「昨夜護送王妃回府後，宋大人一直守在這裡，不曾離開。」

我怔怔半晌，不能開口。

那身影沐著晨光，彷彿金甲神兵一樣護衛在那裡。

我略略梳洗，綰起髮髻，推門而出，走到他身後。「懷恩。」

他肩頭一震，回身看我，旋即俯身欲行禮。

我伸手虛扶，指尖在他袖上拂過，旋即收回，身分禮節於無形中隔出應有的疏離。

他一如往常地淡然問安，拘謹守禮，隻字不提昨夜的驚心動魄，也不提眼下的緊迫局面。

晨光中，一切都顯得清淨和煦，彷彿昨夜只是一場惡夢，已在晨光中散去。我凝視他，淺淺笑道：「多謝你，右相大人。」

他亦微笑。「不敢。」

「我似乎總在謝你？」瞧著他端肅的樣子，我不覺笑了。

「我亦總是惶恐。」他笑起來，露出一口皎潔的白牙。這是他第一次同我說話，沒有自稱屬下或卑職。

一路沿曲廊去往書房，他總垂手跟在我身後，一步之遙之外。

他一直都在這裡，在我觸目可及的地方，不會離開，也永不會靠近。

不覺已是十年，昔日銳氣勃發的少年將軍，如今已經位極人臣，兒女繞膝。

當日在洞房門口，怒擲蓋巾的新嫁娘，如今又變成了什麼樣子，大概，我也已經老去了許多吧——恍惚記起，我已經很久沒有好好照過鏡子，一時竟想不起自己的容貌。

不只年華易變，還有很多都變了，丟了，再要不回來了。歷經了諸般流離之後，依然還在身邊的，尤為可貴可重。

小皇子薨於寅時初刻。哀鐘鳴，六宮舉喪。

卯時三刻，胡氏一門及相關涉嫌謀逆者七十三人，全部拘拿入獄，老少無一漏網。

亂世之中，強者生，弱者亡，即便煌煌如王謝之家，也隨時可能覆亡。

這便是，與權力巔峰一步之遙的差別。

多少人覬覦這九五至尊，又有多少人是身不由己，若非登上至高處，便只得任人魚肉。

我手書的密函已經飛馬送往蕭綦手中，如今胡氏既誅，皇嗣已絕，子澹遜位終成定局。

而禪位，也是子澹最後的生機。

九錫頒賜，已是禪位之先兆，只待蕭綦班師回朝，便可行禪讓之典。

我命宋懷恩著手準備禪代之議，同時讓碩果僅存的宗室耄宿，紛紛上表陳情，自請歸邑終老。

一切都按照我們的意願，一步步推行下去，可謂萬事俱備，只等蕭綦回朝。然而，他分明已接到我的密函，卻遲遲不肯班師。

豫章王大軍攻克南突厥王城之後，並不回師，僅休整五日，即由蕭綦親率，一路進逼，橫越了南北突厥之間，那片人跡罕至的蒼茫雪嶺。中原大軍的鐵蹄，第一次踏上漠北的寒土。

那裡是突厥人發源的地方，在那極北苦寒之地，連突厥人都不願意久居，是以世代南襲，不惜發動無數次的戰爭，也要在溫暖的南方占據一方豐沃之地。

除了北突厥人，再沒有異族到達過那片土地。

如果侵占了那片大地，便意味著，突厥人失去了最後的家園，意味著投降和滅亡。

這個縱橫北方數百年的強悍民族，歷代與中原對抗，即使一次次遭遇抗擊，幾度敗退大漠，始終能以強韌的生命力，捲土重來，一次次崛起在北方，成為中原永久的威脅。

這個民族，猶如草原上的野草，似乎永不會滅絕。然而，這一次，史冊似乎將在蕭綦的手上徹底改寫。

冬天即將來臨，極北大地將要面臨長達五個月之久的冰雪封凍。突厥視短，所利在戰，初鋒勇銳，難以久持。

謝小禾率五萬步騎進踞大閼山，已斷絕了突厥人糧路。

若曠日持久，將敵軍圍困在死城之中，糧草難以為繼，其銳氣必竭，士氣摧沮，即使不費一兵一卒，也能將突厥人活活困死。

自古至今，多少名將霸主，都曾揮師北伐，欲圖踏平胡虜，一統南北。以蕭綦的赫赫武勳，已達前無古人之地。

然而萬仞高山只差一步登頂，他畢生渴切的不世功業，終於近在眼前——此時此刻，已沒有任何力量能夠令他放手。

忠奸

夜闌更深，萬籟俱靜。

我屏退了侍女，獨自哄著兩個孩子入睡。瀟瀟自顧玩著自己的手指，澈兒已經睡著。睡夢裡，小小人兒卻還微蹙著眉頭，看似一副嚴肅的樣子，依稀有蕭綦的影子。想要親吻他的小臉，卻又怕將他驚醒。我伏在搖籃前，凝望這一雙兒女，越看越是甜蜜，越看越是悵惘。

不覺流年暗換，自我嫁與蕭綦，已經十年了……十年，人生又復幾個十年。從十五及笄到二五芳華，以懵懂少女嫁入將門，隨著他一路走來，為人妻，為人母，道不盡的起落悲歡，盡在這十年裡。待要憶起，卻又轉眼即逝。

回頭想來，是從什麼時候開始，將一生都託付給了這個男人，我竟記不起來。是在塞外斷崖，生死一線間的驚魂傾心，還是離亂無援中的患難相與？命中註定與他相遇，竟從未有過抗拒的機會。而我真的抗拒過嗎？在他橫劍躍馬的一刻，在縱身躍下高臺的一刻，我可曾有過猶豫抗拒？

早在犒軍之日，從看到他的第一眼，是否我已不知不覺將那個身影刻入心中？及至寧朔重逢，那個頂天立地的身影，比熊熊烽火更灼燙我雙眼。

「妳是我的王妃，是與我共赴此生的女人，我不許妳懦弱」——放眼世間男子，恐怕唯有他，能用這樣的方式，去愛一個女人。

這句話，竟成了我一生的咒，從此將我牽繫在他身邊，共進退，同甘苦，再沒有怯懦退後的餘地。

眼前燭淚低垂，點點都是離人淚，催人斷腸。

「大人留步，王妃已經歇息了！」

外面步履人聲紛雜，驚亂我心神。「誰在喧譁？」我步出內室，輕輕拉開房門，唯恐驚醒了孩子。

已近三更時分，門前竟是宋懷恩。

月色下瞧不清他面容神色，卻見他穿戴不整，似剛從家中一路奔來。

「出了什麼事？」我脫口問道。

「王妃……」他踏前一步，手中握了一方薄薄的赭紅色摺子，那是，傳遞緊急軍情的密摺。

宋懷恩直望著我，臉色從未如此蒼白，連聲音都與平時不同：「剛接到八百里加急軍報，數日前北境生變，王爺率軍深入絕嶺，遭遇突厥偷襲……失去音訊！」

懵了片刻，陡然明白過來，耳中轟然，分明見他嘴脣翕合，卻聽不清他說些什麼。身邊是誰扶住我，緊緊握住了我的手。

一口氣喘過來，我掙開身旁之人，伸手便去奪他手中的密摺。

「眼下情勢未明，王妃萬不可驚惶──」宋懷恩急急道。

「給我！」我陡然怒了，劈手將摺子奪下，入目字跡清晰，我卻看不明白，突然間一個字都不認得。

身旁有人不停對我說著什麼，我都聽不清，只想看明白紙上到底寫著什麼。太吵鬧了，周遭嗡嗡的人聲吵得我頭昏眼花，冷汗不斷冒出……我一語不發，陡然折身奔回房中，將所有人都擋在了外面。

燈下白紙黑字，一個個卻似浮動在紙上，不斷跳躍變幻，刺得眼眶生疼。

蕭綦接獲密函，知胡氏謀逆之舉，當即決定拘禁胡光烈，以陣前抗命之罪下獄。豈料還未動手，消息竟已走漏，胡光烈率領一隊親兵殺出大營，趁夜向西奔逃。

蕭綦震怒之下親自率軍追擊，連夜奔襲數百里，深入絕隘，終將胡光烈部眾盡數剿殺。

回營途中，突逢天變異兆，暴雪驟至，突厥人趁機偷襲後軍，蕭綦率前鋒回援遇伏，大敗。

退至山口，大雪崩塌，前鋒大軍已盡入山谷，就此失去蹤跡，恐已遭遇不測。一行行字跡，漸漸浮動顫晃，卻是我自己的手在顫抖。

眼前昏黑，漸漸看不清楚，天地旋轉，黑沉沉地向我壓下來。

不可能，這不是真的，誰都可能失敗，蕭綦一定不會！他就是神，是不可被打敗的戰神！什麼叫「失去蹤跡」，分明是胡說，不過是暫時受暴雪所阻，他一定會平安回營，一定不會有事！我拚著最後的意志撐住桌沿，心底彷彿有一個聲音微弱而清晰。「他一定會回來……我要等著他回來！」

不能這樣，我不能現在倒下去，倒下就再也站不起來。門被推開，他們一臉惶急地硬闖進來。

誰的聲音帶著哭腔，好像從很遠的地方傳來，我茫然回頭。「妳哭什麼？」

眼前是宋懷恩和徐姑姑，好似都被我的神色震住，呆在那裡。

我盯著她。「王爺好好的，妳哭什麼！」

「出去。」我抬手指著門口。「都給我出去。」

我要好好想想，這一切不該是這樣，不能是這樣，一定有哪裡不對，一定是出錯了，是他們弄錯了。可是，哪裡錯了，我偏偏想不出來，分明覺得不對，腦中卻又一片空白。再想不起其他，滿心都是蕭綦、蕭綦、蕭綦……你怎麼可以出事，你答應了我，會好好地回來，會在孩子們會叫第一聲「爹爹」之前回來。

眼前影影綽綽，快要看不清他們的樣子，我扶著桌沿，勉力讓自己站穩。

「事已至此，萬望王妃節哀！」宋懷恩雙目赤紅，踏前一步，欲來扶我。

「住口！」我狠一咬脣，抓起桌上茶盞擲去，被他偏頭閃過，砸碎在門邊。他呆了呆，低頭，默不作聲地退開。

徐姑姑跪了下來，哀求我珍重。

突然間哇的一聲，是瀟瀟被驚醒了，緊跟著澈兒也大哭。

我一震，奔進內室，一眼瞧見兩個孩子，全身力氣頓時像被抽乾，軟綿綿地跌在搖籃邊，連抱他們一下的力氣都沒有了。徐姑姑跟進來，慌忙抱起瀟瀟，一面伸手拍哄澈兒。我直勾勾地望著她，望著兩個孩子，卻什麼也做不了，陡然被絕望淹沒。

侍女進來抱了兩個孩子出去，徐姑姑含淚將我擁住。「我可憐的阿嫵……」

我任由她抱著我垂淚，自己卻一點兒眼淚也沒有，整個人都已空了。蕭綦，你怎麼能這樣……那日在信函裡，我還絮絮叨叨寫道，瀟瀟很聰明，很會學語，大概不用多久就該學會叫爹爹了。雖然從未寫過一句催促的話，可字裡行間，何處不是殷殷，何處不是相思。

蕭綦，難道你看不到我的心思，看不到我的牽掛？我頓住，腦中有什麼一閃而過，怦然擊中心頭。

密函，是密函。

我驀地一震，剎那間心念百轉，緩緩推開徐姑姑。「妳出去，我沒有事，讓我一個人靜靜！」

徐姑姑呆了一呆，顫巍巍起身，佝僂著身子退開，外面宋懷恩和左右人等全都退得乾乾淨淨。

我按住額頭，腦中一片紛亂，隱約有極重大的事情突突欲跳將出來，卻抓不住端倪。

密摺裡提到，蕭綦知胡氏謀逆，下令拘禁胡光烈，治以貪弊之罪。然而我在密函裡，分明告知蕭綦，胡氏謀逆一案尚在刑訊中，為免動搖人心，暫且壓下，尚未定案。

蕭綦行事縝密，為免動搖軍心，理應不會向軍中透露胡氏謀逆之事，否則也不會僅以貪弊之罪拘禁胡光烈。既是如此，那寫密摺之人，又如何得知胡氏謀逆一事？

我的密函，同時也是家書，有涉私情，蕭綦絕不會再讓第二人看到。除非密函早已落入他人之手，抑或是……蕭綦故意如此！

我站起身，撲到案前，那密摺仍攤開在燈下，一字字凝神看去，並無絲毫異樣，湊近燈下看了又看，仍無發現。

外面隱隱傳來宋懷恩和徐姑姑的聲音，似乎是宋懷恩欲進來探視我的情形。

惶急之下，我竭力思索往日蛛絲馬跡的提示，心中驀然一動——我曾按九宮洛圖自製了猜字遊戲，閒來以此為樂，考較蕭綦的眼力。不管我怎麼改變排布，他每次都能找出，唯有一次挖空心思的布置，終於難住了他。當時他曾笑謔說，妳若是做間者，只怕無人能破解妳的密信。

我心口劇撞，回想當時的排布序列，以手指按了文字一行行找去。

第一個字是「有」，第二個字……我凝神找去，細汗滲出掌心，越急越沒有頭緒，驀地靈光一閃，一個「變」字躍入眼中！

有變！我猛然捂住口，不讓自己驚呼出聲。

後面又找到了兩個字，連起來正好是：

「有」

「變」

「速」

「歸」

——是蕭綦，果然是他，故意在文字裡現出破綻，引起我警覺，再以這樣的方式向我示警。

剎那間，彷彿經歷了一次生死輪迴，從無底深淵重回人間，重又得見光明。劫後餘生般的狂喜，壓過一切恐懼震驚。不管發生了什麼事，只要知道他活著，別的，再也不足為懼。

這般隱祕小心，是為了防範誰？

是誰得知蕭綦失去「音訊」，立刻就相信他已經遭遇不測，迫不及待地要確認他的死亡？

外面有腳步聲逼近內室，我立刻將密摺湊近火燭，火苗竄起，吞噬了字跡。

「宋大人，不可驚擾王妃！」徐姑姑的聲音傳來，已經近在門口。

我一揮袖，打翻燭臺，引燃桌上書冊，連帶那密摺一起燒了起來。門開處，宋懷恩與徐姑姑都被火光驚住，身後侍女一片驚呼。

「王妃小心！」宋懷恩一步上前將我拉開，徐姑姑驚叫著喚人撲火，而桌上俱是書冊，遇火即著，早已將密摺燒成灰燼。

宋懷恩強行將我架開，半拖半抱地帶出內室，我跌伏在他臂彎裡，終於失聲痛哭。

徐姑姑與左右侍女跪了一地，哭作一團，一時哭聲不絕。

「王爺為國捐軀，浩烈長存。然而眼下局勢危急，王妃務必節哀，以大局為重！」宋懷恩滿面沉痛。

我掩面慘笑。「還說什麼大局，王爺都不在了，我還爭這些做什麼？」

徐姑姑膝行上前，淚流滿面。「還有小世子，還有郡主，還有這許多人等著妳，阿嫵……」

「難道王妃就眼睜睜地看著朝廷大亂，看著王爺辛苦半生的基業毀於一旦？」宋懷恩握住我的肩。

我抬眼定定地看著他，看著這張熟悉的面孔，這張眉峰眼角都寫滿「忠義」的面孔，剎那間感到恍惚。

「如今王爺一去，軍中朝中群龍無首，諸將相爭，隨時可能釀生巨變。」他一臉憂切，語含悲慨。「王妃務必早作打算，懷恩願誓死保護王妃和小世子周全！」

我慘然閉上眼，驀地長跪在他跟前。

他一驚，忙也跪下。「王妃，妳，這是做什麼？」

我抬起淚眼，哀哀望著他。

他張了口，一時怔怔不能言語。

「懷恩，如今我能託付的人，只有你了。」我身子顫抖，眼淚滾滾落下。

他目光變幻，直直地看著我，終於長嘆一聲，重重地叩下頭去。「懷恩誓死追隨！」

我淒然道：「如今軍中，論威望才德，只有你堪服眾望。」

他躊躇道：「話雖如此，但要號令六軍，也非易事，除非有王爺的虎符在手……」

我低頭，心中徹底冰涼一片，最後一絲僥倖的希望也灰飛煙滅。

懷恩，真的是你。

我心中慘淡到了極處，反而沒有恨意和憤怒。

蕭綦手中虎符，一式為二，除了他自己握有其一，另一枚便藏在我手中。這是蕭綦出征之前，留給我最重要的東西。

名義上憑此虎符即可調遣天下兵馬，但實際可供我調遣的兵馬，也不過是留守京郊的十五萬駐軍。

當日我還與他笑言，我一介女子，身無軍職，拿了虎符也調遣不了天下兵馬。然而，這虎符若是落在宋懷恩手中，其力之巨，自不可同日而語。

他本已官至右相，在軍中多年，威望隆厚，如今胡唐兩人均已不在，蕭綦一死，自然唯他獨尊。

只待虎符到手，便可順理成章接管兵權，更挾天子以令諸侯，取蕭綦而代之。

低頭，再到抬頭，只短短一瞬，我心中卻已轉過千百個念頭，恍若過了一生那樣漫長。

眼下已到了生死存亡之際，再沒有退路，我只能將計就計，押上全副身家性命，與宋懷恩賭這一局！

我抬起頭，未成語，已淚流滿面。「往後，我與這一雙孩子，生死禍福都全賴你了。」

「懷恩不敢！」宋懷恩一震，目光灼灼地凝視我，口稱不敢，眼底卻分明有掩飾不住的亢奮。「懷恩但有一口氣在，絕不令王妃受半分委屈！」

我含淚看他，身子一晃，借勢就要跌倒。

他搶上前來，猛地將我攬住，當著左右侍女，就這樣將我攬在懷中。

從他身上傳來的體溫，只是令我愈發寒冷，背脊上彷彿貼著一條冰涼的蛇，隨時會齧人。

這雙手臂，曾經一次次扶助過我，暉州一戰的情景恍若就在昨日。這些年一路走來，我懷疑過許多人，猜忌過許多人，唯獨沒有防範過他。

一夕之間，最可信任的朋友，已成了最危險的敵人。

隔了層層衣衫，我仍覺察到宋懷恩的心跳，如此急促紛亂，他的手臂也有些微顫抖。

「眼下不是傷心的時候，懇求王妃千萬振作，趁消息還未走漏，提早部署，以保周全。」他扶住我的雙肩，目光殷切，甚至有那麼一絲誠懇。

我閉了閉眼，強作鎮定，拭去淚痕。「不錯，王爺辛苦半生打下的基業，絕不能就此崩毀。」

他滿目的心痛憐惜，竟像是真的一樣。

我戚然望定他。「宋懷恩，你可願立誓，無論身在何位，終生庇護世子與郡主周全，庇護豫章王府，永不侵害我的族人？」

他放開手，緩緩退後，臉上因激越而漲紅。我迫視他。

「宋懷恩，你可願向我立誓？」

他望著我，額頭青筋凸跳，僵立半晌，斷然單膝屈跪，以手指天。「皇天在上，宋懷恩立誓效忠王妃，終生庇護王妃、世子、小郡主周全，永不侵害王妃親族，如有違誓，天誅地滅！」話音擲地，四下靜穆，月光穿過廊簷照在他的臉上，光影浮動，明暗不定。

我咬唇，對他戚然一笑。「但願你永遠記得今日的誓言。」

他的目光灼人如炙，終於不再有隱忍的沉靜，第一次這樣肆無忌憚地看我，與往日判若兩人，再也不是那個影子一般的存在——終於不必再隱沒於蕭綦的身後，永遠被蕭綦的光芒所掩蓋。

「我將王爺的虎符交付於你。」我緩緩道：「由你接掌天下兵馬，傳令北伐諸將班師回京……大軍抵京之前，祕不發喪，不得走漏消息，以免朝野動搖。」

宋懷恩俯首。「謹遵王妃令諭！」

我疲憊地闔上眼，卻聽他道：「眼下情勢危急，是否立即調遣京畿駐軍入城部署，以防萬一？」

——好快的心思，我暗暗心驚，臉上卻不動聲色。「一切由你做主。我這就入宮面見皇上，請皇上頒詔，任你為天下兵馬大元帥，方可名正言順地號令六軍。」

他自然明白，一旦群龍無首，唯有挾天子以令諸侯，子澹仍然是一枚重要的棋子。

「妳一夜未眠，先歇息半日再入宮不遲。」他忽然柔聲道。

頓時心中驚跳，幾乎被這句話駭出冷汗，莫非他已覺察我的用心？抬眸卻觸上那熟悉的溫和眼神，滿是憂慮熱切，似真正在關切我。

「妳的臉色這樣差……」他直直地盯著我，上前一步，抬手欲撫上我的面頰。

我立刻退後一步，他的手便那樣僵在了半空。

「你且去書房稍候。」我垂眸，疲憊地掩住臉。「我很累，容我稍事梳洗。」

他張口欲說什麼，終是沉默地轉身離去。

踏入內室，我頓時無力軟倒，倚在椅中，再沒有半分力氣。

「王妃，真的要把虎符給宋大人？」徐姑姑滿眼驚疑，不愧是久經歷練的人物。

「妳看出端倪了嗎？」我慘然一笑。

徐姑姑臉色蒼白，聲音顫抖：「不，老奴不明白。」

我慘笑。「王爺還活著，只是，宋相反了。」

徐姑姑身子一晃，簌簌發抖，再說不出話來。梆梆梆的敲更聲傳入耳中，已經五更天了。

我撐了桌沿，咬牙站起來。「現在已來不及細說了，徐姑姑，我要交託妳兩件事情，務必記好，立即照我的話去做，不管有什麼疑問，回頭再說。第一，找個穩妥的人，立即帶我的印信去見鐵衣衛統領魏邯，讓他點齊人馬，去右相府等候我；第二，妳親自帶著小世子和郡主去慈安寺，將我的手書帶給廣慈師太，餘下的事情聽從她安排。之後，除非我或王爺親自前來，斷不可讓任何人得知你們的藏身之處。」

徐姑姑顫聲喜道：「王爺，王爺……果然平安？」

我點頭，眼眶痠澀發熱，胸口似堵著巨石，淚水幾度回轉，終究沒有落下。方才在宋懷恩面前，刻意示弱以消除他的戒備，當時淚如雨下，說哭便能哭，而此時卻再無眼淚。

有多久不曾流淚了？蕭綦從前總取笑我愛哭，開心也罷，生氣也罷，眼睛一眨便能掉下淚來。如今，我眼中卻已乾涸，連心底都逐漸變得堅硬，眼淚竟成了不可求的奢侈。

「可是妳呢，阿嫵，難道妳不隨我們一同離去？」徐姑姑惶然握住我的手。

我一笑搖頭。「妳不必擔心，我自有打算。事不宜遲，趁宋懷恩被拖在書房，妳速速從側門離去，我也只能拖他這一時，一旦虎符到手，他很快會察覺我的打算。」

「那時妳怎麼辦？」徐姑姑驚問。「虎符真的要給他嗎，那豈不是京城兵馬都落入他手裡？」

「虎符是死物，人是活物。只要人在，總會有辦法，若不交出虎符，便無法騙得他相信。若是此刻逼他翻臉動手，我們只有死路一條。」我反握住她雙手。「妳放心，王爺已經帶著大軍趕回，此刻應當已在途中了。」

匆忙修書交給徐姑姑，送她離開，我又喚來阿越，讓她祕密趕往江夏王府，接出哥哥的四個兒女，帶他們趕往重華門等候。

一切安排妥當，我更衣梳妝，仔細以胭脂染紅眼眶，勻上一層細粉，讓臉色死白如鬼，看上去果真像一個悲苦欲絕的寡婦。

妝畢，我取了虎符，親自前往書房。

宋懷恩接過那火漆封印的匣子，便迫不及待打開來仔細端詳。他果然未能完全信我，若虎符作了假，只怕立刻便會翻臉。

「王妃以重任相託，懷恩必定誓死相隨！」他難掩喜色，向我一拜到底。

「有你在，我一切都不擔心。」我勉強笑了笑，身子一晃，就此軟軟倒下去，佯裝昏迷。

宋懷恩慌忙傳召太醫。他急於控制京畿兵馬，躊躇半晌，終是拿了虎符，趕往城東大營。

待他一走，我立即喚來侍女，假扮成我躺在內室，隔了床幔誰也看不清楚。我悄然從側門離開，輕衣簡車，直奔右相府而去。

以虎符誘他去城東接手京畿駐軍，一來一去，足有兩個時辰。趁此調虎離山之際，我已有足夠的時間安排一切。

車駕疾馳，我從車簾的縫隙回望，巍峨的敕造豫章王府在晨光裡漸漸遠去。我猛地放下簾子，閉上眼，不敢再回頭。

這一去，生死成敗都是未知。走的時候那樣決絕，甚至沒有回頭多看一眼，連兩個孩子被徐姑姑抱走的時候，我也僅隔著襁褓抱了他們一下。

孩子和我，是蕭綦最大的軟肋。一旦宋懷恩得知蕭綦未死，必會挾持我們為質。當務之急，我必須將兩個孩子遠遠送走，確保他們平安，才可放手一搏。廣慈師太是母親多年至交，將兩個孩子交到她手中，有她和徐姑姑的照應，無論我是生是死，他們都可以安全避過此劫。

而我，卻不能，亦不會一同逃走。

宋懷恩有了虎符，若再挾持子澹，頒下詔令，勢必釀成大患。我唯有搶在他的前面，封閉宮城，以號角烽煙向京畿戍衛大營示警，揭穿他謀逆之行，才有希望穩住京畿守軍。

一旦翻臉動手，也只有宮城才是暫時安全的地方。畢竟是天家禁闕，宋懷恩不敢以武力強攻，否則便當真是謀反了。

即便他橫下心來造反，以宮城的堅固及八千禁軍的抵擋，也至少能堅守三五日。多堅持一天，勝算生機便多一分。一旦蕭綦親自趕到，京畿守軍必然倒戈歸附，宋懷恩被夾擊在城中，無異於自掘墳墓。

疾馳顛簸的車駕，搖晃得腦中一片混沌。

我緊蹙了眉，竭力理清整件事的來龍去脈，卻總有一個關鍵處想不透——到底，宋懷恩是不是早有預謀？

一切轉折的關鍵，正是那道煞費苦心的密摺，若從這裡開始回溯，密摺確是出自蕭綦之手，所述軍情乃至他自己的死訊，都是他一手炮製。

他送來這道暗藏玄機的密摺，不只要給我看，更是給宋懷恩看——不過，我看的是真，宋懷恩看的卻是假，兩者的用意截然相反。

那麼在密摺之前呢，是蕭綦一早落入了宋懷恩的陰謀，還是宋懷恩至此才踏入蕭綦布下的局？

前事如電光般掠過眼前，唐競的突然造反，突厥的長驅直入，胡家的罪案，乃至對小皇子的處置……此時想來，關鍵處都有宋懷恩的身影。

如果沒有人裡應外合，唐競和突厥人能否如此順利，又如此精準地算到時機，趁當時山道崩毀，北境軍情無法傳回而大舉入侵？

直到此時我才覺出疑竇，那麼蕭綦呢，他出征之前可曾對宋懷恩有過懷疑？究竟是什麼時候，他才發現宋懷恩的陰謀？

宋懷恩，在我們身邊最親近的人，也是距離那無上權位最近的人。

面前一步之遙就是那天下至尊的位置，就有他夢想中的一切，只是面前卻橫亙著一座無法逾越的山峰。

無望的時候，尚能埋頭走好腳下的路，一旦面前那座山峰有了崩塌的可能，還會一如既往地低頭嗎？

是自己動手推倒山峰，取而代之，還是甘願一生低頭，止步於山峰之前——宋懷恩，他是背叛者，亦是一個被誘惑者。

心念百轉，往日種種盡皆浮現眼前。

唐競死了，宋懷恩反了，然而胡光烈真的反了嗎？

在這一場生死博弈中，如果唐競和宋懷恩是共謀，胡光烈卻又扮演了怎樣的角色？

當日胡氏案發，牽涉甚廣，宋懷恩密報所列，樁樁鐵證如山，胡光遠確實為謝侯所利用，串謀舞弊屬實。我下令緝拿胡光遠下獄審訊，卻不料，他竟在獄中自盡。

當時我即將生產，無法親自入獄探視，前前後後都是由宋懷恩一手處置。及至產後數日，我也曾接到魏邯的密報，指宋相刑訊嚴苛，胡光遠之死堪疑。

彼時，我深信宋懷恩忠誠可靠，更嚴令太醫遮瞞胡光遠之死的真相，以免驚動遠在邊關的胡光烈，對魏邯的密奏也只當是他不明內情，按下不發。

從那時起，宋懷恩便將刀鋒指向了蕭綦——先借舞弊案逼死胡光遠與謝侯，誘使子澹與胡瑤寫下密詔向胡光烈求援，進而挑動胡光烈與蕭綦的不和，甚至逼反胡光烈，再借突厥人之手，內外夾攻，害死蕭綦。

眼下看來，宋懷恩不但與唐競共謀，更與遠在突厥的賀蘭箴私下串通已久。最信任的朋友和最危險的敵人一旦攜手，那意味著什麼？

我周身竄起陣陣寒慄。

胡光烈真的反了嗎？他是被宋懷恩一手利用，還是，根本就是蕭綦故意布下的障眼法？

千頭萬緒之間，似乎有什麼東西呼之欲出，真相的輪廓已漸漸突顯，我卻找不到奧妙所在，更猜不透其中的關鍵。

枉自機關算盡，總有人算在你前面，縱然玲瓏百變，也抵不過天意弄人。眼前迷霧重重，彷彿走在一條漆黑的羊腸小徑，伸手不見五指，腳下卻是無底深淵。

唯一亮在前方的一點燈火，就是蕭綦。

我與他的命運，已經相融相連，猶如血脈筋骨，到死也不可分拆。走到這一步，就算他要毀天滅地，我也只能拔劍相隨。

我默默握緊袖中短劍，透過劍鞘，似乎仍有徹骨寒意從掌心傳來。

這把劍從寧朔一直隨我至今，也曾霜刃飲血，救我性命於危難，也能取我性命於頃刻。

我已做好最壞的打算，假如事敗宮傾，我寧願引劍自戕，玉石俱焚。

詭斷

車駕停在右相府前。

魏邯接到我的密令，已經率五百鐵衣衛精騎趕到，將右相府團團圍住。

當日以宋懷恩權傾朝野，魏邯猶敢一道密摺揭舉胡光遠之死的疑竇——我從來都看不穿這個銀甲覆面、沉默如鐵石的魏邯，看不穿他鐵面罩下那雙陰沉的眼裡，到底深藏著多少冷酷，多少忠誠。正如我從不知道，他為何會成為鐵衣衛統領，何以成為蕭綦最信任而又最神祕的心腹。

能夠成為鐵衣衛的人，都是從蕭綦近身侍衛中挑選的佼佼者，他們追隨蕭綦不下十年，身經百戰，都是誓死效忠的勇士。凝望眼前這一個個黑鐵重甲的將士，我第一次覺得「忠誠」這兩個字，如此沉重而無奈。

什麼是忠誠，世間可有絕對的忠誠？

以宋懷恩和唐競，與蕭綦同生共死十餘年，一同出身於寒微草芥，踏著血路相偕走來，一同登上權力的頂層。蕭綦待他們，不可謂不厚。重兵相與，高爵相賜，沒有半分對不起昔日弟兄。他唯一做錯的，就是比他們站得更高。

皇權之前，只有唯我獨尊，再沒有什麼同袍情義。昔日可以同寢同食、同生同死的手足，一旦站在朝堂之上，就劃下了森嚴界線。至高無上的王者，只能有一個。

他們的忠誠，不能說是假，只是放在江山皇權面前，卻太過渺小。

我望著眼前這一個個熱血的士兵，一張張年輕堅毅的臉，彷彿能感受到他們熾熱的血液裡，奔湧著的近乎瘋狂的忠誠。只要我一聲令下，他們將毫不猶豫地拔劍擊弓，為了千里之外的豫章王，為了他們心中的神祇，效死搏殺，在所不惜。

可是誰能知道，十年後，二十年後，他們若身登高位，飽受權勢的薰陶，還會不會赤膽忠肝一如今日？

晨光照在他們冰冷的鐵甲上，熠熠生寒。

「魏統領，動手吧。」我抬頭望向右相府的大門，淡淡開口。

鐵衣衛衝入毫無防範的右相府，搜捕闔府上下，凡遇抵抗者一律就地格殺。不到一炷香時辰，即將七十歲的宋老夫人、七歲的長子、五歲的次子，連同兩歲多的幼女和宋懷恩的兩個侍妾一同鎖拿，押到我車駕前。

「宋夫人何在？」我環視這一眾惶恐哭叫的老幼婦孺，唯獨不見玉岫。

「屬下等搜遍府中各房，都不見宋夫人。」一名統領躬身回稟。

玉岫性情敦淑，從來沒有徹夜不歸的習慣，一大早不應不在府裡。

我眉頭一蹙，與魏邯對視一眼，魏邯轉頭對副將冷冷道：「押這兩個侍妾去找，若再找不到人，就給我殺了這兩人。」

那兩名嬌滴滴的侍妾頓時尖叫哭喊，那綠衣美姬跌跪在地，指著一名瑟縮跪地的老者哭叫：「昨晚是鄧管事將夫人帶走的，我們全不知情，大人饒命啊！」

副將嗆啷一聲拔刀，抵在那老者頸邊。「說，宋夫人現在何處？」

那錦衣老者撲通跪倒，身如篩糠。「夫……夫人，被相爺關在書房密……密室裡。」

魏邯立即令人押了那老者在前帶路，片刻工夫，鐵衣衛果然從門內押著一個鬢髮蓬亂的婦人出來。

「玉岫！」我脫口驚呼，定睛看去，這亂髮如蓬、華服汙損的憔悴婦人，臉頰高高腫起，眼睛紅腫，赫然就是敕封一品誥命的右相夫人，蕭玉岫！

她身子一軟，跪倒在我面前，顫顫抬起頭來。「他還是動手了嗎？」

我望著她臉頰的紅腫瘀青，心如刀割。

玉岫慘笑不語，忽然跪行到我跟前，重重叩下頭去。「他是一時糊塗犯了錯，不關孩子們的事！王妃，求妳放過幾個孩子，玉岫願意以命抵罪，替他受過！只求妳饒了他，饒了孩子！」

她額頭撞在青石地上砰然作響，左右侍衛一把將她架開，她仍掙扎不休，直叫著：「王妃，求妳開恩——」

魏邯箭步上前，翻掌為刃，切在她頸側。

我心頭一緊，來不及開口制止，玉岫已經兩眼一翻，無聲無息地軟倒，就此昏迷在地。

「宋夫人只是暫時昏迷。」魏邯面無表情地轉向我。「一干人犯如何處置，請王妃示下。」

我不語，緩緩掃視眼前這一眾面孔，宋老夫人曾經被人蹣跚攙扶著，執意要親眼瞧瞧我的孩子；那兩個活潑的男孩子曾經被蕭綦抱在馬背上，教他們挽韁馳馬；小小的女孩子曾經被我抱在懷中，咯咯笑著不肯再讓她母親抱走……這些人，曾經與我如此親近，親近得如同家人一般。

我的目光掃過那兩名侍妾，令她們陡然瑟縮低頭，不敢看我。

綠衣美姬的容貌似乎有些面善，我蹙眉略看了看她，終將目光轉回昏迷的玉岫身上。心底千言萬語，無盡苦楚，總算對著這個唯一可以傾吐的人述說，卻沒有機會開口。我暗暗捏緊雙拳，一狠心轉身。「全部帶走！」

身後老老小小哭喊成一片，都被合攏的車簾隔擋在外面。

我一動不動地坐在車裡，用力握緊袖中短劍，掌心滲出冷黏的汗水。我與魏邯趕至宮門，三千鐵衣衛已經在此候命。

宮中龐癸統率的五千禁軍，連同這三千精騎，就是我所能依賴的全部人馬。一個時辰已經過去，我抬頭看了看天色，只怕宋懷恩也已趕到東郊大營了。

「封閉宮門，燃起烽煙，鳴金示警。」魏邯斬釘截鐵地傳令下去。

沉重的宮門轟然合攏，護城御河上巨大的金橋緩緩升起。

低沉的號角吹響，各處宮門落下重鎖，甲冑鮮明的禁軍戍衛刀劍出鞘，明黃旌旗高高飄揚在皇城之上。

一股青色煙柱從宮中最高的鳳棲臺上騰空而起，直沖天際。

這是宮中示警的煙訊，京畿四周駐軍，一旦望見烽煙，便是接到入京勤王的詔令。我命人檢查宮中水糧兵器，除禁軍箭矢有限外，一應水糧充足，堅守半月都不在話下。各宮室殿閣都被封禁，宮人侍從未得傳召一律不得擅自出入，以防起亂。

部署周全，我登上城樓，眺望東郊方向，良久仍未見有煙塵自東面升起。

魏邯在我身後冷冷一笑。「看起來，宋懷恩沒這麼容易得手。」

我頷首微笑，不錯，如若他順利接手了東郊駐軍，帶領軍隊趕回城中，此刻東邊天際理應看到萬騎揚塵的沙霧。眼下已過了一個多時辰，不見駐軍開拔的跡象，想來是駐軍統領已經看到了我的煙訊，知虎符有疑，不肯聽命。

「魏統領，今日有你及諸位將士捨命相隨，王儇感激之至。」我側首，平靜地笑看魏邯。

面罩下的魏邯不辨喜憂，一雙眼裡仍是冷冰冰沒有表情。

我轉身，以為他不會回答的時候，卻聽他低低開口：「王妃的勇氣一如當年。」

我一震，直直地看向他的眼，這雙眼，這個人，莫非……

他的眼睛終於有了一絲笑意。「不錯，正是屬下。」

隔了這麼多年，我幾乎已經忘記，當年被賀蘭箴挾持，從暉州至寧朔的一路上，那個奉了蕭綦密令，喬裝隨行，暗中保護我的粗豪大漢。我不可思議地瞪著魏邯，竭力想從他身形相貌上，尋找當年的痕跡。

「臨梁關一戰，屬下大意中伏，身受重傷，本該按軍法處死，王爺卻留了我一條性命。」他緩緩伸手摘去了臉上的白鐵面罩，依稀熟悉的臉上赫然有一道猙獰可怖的疤痕橫貫至頸，兩鬢更已有了點點斑白。

「自那之後，屬下更名魏邯，再未以真面目示人。」他淡然一笑，重又將面罩戴回臉上。

望著眼前這神祕的鐵面將軍，我竟心潮翻湧，一時不能言語。

危難之際，重逢故人，往日種種似又回到眼前，陡然生出的狂喜和欣慰實在無法訴諸言辭。

「王爺待屬下有再生之德，重塑之恩，縱是粉身碎骨也不足報效萬一。」他說完這句，一雙冷眸重又回復冰冷神情。「屬下但有一息尚存，斷不容叛賊踏入宮城一步。」

我望著他，眼中漸漸發熱，向他深深俯身。

「王妃！」他慌忙阻攔。

我依然堅持向他行了大禮，抬頭望向這張鐵面覆蓋下的臉。「魏統領，多謝！」

這樣一份忠肝義膽，這樣一個鐵錚錚的漢子，頓時令我勇氣倍增。

至少，我知道，還有一個人，經歷這許多動盪起伏，仍然守護在我們身邊，仍然沒有改變。

僅此一點，已經何其珍貴。

玉岫，是否也一樣未變，我卻不知道。

她是伴隨我一路走來的人，我亦眼看著她從懵懂少女而至一品誥命夫人。

鳳池宮裡，她已經醒來，被帶到我面前。宮人已經侍候她梳洗整齊，寶藍宮裝，豐髻低綰，形容卻是越發憔悴，平日滿月似的瑩潤臉龐蠟黃無光，左頰紅腫未褪，瘀青猶在。她神情恍惚地走到我面前，屈膝便跪，未開口，眼眶先已紅了。

我揮手讓左右都退出去，只留我與她兩人單獨相對。

「妳起來，不必跪我。」我端坐在椅上，抿緊了脣，隱忍心中悽楚，腰間陣陣痠麻，幾乎讓我動彈不得。

玉岫恍若未聞，仍是低頭跪著。

「也罷，既然要跪，也該是我跪妳。」我點頭，咬牙撐了扶手，膝蓋一屈，重重地跌跪在地。

「王妃！」

玉岫驚呆，撲上來攙扶我，我卻已疼得冷汗涔涔，說不出話來，膝蓋的疼尚不足道，腰間卻似要斷裂了一般，雙腿痠麻得幾乎失去知覺。自從生產之後，一直未能靜養復原，腰間時常痠麻，每遇陰雨則疼痛難耐，彷彿失去知覺一般。太醫一再叮囑我靜養，今日卻車駕顛簸，引得舊疾發作。

「玉岫，我對不起妳。」我咬脣，望著她關切的面容，剎那間眼眶發熱，模糊一片。

「沒有，沒有，王妃妳莫要這樣說，玉岫當不起……」她更慌亂，好像又變回昔日那個怯怯的小姑娘，久已歷練得乾脆俐落的口齒，渾然沒了作用。

她明明知道，此刻兒女的性命被我捏在手中，丈夫也成了我的敵人，卻一如既往地關切我，回護我，十年都不曾改變。

然而，我又為她做過些什麼——許婚、誥封，還是那個豫章王義妹的名分？這些又有多少是真心為她打算的，多少是出於利益籠絡的需要？僅僅如此，便令她感恩戴德一生。捫心自問，我如何當得起她這份感恩。

她又扶又挽想讓我站起來，我卻半分力氣也沒有，索性握了她的手，笑道：「別費勁了，陪我坐會兒，我們已經很久沒有這樣聊天了。」

她呆了呆，不再堅持，依言坐到我身邊，仍不忘將椅上錦墊放在我腰後。玉岫比我年少三歲，如今看起來卻似比我年長許多，儼然三旬婦人。

「妳胖了不少。」我蜷起膝蓋，將頭枕在膝上，側首笑看她，記起她從前瘦弱的樣子。

玉岫低頭笑。「奴婢都養過兩個孩子了，哪裡還窈窕得起來。」

這麼多年她總是不改口，在我面前依舊一口一個「奴婢」。她生養了一男一女，次子卻是侍妾所生。

當日宋懷恩納妾，我很是惱怒，卻因玉岫的沉默而無可奈何。饒是如此，我也不許蕭綦送去賀儀，很久一陣子不給宋懷恩好臉色看。蕭綦笑罵我偏袒護短，對王夙的姬妾不聞不問，卻對別人納妾深惡痛絕。

記得當時，我回敬蕭綦：「別人是別人，哥哥是哥哥，玉岫卻不是旁人。這件事上，我就偏不講理、偏不公道，對王爺你更是沒公道可講。」

這句話事後卻被阿越當作笑談傳給了玉岫，令玉岫又哭又笑。這樣的時候，我竟記起這件事來，不覺唏噓。

「他這些年待妳如何？」我終究忍不住問了，這一句話壓在心裡許多年，從未當面問過她。
玉岫怔怔半晌，眼眶一紅，輕輕點頭，淚水卻濺落玉磚。
我嘆息，伸手撫了撫她面頰的紅腫。「到此時，妳還是不肯說他的不是？」
玉岫轉過頭，顫聲道：「他，他只是一時糊塗……」
「妳是何時知悉了他的密謀？何時被他囚禁？」我直視她，冷冷地問。
玉岫淚流滿面。「我勸不了他，他說王爺總算走了，到底該輪到他了……」
我反手抓住玉岫的手腕，緊緊迫視她。「我問妳，接到摺子之前，他可有異常？」
她低下頭，只是哭，卻不說話。
「妳究竟是在什麼時候察覺他有異動的？」我猛地直起身，驚得她直往後面縮，仍是哭著搖頭。
我攥緊她的手腕。「胡光遠一案，妳可知道些什麼？」
玉岫頓時臉色煞白，頹然跪坐在地。
無論我再怎樣追問，她咬緊了牙，再不開口。
我已然明白，她是不願騙我，亦不願說出宋懷恩的祕密。

猜忍

號角嗚咽，鳴金示警之聲從殿外傳來，響徹宮城。

玉岫與我俱是一驚，未及開口，門外傳來侍衛通稟：「魏大人求見。」

「看起來，宋懷恩的動作也很快。」我望向玉岫一笑，她本已煞白的臉色卻越發慘青。

我扶了靠椅勉強站起，玉岫伸手來攙扶，被我拂袖擋開，兩人之間頓時隔開一步之距。

她呆了呆，伸著手，僵立在那裡。

「站在哪一邊，由妳自己選擇。」我坐定，斂去溫軟神色，冷冷逼視她。「若是決定與我為敵，就拿出宋夫人的樣子來！」

玉岫咬脣不語，眼淚分明已在眼底打轉，終是倔強地昂起了頭。我不再看她，揚聲命魏邯入內。

殿門開處，魏邯按劍直入，白鐵面具閃動著森冷光澤。「稟王妃，宋懷恩執虎符接掌東郊大營約五萬兵馬，下令封閉京畿十二門，全城戒嚴，不得出入。」

「只五萬嗎？」我略略牽動脣角，問魏邯道：「其餘九萬如何？」

「皆按兵不動，作壁上觀。」魏邯聲如金鐵。「據報行轅大營略有騷亂，振武將軍徐義康嚴令各營堅守，不得擅離職守，漸已平定營中大局。」

好個徐義康，我暗自記下了這個名字，今日之亂若能平息，他當居功第一。我略一沉吟，問道：「宋懷恩的兵馬，現在到了何處？」

魏邯道：「已入內城，正分兵兩路，一路直撲宮門，一路屯守城外。」

「往宮城來的一路，可知有多少人馬？」我垂眸沉吟。

「暫且不詳。」魏邯低頭。

我點頭道：「再探！告訴龐統領嚴守宮門，時刻備戰！」

魏邯領命而去。

玉岫微微發抖，強自鎮定，下脣卻已咬出血痕。

我抽出袖中絲帕遞過去，並不看她。「妳猜，他的勝算有幾成？」

玉岫接過絲帕，捂住了脣，似乎下定決心以沉默與我對抗到底。

「如果王爺還活著，他的勝算，妳猜又有幾成？」我轉眸，看著她，淡淡開口。

玉岫身子一晃，瞳孔驟然因震驚而放大。

我靜靜地看著她，一言不發。

她突然說不出話來，駭然盯著我。「怎會這樣？摺子上明明寫了，王爺已經，已經……」

「所以才能騙過宋懷恩，令他放鬆戒備，我才得以先發制人。」我微笑，凝視她雙眼。「此所謂將計就計，宋夫人以為如何？」

我要她明白，她的丈夫一早便踏入這個局，從一開始就沒有了勝算。即便他能攻破皇城殺了我，奪下京城，也一樣逃不出蕭綦的手心，等待他的將是豫章王兵臨城下，大開殺戒，血洗叛軍。

玉岫跌坐在地，臉色慘白，幾近崩潰。

殿門外靴聲橐橐，魏邯剛退出不到片刻又急促而回。「稟報王妃，密探來報，宋懷恩令人包圍豫章王府、江夏王府，未有所獲，下令搜捕全城，凡週歲以下嬰兒皆被帶走。」

我咬牙未語，身側卻傳來一聲低呼，玉岫緊緊地捂住口，雙眼含淚，肩頭劇烈顫抖。

魏邯掃她一眼，繼續道：「宋懷恩現正親率兩萬兵馬趕來，屆時重兵圍困宮門，恐怕宮外消息再難傳遞入內。」

「無妨，該來的總歸要來。」我揚眉一笑。「魏統領，你可準備好了？」

「屬下與麾下弟兄，誓與皇城共存亡。」魏邯昂然直視我，那鐵面罩下的眼睛灼灼發亮，恍惚回到昔年寧朔城外那個寒冷的夜晚，也是這樣一雙發亮的眼睛，在黑暗中出現，帶著堅定與勇毅，對我說：「屬下奉豫章王之命前來接應，務必保護王妃周全。」

在寧朔，在暉州，在今日，眾多大好男兒，進可開疆拓土，退可盡忠護主，視生死如等閒，這便是追隨蕭綦麾下的鐵血軍人。

宮門方向再次傳來低沉的號角嗚咽，魏邯匆匆離去。

玉岫痴痴地望著宮門的方向，臉色青白得可怕，卻不再顫抖流淚。

死寂的殿內，她低垂了頭，不辨神色，開口卻低澀沙啞：「胡光遠是他殺的。」

我不意外，亦不惱怒，只覺得深深悲涼。那魯莽憨直的年輕人不過是一顆棋子，宋懷恩殺他以逼反胡光烈，令他做了第一個祭刀的亡魂。

玉岫抬起頭來，直直地看著我，那眼光竟看得我有些忐忑。她淒然一笑。「為了盈娘，懷恩早想殺他。」

我一怔。「誰是盈娘？」

她恍若未曾聽見我的問話，自顧說下去：「懷恩帶盈娘回府之日，胡光遠就鬧上門來，說是道賀，卻差點動了手……這麼多年，我還未見他那般暴怒失常。」

我聽得迷惑，似乎是為了一個女子，令胡光遠與宋懷恩一早結下怨隙？

玉岫望著我，神色古怪，似笑似哀。「盈娘不過是個歌姬，懷恩迷戀她已久，只因從前納妾被妳斥責，才不敢帶回府來。那日在綺香樓，胡光遠醉酒與他爭奪盈娘，懷恩一怒之下便將盈娘帶走。當晚胡光遠便上門生事，名為道賀，實則譏誚。」

我不耐聽這爭風吃醋的過節，正欲打斷，卻聽玉岫緩緩說道：「若不是胡光遠說出那句不知死活的話，懷恩也不會突然向他動手。」

「什麼話？」我驚疑道。

玉岫幽幽望著我。「他譏諷懷恩說，此女越看越覺肖似某人，右相痴心妄想的該不會是那人吧。」

她的聲音輕忽，入耳卻似雷霆一般。

我眼前驚電般閃過一張似曾相識的面孔，那個綠衣美姬……難怪覺得面善，那眉目分明與我的容貌有著幾分相似。

宋懷恩以妹婿的身分，與我素來親厚，京中皆知他與豫章王是亦臣亦友，與王妃亦忠亦親。

當年暗藏的情意，應當已隨流年淡去，然而胡光遠不知是有心還是無意的一句，竟道破這樁隱祕……

我心中突突亂跳，分明頸頰火燙，後背卻又冰涼。

玉岫的目光讓我有如芒刺在背，不敢與她對視——她分明也已知情，她是什麼時候開始知道，又隱忍了多久？

我猝然以手掩住了臉，緩緩坐倒椅中，只覺鋪天蓋地的巨浪從四面湧來。一浪接一浪的意外，接下來還有多少「意外」等待我去揭開，我一介凡人之軀還能承受多少的「意外」。

玉岫戚然道出了盈娘一事的始末——那日胡宋兩人當場動手，卻不知是誰密報了蕭綦。正當僵持之際，蕭綦盛怒而來，迎面一掌摑得胡光遠口鼻流血，宋懷恩上前領罪，蕭綦卻只看了一眼瑟縮堂下的盈娘，隨即令侍衛將她絞殺。

人死了，誰也不必再爭，謠言之源也隨之抹去。

然而，宋懷恩出乎所有人意料，藉著七分酒力，挺身維護盈娘，竟當面忤逆蕭綦。

僵持之後，蕭綦終於放過盈娘，卻罰懷恩在庭中整整跪了一夜，並立下禁令，誰若將當晚之事洩漏出去，死罪不赦。

細想起來，隱約記得有一晚，蕭綦至夜深才歸，隱有怒容未去，問他卻只道是軍務煩心，當時我亦不曾深想。

蕭綦明知宋懷恩心氣奇高，為人自傲，偏偏當眾挫他銳氣，也是暗中給他的警醒。

普天之下，沒有人能夠與蕭綦一爭長短，無論是他手中江山，還是身邊的女人，都不容旁人覬覦。

蕭綦有心削奪權臣兵權，已非朝夕之事。彼時正值胡宋黨爭最劇之時，宋懷恩野心勃勃，處處排斥胡黨，極力想將軍中大權一手攬過，已經引得蕭綦不悅。而那一次的意氣之爭，無疑打破了蕭綦與他之間本已脆弱的信任，也將他自己逼上了歧路。

之後蕭綦親征，將胡宋兩人分別委以重任，胡光烈領前鋒大軍開赴北疆，宋懷恩手握大權留守京中。

表面看來，蕭綦對左右股肱大將的信任，絲毫未因唐競之叛而動搖，反而加倍倚重。對於宋懷恩，前有當眾嚴責，施以懲戒；後又委以重任，給他無上信任，可謂是恩威並濟。

彼時，蕭綦仍然給了宋懷恩最後一次機會。

可惜宋懷恩終究被野心私欲所誘，鑄下大錯。玉岫望著我戚然而笑，眼角淚水滑落。

我默然半晌，方艱難開口：「玉岫，今日一戰，無論誰生誰死，我對妳並無愧疚……唯獨當年，明知一切還將妳嫁與他，令我愧疚至今。」

玉岫轉過頭，淚水簌簌落下。「妳無須愧疚，當年是我自己甘願。」

我隱忍目中酸澀，緩緩開口：「如果時光逆轉，倒回當日，明知是這結果，妳還願不願接受指婚？」

「是，我仍願意嫁他。」玉岫笑語含悲，卻堅定無比。我笑了笑，從心頭到喉間都是濃澀的苦。

同樣再給我們一次選擇的機會，玉岫仍願意站在他的身邊，做他的妻。而我，也會毫不猶豫地接受賜婚，成為豫章王妃。

幽寂的內殿，兩個女子靜靜相對，彼此間橫亙著跨不過的恩怨，也牽絆著斬不斷的情誼。

這些年，一次次風浪我們都相伴著過來了，終於走到今日，卻是這樣的境地。

深謀

還只是黃昏時分，天色卻已沉沉暗黑。

窗外不知何時已飄起霏霏雨絲。晚風捎來微雨潮意，夾雜著松油燃燒的辛嗆氣味，從宮門方向傳來，隱約可見火光明滅，繚繞濃煙籠罩在九重宮闕上空。

我側首，對跪在身後的玉岫淡淡道：「妳留在這裡，孩子們有嬤嬤照看，我不會為難妳一家老幼。」言罷，我轉身走向門口。

「我想再看一看他！」玉岫忽然跪下。「王妃，求妳讓我去宮門，遠遠地看他一眼！」

我駐足，不忍回頭，她已知生離死別就在眼前了。

「好好活著，妳還有兒女，還有餘生。」我暗一咬牙，狠下心道：「他從未愛過妳，又納妾不專，將妳刑囚，這樣的男人不值得妳為他傷痛！」

身後沉寂半晌，玉岫忽然大笑。「值得，王妃，妳告訴我什麼是值得？」

我蹙眉，不想再聽，抬足邁向門口。

「王爺難道就不狠心？一個不顧妳安危，將妳拋下不顧的男人，為他鞠躬盡瘁可又值得？」這一句淒厲質問，如箭一般洞穿了我心胸。

她跪在地上，卻昂起頭，目光幽幽，毫不示弱地看著我。

到底是跟在身邊將近十年的人，懂得如何找到我的破綻，也知道什麼話傷我至深。我看著她，胸口一寸寸冷下去。

若是從前聽到這句話，或許我真的會被擊倒，可惜，我已經不是昔日易碎的阿嫵。

「正因為他是蕭綦，才會大膽冒險，將我置於這風口浪尖。」我仰面微笑。「也正因我是王儇，他才敢放手將這一局交到我手裡。」

「論情分恩義，我們是夫妻，是愛侶。」我一字一句道：「而在這皇圖霸業的路上，我們則是並肩作戰的知己。太平時，我會在深閨中為他研墨添香；變亂時，我可以站出來為他披荊斬棘。他若只將我當作金屋嬌娥，反倒不是識我、知我、信我的那個蕭綦，我亦不屑與那樣一個凡夫俗子並肩而立！」話音落地，玉岫呆住，我亦被自己的話驚得怔在當地。

如果不是心中根植已久的念頭，又怎會因一時激怒脫口而出。

帝王霸業，帝王霸業……一直以來想要成就帝王霸業的人並不僅僅是蕭綦。

不錯，我要的夫婿，本就應是天下至強至尊之人。

他將征服天下，征服我，亦被我所征服。
這便是一直深埋在我骨髓血脈中的，難以言表的宏願。
這一句話，深藏心底，今日終於可以正大光明地說出來，再不必迴避，再不必自欺欺人。
這一局走得再驚再險，我都不曾懷疑過蕭綦的用心，甚至連想也不曾想過。
我與蕭綦曾因各自的機心而有過許多誤會猜疑，這些年來，歷經一次次風波，終於可以放下心結，彼此全心信任。
走到今日，萬仞險峰都過來了，若放不下心中負累，又豈能邁得過最後的險關。
所謂棋子，所謂利用，不過是旁人以狹隘之心相猜度。
歷經風刀霜劍，沉浮亂世，我們一路踏著血淚枯骨走來，早已是不可拆分的一體。是心心相印也罷，惺惺相惜也好——他有我，我有他，如此足矣。
他所背負的，是天下，是家國，註定做不成窗下為伊畫眉的世俗男子，我亦做不成深閨圈養不問世事的平淡婦人。既然一早選中了彼此，唯有並肩前行，共禦風霜。
我轉身而去，殿門在身後轟然關閉，將玉岫驚怔含悲的目光一併隔絕在門後。
夜色已沉，雨絲驟急，我拉緊風氅，顧不得讓侍衛撐起傘蓋，匆匆登上宮牆。
城下的叛軍已經團團圍困了宮城，四面宮門外都是陣列森嚴的兵馬，箭在弦，刀出鞘，矛戟林立，大片松油火把將宮門照得火光通明。

魏邯和龐癸都已聞訊趕了過來，我迎上前去，斂身一笑。「二位辛苦了。」他兩人都鎮定如常，城下劍拔弩張，敵眾我寡，愈是如此情形之下，愈要以從容安撫人心。

我走到牆邊，俯身眺望，身側一名兵士忙挺身阻攔。「王妃小心！」

這年輕人不過十八、九歲，我側眸對他一笑。「沒事，不要怕。」

這濃眉大眼的士兵陡然漲紅了臉龐，張了口說不出話來，只重重地點頭。

魏邯哈哈大笑，上前在他肩上重重一拍。「小子，沒真打過仗吧，這陣勢算什麼？一個女人家都不怕，咱鐵骨錚錚的漢子難道還怕了不成！」

四下裡肅然而立的兵士們頓時哄笑起來，緊繃了半日的險氛，因這一笑而舒展，那一張張年輕堅毅的臉上，浮起振奮激昂，更有了些許暖意。

我朝魏邯讚許地一笑，點頭示意，朝人靜處走去。

他二人跟上來，魏邯笑意斂去，龐癸一如既往的沉默，只是脣角抿出一絲刀刻般紋路。

我側首望向不遠處火光明滅的叛軍陣列，低聲問道：「宋懷恩只是圍了宮城，毫無異動嗎？」

「不錯，眼下他按兵不動，我倒是喜憂參半。」

魏邯負手冷冷道：「喜的是，他恐怕受制於外力，不敢輕舉妄動；憂的是，夜色將深，只怕他將趁夜暗襲。」

我點頭。「今夜確是凶險難料，務必小心應對。」

龐癸突然開口：「王妃，不如將宋家老小綁上城頭，給他個震懾，也好叫他投鼠忌器。」

我蹙眉側身不語。

「龐統領言之有理，大敵當前，切莫婦人之仁！」魏邯聲若鐵石。

綁了宋懷恩年邁老母與三名兒女在城頭，確實毒辣，也確有威懾之效。

「真有這必要嗎？」我並不轉頭，淡淡笑了笑。「如你方才所言，外力的牽制，只怕比這法子更有用。」

魏邯一怔。「東郊駐軍按兵不動，雖可牽制一時，未必能制得了他多久。」

我轉過頭，似笑非笑。「你說的外力，僅僅是東郊駐軍嗎？」

「屬下愚鈍，不知王妃所指何意。」他目中精光閃動，掠過一絲不易覺察的驚異。

我直視他雙眼。「難怪王爺如此信重你，口風之緊，城府之深，忠心耿耿，令王儇佩服之至。」

魏邯沉默低頭。

「你有不便說的苦衷，我亦不再追問。」我轉身吩咐龐癸：「龐統領，你帶人巡視宮中四處，萬勿疏漏一絲一毫。」

「屬下遵命。」龐癸從無一句贅言，立刻轉身而去。

待龐癸走遠，魏邯才微微嘆了口氣，鐵面下的一雙深目，鋒芒閃動。「王妃恕罪，屬下並非疑忌龐統領，只是事關機密，屬下奉命只能對王爺一人……」

「我明白，你無須解釋。」我微微一笑。

他凝視我。「除了王爺，魏某生平未曾服人，如今不得不承認，王妃令魏某心悅誠服！」

我含笑不語，靜靜地看著他。

魏邯終於開口承認：「屬下受王爺密令，暗中監控京畿，胡氏一案早已密報王爺知曉。」

我心中一塊大石落地，嘆道：「不錯，你當日能向我密報胡光遠之死的疑竇，必然也會向王爺密報。如果我沒有猜錯，胡光遠一早落入宋懷恩設下的圈套，犯下貪弊之罪。宋懷恩藉機將他除去，再讓皇后知悉此事，藉皇上對我的誤會，施以離間，才有了後來的血衣密詔？」

魏邯默然頷首。

我嘆道：「當日昭陽殿宮女能順利逃出宮禁，也是他暗中相助。你帶鐵衣衛追至臨梁關外，截殺了皇后的人，奪回密詔，卻不知宋懷恩暗度陳倉，早已派出親信，潛入北疆向胡光烈告密。」

魏邯隱有愧色。「當日我只道宋懷恩暗害胡光遠，是為報私仇，打擊胡黨，未曾想到他如此大膽，敢利用皇后，算計胡帥，竟至危害到王爺的安危！」

我長長嘆息，一時無言相對。

無論為權，為名，還是為情，彼時在宋懷恩心中，早已種下了取蕭綦而代之的念頭，剷除胡光烈只是他掃清障礙的第一步罷了。

我遙望北方天際，淡淡道：「相信此時王爺已經在回京的路上了……也許殺回京畿勤王的前鋒，正是胡光烈。」

魏邯重重點頭。「但願如此！」

我撫胸長嘆，心頭懸念許久的最大一塊石頭終於落地。千幸萬幸，總算沒有錯害了忠良，更痛悔當初一味抱持偏見，以致錯怪了胡光烈。

偏見，終究是偏見誤人，也險些自誤。

父親從前常說我愛憎過於分明，總按自己的喜惡去看人，難免流於武斷。當年不以為然，如今回頭看來，恍然有汗流浹背之感。

若不是我一向對胡光烈抱有成見，厭惡他暴躁無禮，貪功好利，又怎會如此輕率地做出判斷，僅僅因胡光遠之死，因胡瑤一紙密詔就認定了胡光烈會反？

遮蔽了眼睛的，往往不是外人布置的假象，而是自己先入為主的偏見。

當日守軍相繼戰敗，蕭綦追究防務鬆弛之責，嚴斥胡光烈，罰去他半年俸祿，令他閉門思過。

眼見紛亂已起，我擔心胡光烈受罰不甘，多生是非，便溫言勸蕭綦：「總要給人留三分顏面，你這樣罰他，未免過厲了。」

蕭綦淡然道：「妳也覺得過厲嗎？那我再變本加厲一些，如何？」

次日他便令宋懷恩接掌京中政務，準備北伐，朝野震動。

卻聽聞胡光烈被禁足府中，日日縱酒，大吵大鬧。

胡黨眼見失勢，紛紛倒向右相，爭相獻媚於宋懷恩，宋黨鋒頭一時無兩。

胡宋兩人多年紛爭不斷，固然有舊怨之隙，名位之爭，亦有蕭綦的微妙安排，令他兩人相互牽制，互為掣肘，以此平衡全域。

我深知蕭綦不會一味偏袒，或抑或揚，總有他的道理。果然，十日之後，蕭綦頒布親征詔令，命胡光烈為前鋒，統領十萬精銳。

我問他：「之前一力打壓胡黨，可是有意挫他戾氣？」

蕭綦卻道：「我不過試他一試。」

「試他？」我詫異萬分，轉念一想，隱有忐忑之感。「你疑他有異？」

蕭綦的目光莫測深淺。「有些事，用眼睛看和用心看，全然不同，明面上的東西未必是真。」

「王妃？」魏邯這一聲將我驀然喚醒，回過神來，夜風涼透，火光烈烈，哪有蕭綦的身影。

霜冷鐵甲夜，征人猶未還……一念至此，心中酸楚莫名，我側過臉，任夜風吹乾眼底潮意。

昔日同袍手足，蕭綦也並未全心信賴過他們。

唐競一早已經引起他的戒備，而胡光烈是最早令他消除疑慮的人。他以一再打壓相試探，若非相信了胡光烈的忠心，也不會將十萬大軍相託。

真正讓他拿捏不定的人，卻是宋懷恩。此人心思細密，藏而不露，人前人後全無破綻。蕭綦不是神人，做不到無所不知，只怕他最初也曾舉棋不定，是以不敢將他派上陣前。兩軍交戰之際，稍有不慎，便是禍及家國。

那時一切未明，而我生產在即，本已面臨極大的艱難……他不願讓我再承擔更多焦慮，終究沒有將自己的疑慮告訴我。或許那時，他也存了僥倖之心，希望一切太平。

想起他出征之前一再問我會不會怨他，此時我恍然明白，他的歉疚不僅僅是因為拋下我獨自承受生育之險。

那時他已經權衡過輕重，明知京中可能危機四伏，也只能選擇先抗擊外寇，而將內亂暫且壓下。他留下宋懷恩在京中，也留下魏邯暗中監視他的動靜。他北上親征，與突厥交戰在前；而我留守京中，獨自面對一切風浪……他相信我，如同我相信他，此時此際，我們才是真正的並肩而戰了。

想起種種前情，我與魏邯都沉默了下去。

魏邯嘆了口氣。「胡光遠一念之差，雖是罪有應得，卻也可惜了好好一個年輕人。」

我苦笑道：「人非聖賢，胡光烈又何嘗沒有貪弊之舉，王爺也知道他在軍中素有斂財的毛病……只是他懂得輕重，不至於犯下大錯，王爺也裝作不知而已。」

魏邯搖頭道：「老胡最大的毛病就是貪財，當年討伐南疆七十二部，他第一個衝進南蠻王宮，竟偷偷藏起了王杖，被宋懷恩告到王爺那裡，說他私藏王杖，有窺上不臣之心。王爺一問之下，才知他是貪圖那王杖上鑲的碩大一塊祖母綠，早將寶石撬下，王杖卻作廢物丟了。」

我沉默片刻，終於忍俊不禁。

胡光烈雖然貪財，也不過是貪圖小利，比起昔日朝中豪族權貴的胃口，只是小巫罷了。我早已見慣宗親們的饕餮之相，動輒侵吞數萬兩之巨，少於千兩根本不屑受之。蕭綦主政之後，狠挫朝中貪弊之風，昔日巨貪或貶謫，或徙放，或賜死。然而蕭綦並未徹底追查，也未趕盡殺絕，給一些為惡不深的官吏留了條生路。

這正是所謂「水至清則無魚」，把人逼到絕處，也就無人替你效命了。

胡光烈的小貪也在他縱容之中，他曾說：「貪財之人，往往惜命惜福，反倒少了野心。」

比之胡光烈，宋懷恩操行廉肅，自有高潔之相，在世人眼裡高下立分。如今看來，貪財好利的俗人卻比野心勃勃的君子可信得多。

夜風涼徹，已經是下半夜光景了。

魏邯笑道：「王爺應該會在發出密詔前趕回，殺宋懷恩個措手不及！照路程算來，不出三日應該就能到了。」

我恍惚一笑。「你忘了前幾日的暴雨……勢必會阻礙行軍，三日後未必能到。」

魏邯默然，旋即點頭道：「即便三日不到，我們再堅守個幾日也應無礙。」

我點頭，側首凝望遠處叛軍營地，不知道宋懷恩正藏身何處，是否也在凝望宮門。心裡有一絲涼意，夾雜著隱隱的痛。

這樣的一個人，永遠不苟言笑，只在對我笑的時候，會露出孩子般明朗眼神。我閉上眼，竭力驅散心底綽綽陰影。

「看起來，今夜叛軍不會再有動靜了，王妃不必掛慮，先回後殿歇息吧。」魏邯垂眼，神色淡淡，卻仍被我瞧見了眼底一掠而過的不忍。

「也好。」我點頭笑了笑，轉身而去。

一路走過，執戟守衛的將士紛紛低頭，恭謹肅然——在他們的眼裡，我大概是個可怕的女人，或許又暗暗將我當作一個可憐的女人。

昔日右相溫宗慎彈劾蕭綦，洋洋灑灑千餘言，歷數蕭綦罪狀，被姑母嗤為荒唐。其中卻有一句，令我過目難忘——「其人善詭斷，性猜忍，厲行酷嚴，豺梟之心，昭昭若揭」。

在世人眼裡，我嫁了一個這樣可怕的男人。可也正是這個男人，一直庇護著我，和我並肩而戰，打下如此江山。

我深信我的澈兒絕不會成為第二個子澹，我的瀟瀟也不必再承擔我所承擔過的艱辛——因為，他們的父親是蕭綦。普天之下，只有他才能為我們撐起一方沒有風雨的天地。

回到後殿，我闔眼小睡了片刻，簾外夜色深濃，已近四更。

快要天亮之前，是夜裡最冷，也最暗的時刻。裹著錦被，仍覺得絲絲涼意逼人，熬了這大半夜，倦意終於襲來。

夢中轟然一聲巨響，彷彿震得地動屋搖。

我驚醒過來，猛地翻身坐起，簾外已是火光沖天，喊殺聲震天。叛軍攻城了！

我披上外袍，立即奔出門外，火光已映紅了半邊天。

「王妃小心！」隨身侍衛趕上來。

「何時開始攻城的？」我的話音剛落，又一聲驚天動地的巨響，腳下地面隨之震顫。

我駐足，按住急跳的胸口，火光映紅的夜空彷彿即將燃燒，沉沉向我壓來。

「就在片刻前，叛軍開始強攻宮門。」那侍衛站在我身後，聲音堅定鎮靜。

城頭火光烈烈，殺聲震天，箭石破空之間急如驟雨。

我一路急奔，登上閘樓已汗透重衣，一眼望去，懸緊的心頭為之一定。

叛軍趁禁軍換防之際，閃電般掩殺至防禦最弱的承恩門，以四人圍抱的巨木撞擊宮門。

承恩門多年前元宵遇火，欽天監認為此門方位與離位相沖，故而拆除重建。重建後的承恩門雕琢精巧，金碧輝煌，卻忽略了防禦之需，竟未設甕道，閘樓也形同虛設。

宋懷恩曾主持宮中修繕，對這一薄弱之處瞭若指掌。沒有了甕道阻隔，閘樓又難以屯守，一旦撞開了宮門，便可直殺入宮禁西側。

所幸龐癸已事先將最精銳的鐵弩營八百餘人盡數部署在此門。勁弩齊發，疾矢如雨，傾瀉而下，將宮門罩在密不透風的箭雨中。叛軍雖勇悍，也擋不住這密集的勁弩，倉皇退出百步之外。然而箭雨稍緩，叛軍即又搶攻，以巨盾開道，源源不斷湧上。

攻城巨木在厚盾掩護下，一次次蓄足攻勢，猛烈撞擊宮門。龐癸與魏邯身先士卒，挺立城頭，指揮鐵弩營反擊。

強攻之下，鐵弩營五列縱隊輪番射擊撤換，完全沒有喘息之機。叛軍弓弩手也向城頭仰射，不時有士兵被箭矢射中倒下，後面隨即有人頂上。激烈的交戰一直持續到拂曉時分。

鐵弩營居高臨下漸漸占據了優勢，以巨木強攻的叛軍士兵紛紛中箭，後繼乏力，多數未至城門就已被射殺，叛軍強攻勢頭隨之緩竭。

最後一輪瘋狂的強攻終於在拂曉時停歇。叛軍第一輪夜襲強攻暫告失敗。

「還有兩天！」魏邯紅著眼睛，劍不還鞘，大步走來，對兵士們大聲喝道：「叛軍士氣已挫，再堅持兩天，豫章王的大軍就要到了！」

換防之後，龐癸與我一起檢點士兵，所幸死傷甚少。

死者與重傷者被抬下，輕傷者就地包紮，換崗休息的士兵就地臥倒，睏極而眠。一旦迎戰的號角吹響，他們又將勇敢地站起來，拚死抵禦叛軍的進攻！

看著他們染血的戰甲，酣睡中倦極的臉龐，我只能暗暗握緊雙拳。

這些年輕的士兵，甚至宮門外被射殺的叛軍將士，本當是保家衛國的英雄，他們的熱血應當灑在邊塞黃沙，而不是白白葬送在天子腳下。

我從一隊隊休整的士兵面前走過，時時停下腳步，俯身察看他們的傷勢。那翻捲的傷口，猩紅的血汙，真正的死亡與傷痛就在眼前。

這樣的殺伐，還要持續多久？要到什麼時候才是盡頭！

這一刻，我強烈地思念蕭綦，渴盼他立即出現在我眼前，終結這殘忍的一切！

晨光朗朗，一夜雨後，天地如洗。

叛軍陣列鮮明，如黑鐵色的潮水，在晨光下隱隱有刀兵冷光閃動，經過一夜激戰，仍分毫不顯亂象。此刻雙方都趁著短暫的晨間休整蓄勢，準備再戰。

不知這片刻的寧靜能夠維持多久。魏邯執意命侍衛送我回鳳池宮休息。

昨夜一場激戰，宮中雖宣布宵禁，封閉各殿，嚴禁外出，卻仍隱瞞不了戰況的激烈。沿路所見宮人都面色惶惶，恍若大禍臨頭。自當年諸王之亂後，再未有過公然強攻宮城的大逆之事。

饒是如此，各處宮人仍能進退有序，並無亂象。內廷總管王福是追隨王氏多年的心腹老宮人，平常看似庸碌，危亂時方顯出強硬手段，穩穩鎮住宮禁。

王福趕來鳳池宮見我，穿戴得一絲不苟，神色鎮定如常。

「昨日雖事出非常，宮中仍能井然守序，各司其職，你做得很好。」我略帶笑意，站起身來淡淡問道：「可有驚擾兩宮聖駕？」

王福垂首道：「皇上近日一直潛心著書，不問世事。」我默然片刻。「果真不問？」

「是。」王福頓了一頓，帶了絲笑，低聲道：「昭陽殿中一切如常，只是娘娘受了驚嚇，病情不穩，現已進了藥，應無大恙。」

我靜靜垂眸，卻不知心中是悲是喜，是幸是憾。

胡瑤遭失子之痛，滅族之災，幾乎一病不起，雖經太醫全力施治，保住性命無恙，卻心智全失，終日恍惚，只認得子澹和身邊侍女，對其他人再無意識，見了我也似渾然不識。

小皇子死後，我再無勇氣見子澹，他亦從此沉寂，終日閉居寢宮，埋首著書，再不過問身邊事，除偶爾問及胡瑤的病情，絕口不再提及旁人。

他自少年時起，一直有個宏願，想將本朝開國以來諸多名家詩賦佳作彙編成集，以期流傳後世，令文華不墜，風流永銘。這是子澹畢生最大的夢想，他曾說，千秋皇統終有盡時，唯有文章傳世不滅，平生若能了此心願，雖死無憾。

他此時廢寢忘食於著書，想必是萬念俱灰，只待完成心願，即可從容赴死。

我黯然一笑，隨手端起茶盞嘗了一口，對侍立在側的宮女皺眉道：「茶涼了。」

宮女忙奉了茶盞退出去。

我側身負手，淡淡道：「崇明殿西閣荒廢已久，擇個吉日，重新修繕吧。」

王福一震，斂了笑容，深深低下頭去。「王妃有命，老奴當效死遵從。」

「很好。」我凝視他片刻，微微一笑。「你且放手去辦，一切有我。」

「老奴愚昧，不知吉日擇定何時為宜。」王福低細的嗓音略有一絲緊張。我咬脣。

「就在這兩日。」

「遵命。」王福再不多言，朝我重重叩拜，起身退出殿外。

待他去得遠了，我扶了靠椅緩緩坐下，再隱忍不住心口的痛，絲絲縷縷湮散，鬱鈍卻蝕骨。

——崇明西閣的祕密，我以為這一生都不必用到，卻不料今日終究有了用處。略用了些早膳，我闔眼倚躺在錦榻上，似睡非睡間屢被驚醒。

眼前影影綽綽，一時是子澹含怨的眼神，一時是蕭綦盛怒的面容。

再次將我驚醒的，不是永定門方向傳來的喊殺聲，而是殿門落鎖的聲音。

「怎麼回事？」我匆匆起身，驚問身旁宮女，一眾宮女也惶然不知所以。

卻聽得御前侍衛隔了殿門稟道：「屬下奉命保護王妃安全，請王妃暫避殿內，萬勿外出。」

「王妃救命——」一聲淒厲慘呼突然自殿外傳來，竟是玉岫的聲音，未待我回應，那聲音已戛然中斷。

「玉岫！妳在哪裡？」我撲到門上，從雕花空隙間望去，只看到迴廊盡頭兩名侍衛的背影，隱約有一片寶藍色夾在之間，已被帶得遠去了。

我呆立片刻，猛然回過神來，用盡了全力瘋狂拍打殿門。「魏邯！你大膽——」門外侍衛任我如何發怒，始終無動於衷。身側宮女慌忙拉住我，連連求懇息怒。

我渾身顫抖，好一陣才說得出話來：「他要，他要殺了玉岫和孩子……」叛軍再度攻打永定門，此時魏邯只怕已殺紅了眼，竟趁我休息之際，押了玉岫母子綁赴城頭，知我必定阻攔，索性鎖了殿門。

我從未如此刻一般痛恨自己，為何狠心緝拿宋家老小，連累他們至此——當日為了斷絕皇嗣之爭，小皇子不得不死，我雖狠心，卻不後悔，然而這宋家老小卻是真正無辜，即便宋懷恩反叛，也不能將他全家老小株連。緝拿他們入宮只想讓宋懷恩投鼠忌器，卻從未想過真的害死他們。玉岫已因我誤了終身，若再連累她與兒女送命……

我不敢再想下去，霍然拔出袖中短劍，不顧一切往殿門砍去。

木屑飛濺，紅木精雕的殿門在這削鐵如泥的短劍下，雖碎屑四濺，刀痕縱橫，仍無法被輕易毀壞。侍衛與宮女被我的舉動驚嚇，或尖叫或叩頭，卻無人敢上前阻攔。

一番急砍之後，我已力氣頹弱，倚在門上劇烈喘息，卻已奈何不得。

我一咬牙，怒道：「再不開門，我就將你們統統淩遲處死！」

宮人侍衛深知我的手段，也知我言出必行，無不驚駭失色，紛紛跪地求饒。

「不想死就給我開門！」我冷冷道。

眾侍衛再不敢遲疑，立刻開門。

我拔足便往永定門奔去，只恨腳下路長，人命已是危在頃刻，但求上天不要令我鑄成大錯。

永定門上，幼兒哭叫聲遠遠傳來。

我不顧一切奔上城頭，兩側將士見我散髮仗劍的模樣，盡皆驚駭不敢阻攔。

玉岫被兩名兵士按在城頭，旁邊是宋懷恩的老母親和兩個兒子，連最年幼的兩歲女兒也被一名士兵舉在手裡，正舞著小手大哭不止。

「給我住手！」我用盡全力喝出這一聲，身體再也不支，屈膝跌倒在地。

玉岫已聽見我的聲音，猛地掙扎哭叫：「王妃救命！救救孩子，不要傷害他們——」

胸中氣息紛亂，我一時說不出話，只冷冷地瞪著魏邯。

他猛一跺腳。「王妃！跟那狼子野心之人還講什麼仁義，妳不殺他妻兒，他卻要殺妳女兒！妳且看看下面！」

耳邊轟的一聲，我撲至城頭，赫然見叛軍陣前，宋懷恩橫槍立馬，馬下跪著個五花大綁的素衣少女，散髮覆肩，竟是沁之！

眼前一黑，我幾乎立足不穩。

徐姑姑帶走了澈兒和瀟瀟，阿越隨後帶了沁之，趕往江夏王府，接出哥哥的兒女，一起送往慈安寺。

如今沁之落在他手裡，難道阿越和徐姑姑也……我心中狂跳，竭力穩住心神，令自己鎮定下來。

若澈兒他們也落入宋懷恩手中，此刻綁在陣前的便不只沁之一人，想必中途另有變故，以致她一人被擒。思及此，我心中略感安定，一眼望見沁之五花大綁的模樣，卻又心痛憤怒不已。

這孩子在身邊的時候，雖也多加憐愛，卻總隔了一層親疏。然而此時見她狼狽受辱，我竟也有切膚之痛，彷彿真與她血脈相連。

城下，宋懷恩緩緩抬起頭來。

正午陽光照在他銀盔上，看不清面容神情，卻有隱隱殺氣迫人。

「貞義郡主，妳的母妃就在前面，還不請她打開宮門，放妳進去？」宋懷恩冷冷揚聲，一字一句傳來，入耳陰冷而清晰。

跪在地上的沁之，突然昂起頭來，大聲喊：「我不是貞義郡主，我是王府的丫頭，你休要騙人！」

叛軍陣前譁然，連我身後諸將士亦感意外。

我狠狠咬脣，忍住眼眶中幾欲滾落的淚水。沁之，沁之，妳這傻孩子！

宋懷恩沉默片刻，驀地縱聲大笑。「好，好個貞義郡主，果然有令慈之風！」

沁之昂頭怒罵：「你胡說，我娘不是王妃，我娘早就死了！」她仍顯童稚的聲音聽去隱隱模糊，入耳卻字字剜心。

魏邯哈哈大笑。「區區一個假郡主，哪裡比得上你一家五口性命貴重。」

宋懷恩的聲音冷冷傳來：「生死有命，賤內與犬子若註定薄命，便有勞王妃送他們一程，宋某感激不盡。」

魏邯大罵：「老子就將你女兒摔下城來，看你這狗賊的心是不是肉做的！」

玉岫尖叫：「不要！懷恩，你退兵吧，求你退兵……」

她話音未落，宋懷恩反手張弓，一箭破空而來，擦過玉岫耳側，直沒入牆。玉岫的後半句話就此斷了，不語不動，怔怔地張口望著城下，彷彿痴了。

「呸！」魏邯啐道：「好毒的心腸！」

我閉了閉眼，決然道：「眾將聽清楚了，城下並非貞義郡主！」

魏邯一愕然，隨即冷冷頷首。「屬下明白！弓弩手——」

隨他一聲令下，兩列弓弩手立刻搭箭瞄準城下，將宋懷恩與沁之籠罩在弓弩射殺範圍之中。

叛軍陣腳大亂，盾甲齊湧上前，欲掩蔽兩人。

宋懷恩卻悍然不退，將長槍一橫，三稜槍尖直抵沁之後心。「牟氏為國盡忠，以孤女相託豫章王，就落得今日下場嗎？」

「拿弓來。」我冷冷開口。

已經多年沒有挽過弓箭，當年叔父手把手教給我的箭術早已生疏。

我咬牙，搭箭開弓，對準了城下——以我這點微末膂力，自然殺不了人，然而我只需做出殺人的姿態，已經足夠。

見我親自引弓搭箭，宮門內外無不譁然。

我深吸口氣，凝望城下宋懷恩，沉聲喝道：「莫說一個假郡主，就算真郡主在此，以她一命換你一命，也是值得！」

宋懷恩直直地望著我，剎那間，連空氣也彷彿凝結。

我的箭尖與他遙遙連成一線，穿越十年歲月，連起過往點滴恩義。

宋懷恩巋然不動，手中直抵沁之後心的三稜槍尖，卻一點點沉下去。

「退後！」他厲喝一聲，長槍掄空收回，遙指身後，座下戰馬倒退兩步。身後兩隊重盾護衛立刻奔上前來，舉盾相護。

就在那一瞬，跪在地上的沁之一躍而起，掙脫反縛雙手的繩索，如一頭敏捷的幼獸直奔向宮門。

「殺了她！」宋懷恩暴喝，反手取弓搭箭。我五指陡張，白羽狼毫箭破空而出。

身後鐵弩齊發，箭如疾雨，破空呼嘯，射落叛軍巨盾，發出奪魄之聲。一時間，叛軍陣前大亂，被逼壓在箭雨之下，紛紛舉盾抵擋，無暇反擊。

沁之已奔出兩丈，陡然被纏繞在身上的繩索絆倒，漫天箭矢就落在她身後不到兩丈處。

「沁之，快跑——」我撲上城頭，嘶聲喊道。

身後又一輪箭雨激射而出，阻住欲追擊的叛軍。沁之奮力掙跳起來，甩脫繩索，奔向宮門。

宮門緩緩開啟一線，四名鐵衣衛馳馬衝出，在漫天箭雨的掩蔽下，直衝陣前。龐癸一馬當先，俯身掠起沁之，勒轠控馬。戰馬揚蹄怒嘶，掉頭回奔宮門，餘下三騎隨後相護，絕塵馳還。叛軍陣前衝出十餘騎重盾甲士，冒死衝過箭雨，追殺而來。

四騎如電馳入，宮門轟然合攏，落下重鎖。身後歡聲雷動，士氣振奮如狂。

我撐住城垛，這才驚覺兩腿發軟，一口氣幾乎喘不過來。

「娘——」未待我穩住心神，一聲童稚尖叫傳來，驚得我霍然回頭。

玉岫不知何時趁亂掙脫，躍上城垛，臨空搖搖而立。

變起頃刻，只聽孩子尖聲哭叫，我張口，卻發不出聲音。旁邊侍衛衝了上去。

我眼睜睜地看著侍衛的手只差一線就抓到她衣角。

她仰頭一笑，燦若夏花，寶藍宮裝廣袖飄舉，沒有半分猶豫，就在我眼前化作一抹燦爛流光，飛墜城下。

「玉岫——」撕心裂肺的狂吼從城下傳來，宋懷恩的聲音慘然不似人聲。

妳聽到了嗎，玉岫？

妳可聽到他這一聲悲呼。

眼前似仍有那寶藍流光閃動，我踉蹌一步，恍惚伸手去挽，卻陡然陷入黑暗。

流光，流光……穿過我的手，怎麼挽都挽不住。

玉岫含笑回頭，眉目如畫，漸漸隱入霧靄中，眼看去得遠了。不行，我還有許多話要告訴妳，不許妳就這樣走了。

玉岫，傻丫頭，妳怎麼會不明白——他是百步穿楊的將軍，若要殺妳，豈會一箭擦鬢而過，那一箭只是不想讓妳示弱。

妳終究是他的妻，他亦是妳結髮的良人，雖無兩心相悅，卻也舉案齊眉，為何妳不肯信他？

就為了那一箭，就讓妳絕了生念，心死成灰，妳就這樣拋下了所有人，眼睜睜地看著妳的兒女痛不欲生。

玉岫，妳好糊塗。

我恨恨地喚她的名字，卻一口氣息哽在喉間，劇烈嗆咳起來。

「王妃，王妃醒了！」眼前人影浮動，垂簾繡幔，已是身在寢殿。

分明已清醒過來，彷彿仍見到那抹寶藍流光縈繞。

心中怔忡恍惚，我記不起發生了什麼，只是知道，玉岫不在了，連她也不在了。

她就這樣一走，逼我接過這無法拒絕的責任，讓我永遠負疚，永遠愧悔，永遠善待她的兒女。

我掩面慘笑，驀然一雙細柔小手覆上我雙手，掌心有少少的溫暖。

「母妃，妳別哭。」

我一震，怔怔地看著眼前素衣散髮的少女，她剛剛叫我母妃，沁之終於肯叫我母妃。沁之伏在床邊，小臉猶帶幾分蒼白，正憂切地望著我，身後圍滿宮女醫侍。

我望著眼前小小少女，伸手撫上她清瘦面頰。她笑了起來，眼淚卻大顆大顆滾落。

「有沒有傷到妳？」我忙托起她的小臉，拭去她滿臉淚水。

沁之搖頭，一下張臂抱住了我，放聲悲泣。

那日徐姑姑與阿越帶了他們趕往慈安寺，廣慈師太立即開啟後山地宮，讓他們藏匿進去。

那是供奉當年宣德太后法身之處，也是皇室最大祕辛之地。世人皆知宣德太后壽終宮中，葬入惠陵，卻不知當年太祖弒舅奪位，將母親一家全部處死。宣德太后從此出家為尼，避居寺中，至死仍留下遺願，無顏葬入皇家陵寢。太祖遵從宣德太后遺願，卻不忍焚化，終留下太后法身，祕密修造慈安寺地宮以葬之。

未料徐姑姑與阿越半途受阻，待趕到山下，追兵已至。他們一行人倉促藏身農舍，追兵便在咫尺之外。

沁之趁徐姑姑不備，驟然奔出後院，將追兵遠遠引開，令徐姑姑他們得以脫身。

我倒抽一口涼氣，凝視她。「沁之，妳不怕嗎？」

「徐姑姑年老，阿越姑姑要照顧弟妹。」沁之咬脣，眸子閃亮地看著我。「我有武藝！我爹教過我防身的本事……」

她眸子一黯，低下頭去，似想起了戰死邊關的爹娘。

這個孩子，若能生在平常人家，安然成長，該是何其幸福。我定定地看她半晌，默然將她攬緊。

「我跑得很快對不對？」她忽然抬頭，殷殷地望著我。「我會解繩子，他們綁的那個結一點兒也難不倒我，爹爹從前教過我怎樣綁獵物！」她的眼神，又是驕傲又是悽楚。

「沁之很勇敢，和妳的爹娘一樣勇敢。」我微笑，凝望她雙眼。「他們在天上看著妳，看到妳今天的勇敢，必定驕傲無比。」

沁之笑著，重重地點頭，將臉埋在我胸前，瘦削的肩頭微微發抖。

我默默撫過她頭髮，暗暗在心中立誓，從今而後，我再不會讓這個孩子受半分委屈，但凡她想要的一切，我必竭盡所能給她！

我將玉岫的三個兒女交給可靠的老嬤嬤照看。

次子與幼女尚在懵懂幼齡，不明白母親去了哪裡，只是哭鬧不休。

五歲的長子宋俊文卻已經隱約懂事，看到我，如幼獸一般直衝過來，被左右慌忙拉住。

面對孩子充滿仇恨的眼睛，我說不出話，任何言辭在此刻都變得無力。這是我第一次不敢直視一個人的眼睛，在這樣的目光下，心底漸漸涼透。「好好照看這幾個孩子，沒有我的令諭，任何人不得擅自接近他們。」

俊文還在拚命掙扎，兩個嬤嬤幾乎拉不住他。

我倦極轉身，或許，我的確不該再出現在他的面前。

身後嬤嬤一聲痛呼，我愕然轉身，見嬤嬤手腕鮮血淋漓，俊文已衝到我跟前，猛地撲向我。

「妳害死了我娘！」俊文撲到我身上，五歲男孩子的力氣尚小，卻似瘋了一般朝我踢打。

侍衛趕來將他拎開，他仍踢打叫罵不已。

我被嬤嬤們扶起，冷汗如雨，胸口陣陣抽痛，幾乎讓我無法站立。一旁的幼女被驚嚇到，放聲大哭，連帶那四歲的男孩子也哭鬧起來。

「不錯，我就是個大惡人。」我冷冷地看著他。「宋俊文，你若再吵鬧，我就殺了你弟弟；你若不肯吃飯，我就殺了你妹妹！」

俊文頓時呆了，臉色蒼白，胸口劇烈起伏，卻不再踢打。我苦笑，轉頭不再看他，徑直離去。

遠處昭陽殿裡，燈火搖曳，隱隱有宮人身影往來。自我記事以來，這昭陽殿還未曾冷清若此。

姑母說，昭陽殿是世間最高貴美麗的囚籠。

宮女小心翼翼地攙扶了我。「王妃可要回宮歇息？」

我仰頭看了看夜空中璀璨閃爍的河漢，一連數日都是如此晴空。

算來，以蕭綦行軍的迅疾，又無雨水阻斷，應當很快就能趕到了。我再無遲疑，淡淡道：「去昭陽殿。」

胡瑤已經瘦得形銷骨立，木然坐在妝檯前，披散了青絲，任由宮婢為她梳散頭髮，準備就寢。

見了我，左右宮婢忙躬身行禮，無聲地退了出去。

胡瑤回頭，木然地看我一眼，痴痴笑了笑，神色漠然，兀自轉身呆望鏡中。我走到她身後，從鏡子裡看她。

她不施脂粉的臉，在燈下越發青白，眼眶凹下，雙目黯淡如一潭死水。曠寂幽暗的昭陽殿裡，只有我與她，隔了一面巨大的銅鏡，冷冷相對。

我伸手撩起她一綹髮絲，穿過指間，如絲涼滑。她木然地看著我無動於衷，正如宮人所言——皇后已經失了心智，終日緘默不言，除了皇上，再不認得旁人。

我揚起手，袖底短劍直抵上她修長脖頸，青鋒如水，映得她眉髮皆碧。鏡子裡，她寂如死水的瞳孔猛地收縮。

「還知道怕死，可見不是真正痴了。」我抿起脣角，似笑非笑。

胡瑤的神色變了，眸子一點點亮起來，冷如寒芒。

旁人相信她會心智全失，我卻不信。胡瑤和我是同一種人，縱然赴死也要睜著眼睛。我不相信她會用這麼怯懦的方式來逃避，所謂心智全失，不過是她求生自保的法子。她與子澹不同，她怕死，她還想活下去，或許還想向我復仇。

「胡光烈安然無恙，正隨王爺率軍回京。」我手中劍鋒逼近兩寸，貼上她肌膚。「胡氏忠心護主，前罪可免，往後富貴榮華無慮。妳可以安心地去了。」

胡瑤定定地看著我，忽然仰頭大笑。「替我恭賀王爺，恭賀他大業終成，江山一統……你們成就你們的帝業，我與皇上自去黃泉做一對清淨夫妻！自此恩怨兩清，永不相見！」

好一個恩怨兩清，永不相見。

知我者胡瑤，若非世事弄人，妳我原該是知己。

我還劍入鞘，淡淡一笑。「黃泉路遠，用不著去那裡，你們也可做對清淨夫妻。」

胡瑤霍然睜眼看我。

「忘了你們的身分、姓氏、親族、過往，從今往後，世上再沒有胡瑤與子澹，只有民間一對平常夫婦。」我凝視她，一字一句緩緩道：「諸般恩怨，盡歸前塵，山長水遠，無愛無憎。」

胡瑤站起來，身子微微發抖。「妳不怕我會復仇，不怕留下後患，壞你們千秋大業？」

我微笑。「今日我能放妳，他日自然也能殺妳。」

她不語，目光如錐，彷彿想將我看個透徹。

我亦沉靜地看著她，看著這個被我奪去兒子的女人，這個將要帶走子澹，與他共赴餘生的女人。

「就算妳放過我們，我終生也不會原諒妳。」她倔強地仰起臉。

「我無須任何人原諒。」我笑了，面對這樣一個通透的女子，反而可以坦然說出實話：「放妳走，不過因為妳是子澹的妻子。後半生江湖多艱，只有妳能陪伴守護在他身邊，也算替我了卻平生大憾。」

「妳為了他，寧願背叛王爺？」胡瑤目光變幻，複雜莫名。「王爺豈會容妳放走我們？」

我蹙眉，不願與她多作解釋，只淡淡道：「王氏經營多年的根基，總還有些用處，就算王爺也未必能掌控一切。今晚之後，將會乾坤翻覆，帝后自有帝后的命運。妳只需記住，從此妳再也不是胡瑤，他亦不是子澹。」

我冷冷地看著她。「若是你們忘不掉……除去一對民夫民婦，也不會很難。」

胡瑤瞳仁收縮，薄脣緊抿。「妳既能瞞天過海放過我們，為什麼，當日不能放過一個孩子？」

我微微笑了笑，只覺無限疲憊。「當日若留下小皇子，早早洩漏這番布置，還能有今日的生機？我費盡心機，逼著子澹活下來，無非就是為了今日。」

為這一天，我已等了許久——我答應過他，總有一天還他自由，讓他逃離這冰冷的宮闈，隱姓埋名，遠遁江湖。

我亦曾渴盼有這麼一天，與所愛之人攜手歸隱，結廬南山，朝夕相守。再沒有血腥，沒有權謀，沒有皇圖霸業，只有我與他執手偕老。

這個心願，藏在我心底不為人知的地方，已經永遠沒有機會實現。

胡瑤神情震動，定定地看著我，目光複雜變幻，終究只是一聲長嘆。「從前妳為王爺背棄他，如今又為他背叛王爺……世間竟有妳這樣無情的女人！」

「王儇從未背叛任何人。」我緩緩抬起手，按住胸口。「我只忠誠於自己的心。」

胡瑤一震，抬眸直直地看著我。

我此生已經占盡諸般榮寵，生在如此門庭，嫁了如此夫婿，育有如此佳兒，更將成就開國皇后傳世之名……上天待我何厚，若說還有什麼抱憾，那不過是深藏在心底的一點兒隱祕嚮往，嚮往宮牆之外，白雲之下，江湖之遠，一個夢幻空花般，不可觸及的夢。

這也是姑母，是歷代后座上那些孤傲高貴的女子，為之抱憾終生的心願。

昔年太祖弒君奪位，誅殺前朝皇室，晚年諸位皇子卻為承嗣爭鬥，引發血流宮闈，慘禍連連。太祖深為惶恐，擔心報應循環，將來子孫重蹈前朝滅頂之災。

奉聖四年，太祖皇帝下令重修西宮，建造三宮九殿十二樓閣，金瓦飛簷，殿閣綿延，潢潢富麗。然而，在這重重宮闕掩蔽之下，卻是太祖皇帝苦心為後世子孫留下的一條生路，在崇明殿西閣修造祕道，直通宮外一處隱祕安全之所，可避水火刀兵，在萬不得已之時，保全性命。

這個祕密只在歷代帝王口中傳延下來，世世代代，由效忠皇室的內廷祕史盡忠守護。傳至順惠帝時，這個祕密卻落入了明康太后王氏手中。

明康太后是我的家族中迄今最傑出的女性先輩，一力輔助兩位皇帝，平定諸王之亂，鞏固王氏世族首領的權威，將整個家族推上頂峰。

從她那一代起，崇明西閣的祕密就成了王氏歷代相傳的祕辛。父親直至離去之前，才將這個祕密傳給我。當時我曾不以為然，對太祖皇帝精心修造這樣一條逃離的祕道頗覺不屑。

直至子澹登基，變亂頻生，看他苦苦掙扎於這般困境，我終於漸漸明白了太祖皇帝的苦心，也懂得了他晚年的孤寂心境。

這條祕道，連通的不僅僅是一線生機，更是身在權力之巔的帝王，對自由的嚮往。

路的盡頭，便是自由和重生。

玉岫的死，沒有讓宋懷恩停下瘋狂的腳步。

我不知道，在玉岫躍下的那一瞬，他那聲撕心悲呼是不是發自深心的痛悔。七年結髮之情，換來的，哪怕只是一剎那的驚痛，也算給玉岫僅有的告慰。

站在曾拘禁她的宮室門口，我的眼淚已經乾涸，孩子們也已累得睡著，宋懷恩卻發動了又一輪更慘烈的進攻。

玉岫，此夜此時，誰在為妳一哭？

我捂住了口，不讓自己哽咽出聲，遠處城頭已殺聲隆隆，火光沖天。

象徵著無上皇權的九重宮闕，被火光投映下龐大的影子，在廝殺聲中飄搖欲墜。

遠處宮廊下有個淡淡的人影一晃，旋即止步，隱入陰影中。

「王福。」我直起身來喚住他，這個時候敢擅自闖入此處的人，只能是這位忠心耿耿的老總管了。

王福轉出廊柱，低頭疾步趨前。「老奴驚擾王妃了。」

我行至廊下，清冷月光斜映了半身，牆面投下一個雲髻廣袖的影子，側顏淡淡。

「都預備好了？」我低聲問。

「一應就緒，十八名死士，隨時聽候調遣。」王福身形臃腫，這一刻卻毫無素日遲緩之態，行止之間隱隱有鋒芒逼人。誰能想到這樣一個年老臃腫的內監，會是深藏不露的御前第一高手。

我淡淡道：「你在宮裡這麼些年，如今年事已高，也該回鄉看看了。」

「老奴不走。」王福一震，低頭道：「老奴二十年前就已經沒有家了，往後王妃還有用得著老奴的地方，請王妃開恩，容老奴留下。」

「如果我記得不錯，你在青州家鄉還有一個女兒吧。」我凝視他，微微一笑。「她很好，已經嫁人生子。家父給她安排的是一戶殷實人家，公婆賢厚，夫婦情篤。只是，她不知你尚在人間。」

王福寬闊雙肩微微顫抖，低頭不辨神色。

我輕嘆道：「你為王氏效忠多年，我也無以為報。這一次，你隨了他們離去，就不必再回來了，好好在家鄉安享天倫。萬壽宮祕藏的珍寶，你全部帶走，除安頓二位主子之外，餘下全都分給諸人……即使死去的，也分給他們的家人。」

王福猛然跪下，白髮蒼蒼的頭顱重重地叩在地上。「王妃大恩，老奴雖死難報。」

我側身，眼眶微微發熱。

乾元殿裡燭影深深，素帷低垂，子澹仍執意掛著滿宮的素白，為夭逝的小皇子致哀。

我立在垂幔後，靜靜地看著他。他身邊書稿卷軸散堆了一地，猶自奮筆疾書，蒼白的額頭隱有薄汗。這溫玉一般的人，即便兩鬢已微見霜色，仍不顯老態。若是青衫泛舟，翩然世外，想必應是神仙般的風華。

風入雕窗，吹起他案上一紙書稿，飄落在地。我步出垂幔，俯身拾起那一頁，上面墨痕尚未乾透。

他漠然抬眸，只看了我一眼，復又繼續埋首書寫。

「子澹。」我輕聲喚他的名字。

他筆下一頓，仍不抬眸，只淡淡道：「王妃何事？」

我默然，定定看他半晌，一字一句緩緩道：「子澹，我要你即刻擬詔，遜位別宮。」

子澹手腕一顫，筆下湮散開一團濃墨。

他緩緩擱筆，將那張御製灑金箋揉了，愴然一笑。「這算是，我最後能為妳做的事？」

我抿脣不語，竭力克制著臉上神情，不致流露出悲戚。子澹凝眸看我，漸漸斂了笑容，目光一分分涼了下去。

他自堆滿書稿的案几下拿出一只黃綾長匣打開，取出捲好的黃綾，揚手擲到我面前。「拿去。」他笑顏淡淡，眼神空洞。「早已寫好等著妳，只待今日而已。」

王福如影子一般自垂幔後現身，趨前拾起詔書，雙手奉上給我。

「夫大道之行，選賢與能，隆替無常期，禪代非一族，貫之百王，由來尚矣。朕雖庸暗，昧於大道，永鑑廢興，為日已久。今輔政豫章王天縱聖德，靈武秀世，薄伐不庭，開復疆宇，一匡社稷，再造天朝。加以龍顏英特，天授殊姿，君人之表，煥如日月。故四靈效瑞，川嶽啟圖，玄象表天命之期，華裔注樂推之願，終以饗九五之位。念萬代之高義，稽天人之至望，予其遜位別宮，歸禪於王，一依唐虞之事。」我抬眸，與子澹彼此相望，目光糾結於五步之間，區區五步，已是一生恩怨永隔。

「皇上聖明。」我低頭，向他跪下，俯首三叩。

王福也隨即跪倒，以額觸地。

「妳已遂了心願，朕也不再勞煩，但需杯酒足矣。」子澹仍是笑著，目光卻已成灰。「只是文章無罪，請容這些書稿留存於世。」

他就這樣，將自己交到我面前，毫無防禦，再不抵抗。杯酒足矣，何其決絕。

忽然間，我看不清他的面容，眼前一切都變得模糊，這才驚覺眼中已有了淚。我點頭，抬手擊掌三下。

王福托了玉盤步入內殿，托盤中一只碧綠的玉杯，酒色如琥珀，瀲灩生香。我端起玉杯，含淚笑道：「子澹，我便以這杯酒送你上路。」

他站起來，一步步行至我面前，脣角仍噙著一絲從容笑意。「多謝。」他笑著接了玉杯，仰頭一飲而盡。

我的淚水奪眶而出，滾落臉頰，模糊了眼前一切。「若有來世，你還願記得我嗎？」我輕聲問他。

子澹笑著搖頭，退後數步，語聲微顫：「阿嫵，我願此生從未識妳！」

我猛地閉上了眼，似被一箭穿心。

子澹踉蹌扶住了身後案几，啞聲而笑。

我再無法隱忍心中悲愴，一步上前，緊緊抱住了他。

這是從幼年就熟悉的懷抱，像父親，像哥哥，卻又與他們不同的懷抱……他衣上熟悉的熏香氣息，將我縈繞，彷彿將我們與這天地隔開。

我將臉深深地埋在他胸前，最後一次深嗅他衣上沉香，哽咽道：「不管往後遇到什麼，都要好好活著，珍惜你身邊之人。」

他身子一震，抬手欲推開我，卻已經失去力氣。

「子澹，我會想念你……一直想念你。」我的手指輕輕撫過他微霜鬢髮，如同幼年玩鬧之後，他總會仔細替我理好蓬散的鬢髮。

那杯酒會讓他沉睡兩日，待醒來時已身在世外，永遠逃離這囚禁他半生的牢籠。

藥力發作，已讓他神志迷亂，卻極力睜大眼睛，一瞬不瞬地望著我，蒼白薄唇顫抖不已。

「阿瑤還在等你，你的書稿，我會讓它留傳後世。」我含淚凝望他的面容，這是最後一眼了，從此以後我再也看不到他，再也觸不到他……這樣美好的一個人，值得世間最堅貞的女子去愛慕。

多少人不惜以生命去追逐的自由，就在他的面前。

子澹目光已渙散，一行淚水卻滑落臉頰，終於漸漸軟倒。

「懇請主上盡快動身，勿再遲疑！」王福焦急催促。

我將子澹交給他，終於放開了手，退後一步。「王福，一切託付給你了，往後多加珍重。」

王福跪倒在地，重重叩頭。「老奴拜別王妃！」

承天門方向火光更熾，殺聲更盛。驟然一道尖銳的鳴鏑之聲破空劃過。

此時東方漸白，天色已放亮，正是凌晨光景。

我立在宮道正中，怔怔地抬頭，望向遠處天空，心中猛然劇跳。這鳴鏑來得太過突兀，彷彿洞穿心頭，難道是——

「王妃小心，城頭正在交戰！」侍女追上來，顧不得尊卑，倉皇攔住我。

「是他，是他來了。」話一脫口，我再也克制不住自己，即便狠狠咬住嘴脣，仍止不住雙肩的顫抖。

侍女惶然將我扶住，我拂袖一掙，推開她，向城頭急奔。腳下綿軟無力，我卻從未奔跑得如此之快。

城頭一派慘烈之景。

然而，城下層層如鐵水般的叛軍軍陣正在向後收縮，遠處的後方，彷彿起了什麼騷動，隱約傳來悶悶的嘈雜、呼嘯、號角，撼山動地的聲音似乎從東南方向傳來，動靜越來越大，連我站在宮門之上，也感覺到從地面傳來悶雷滾動般隆隆的聲響！

那個方向，正是京師東門所在，亦是東郊大營所在的方向。

魏邯兩眼通紅，提刀大步奔來。

「胡帥攻進城了！」一個校衛衝上城頭，大口喘息。

「平虜元帥胡光烈率前鋒攻入東門，車騎將軍謝小禾已至太華門外，王爺親臨城外，接掌東郊駐軍，叛軍陣中已然大亂！」話音甫落，城上歡聲雷動。

真的是他回來了，來得比我預料的更早，更快！

我咬住脣，在震耳欲聾的振奮歡呼聲中，猝然淚流滿面。

遠近火光大起，高低呼喊聲響成一片，隱隱聽得有人在亂軍中奔走呼喝：「宋懷恩劫擄天子，焚城逼宮——」

「豫章王回師平叛——」

「王爺總算來了！」魏邯大笑，一把揭去了鐵面罩，猩紅的疤痕在火光下越發怵目驚心，若不是眾人的堅守力戰，只怕我們也等不到蕭綦歸來。

我望著這鐵骨錚錚的漢子，淡淡道：「此時說贏，還差一步。」

「王妃是說乘勢追擊？」魏邯一怔。

「不，我要讓叛軍入宮。」我微笑道。

魏邯雙眼大睜。「什麼？」

我斂去笑意，一字一句道：「弒君之罪，總要有人來背負。」

魏邯瞳孔猛然收縮，驚道：「妳是說借刀殺人，將皇上……」

「不錯，皇上已留下遺詔，一旦龍馭賓天，即由豫章王繼承大統！」我轉頭看向太華門方向，緩緩道：「我們殺出太華門與謝小禾會合，再打開承天門，讓宋懷恩帶兵殺進來。」

魏邯猛然回頭看向乾元殿所在之處，那裡已經騰起濃煙烈焰，整個宮殿都被大火吞沒，不只是乾元殿，皇后所居的昭陽宮也陷入了一片火海。

這火光，證明王福已經帶著他們趁亂從祕道逃出，帝后寢宮毀於大火，一切痕跡隨之抹去。

弒君逼宮，這滔天之罪自然是要落到宋懷恩的頭上。

卯時三刻，太華門之圍瓦解。

圍困太華門的叛軍將領臨陣倒戈，向車騎將軍謝小禾歸降。

龐癸率鐵衣衛在前開道，護送我的鸞駕馳出太華門；太后的車駕隨行在後，魏邯率禁軍戍衛斷後，詐敗於承天門，節節後退，引宋懷恩叛軍攻入宮門，一路殺戮突進。

乾元殿與昭陽殿的熊熊大火，映紅了九重宮闕上空，猩豔如血。

昔日煌煌威嚴的宮門，已不能阻擋這場夢魘般的殺戮。鸞駕馳離宮門，將殺戮與烽煙遠遠甩在身後，隔斷在宮門之內。

我抱緊懷中小小的女孩，一手握住沁之冰涼小手，默然回望宮門，滿心只餘蒼涼。

車輪在宮道上軋軋疾馳，兩列鐵騎左右護駕，伴隨我們平安離開。

一出宮門，兩邊道旁盡是折戟殘肢，四下塗血，伏屍遍地，慘烈異常。我已見慣流血，此刻仍覺手足冰冷，陡然放下垂簾，唯恐被身側的沁之看到這慘狀。

沁之靜靜地依在我身側，小臉蒼白，竭力鎮定如常。懷中的幼兒卻已經熟睡，渾然不知此時發生的一切……在這酣甜夢中，她的父親正孤身走向末路，即將與她永隔。剛剛失去了母親，又將失去父親的孩子，今後等待她的命運將會如何？

我的瀟瀟跟澈兒，此時你們也在睡夢中吧，可還睡得安好？已經好多天沒有見到你們。

眼前頓時朦朧痠澀，歷經生死劫數，踏著多少人的血肉，終換來一家團聚，這場征伐殺戮也該是盡頭了。

我已見過太多婦孺幼兒為權勢殉葬，我的兒女絕不會再重複這樣的悲劇，我要他們成為天下最幸福的孩子。

鑾車停下，我挑開車簾，一眼便望見黑壓壓的鐵騎橫絕前方，上書「謝」字的旌旗獵獵招展於晨風中。

當先一騎，銀盔紅纓，馬背上的少年將軍英姿颯爽，策馬向我們奔來。

「是小禾將軍！」沁之仰頭驚叫，臉頰迅速升起一抹薔薇色紅暈。

她晶亮雙眸，映出我疲憊笑容，一時間，心中百感交集。

「去吧！」我鬆開手，任由沁之跳下鑾車，不顧一切奔向那白馬銀槍的少年。

昔日暉州城下，那同樣在晨光中的一幕，如此熟悉，如此遙遠……那時的我，依稀也是這般，瘋魔似的飛奔向蕭綦的馬前。

隨行宮人接過了幼女，扶我步下鑾車。

「末將救駕來遲，令王妃受驚，罪該萬死！」謝小禾下馬參拜。

眼前大軍已至，翹盼已久的良人就在近處，皇圖霸業唾手可得——然而眼前所見，依稀仍是血汙橫屍，遠近宮闕在濃煙滾滾中傾頹瓦解，死去的人屍骨未寒，幼子尚在襁褓。我心中再難有半分雀躍，只餘疲憊淒涼。

「母妃，妳不開心嗎？父王回來救我們了！」沁之緊緊握住我的手，眸光熱切晶瑩，轉頭去看謝小禾。「有小禾哥哥在這裡，母妃不用擔心了！」

謝小禾朝沁之微笑點頭，抬頭注視著我，隱有憂切。我強打起精神，朝他們微笑。

見我身後除了太后車駕，並無帝后的御輦，謝小禾慌忙問道：「叛軍已攻入宮門，皇上可曾脫險？」

我側過臉，眼眶漸漸發熱。「攸關天家尊嚴，皇上與皇后不願出逃，誓與宮城共存亡。」眼前掠過子澹臨去時的眼神，胸口緊窒，我驟然轉過頭去，再也說不出話來。

騙謝小禾的話語是假，悲酸卻是真。

要騙過蕭綦，騙過世人，首先便要騙過自己。從推開他的那一刻開始，我就當他已經死了，死在熊熊烈焰之中，與前塵往事一同化為灰燼。

謝小禾默然肅立片刻，請我與太后隨副將移駕營中暫避。

我頷首，回身正欲登上鸞車，忽見一騎飛馳而來，馬上兵士翻身下鞍急報：「逆臣宋懷恩死戰不降，率親兵百餘人殺出崇極門，往南郊奔逃。胡帥已出城追殺，宮中叛亂平定，王爺已至承天門外。」

我與謝小禾對視一眼，臉上皆有震動之色。

宋懷恩身陷重圍，竟還能殺出宮城，從蕭綦布下的天羅地網中逃脫。宮中叛亂既定，我駐足遙望被濃煙遮蔽的宮闕，吩咐車駕回宮。

蕭綦已到承天門，我要在天子殿上，親自等候他歸來，親眼看他，君臨天下。

鑾駕沿來路返回，馳入剛剛離開的太華門，恍惚有隔世之感。

但見叛軍所經之所，殺戮無數，血濺丹墀，彝器傾覆，天子儀仗御器之物，丟棄零落。各處宮室均遭到搜捕殺戮，遍地屍骸中，大半是年輕美貌的宮女妃嬪……倖存宮人四下走避躲藏，見到太后與我的車駕回宮，頓時匍匐呼號，叩首求救。

宮中叛軍大都被剿殺殆盡，餘下殘兵盡數棄甲歸降。

到了乾元殿前，我步上玉階，雕龍飾鳳的階上血汙蜿蜒，染上我裙袂。一具屍身橫臥在前方，宮緞華服被鮮血浸透，青絲逶迤在地。

我認得她的容貌，是剛剛冊立不久的馮昭儀。一道極細的刀痕劃過她的咽喉，皮肉完好，鮮血卻從細細的刀口大片湧出，淌下肩頸，凝結在身下的玉階，猩紅刺目。濃烈的血腥氣衝入鼻端，那張被恐懼扭曲的慘白面容，在我眼中放大……

「請王妃迴避。」謝小禾疾步上前，欲擋住我的視線。

我抬手止住他，垂首看那屍身上的刀痕，細如紅線，幾乎不易看出痕跡，卻是一刀致命。

「是宋懷恩。」謝小禾沉聲道。

這樣的刀痕，我曾在暉州見過一次，從此再難忘記。謝小禾轉身吩咐左右將四處清理乾淨，迎候王爺上殿。

我漠然向殿上走去，第一次覺得乾元殿的玉階這樣長，彷彿一輩子也走不到頭。馮昭儀的面容猶自浮現眼前，我竭力不去想，卻揮不去心頭隱隱的不安。

「王妃且慢，不可入內！」謝小禾的喊聲自身後響起。

剎那間，靈光閃動，我霍然驚呆在階上——馮昭儀血跡未凝，應當被殺不久。宋懷恩若是早已逃出宮去，怎能在此地殺人？

他沒有走，也未曾打算逃命，出逃只是掩人耳目的假象，只待蕭綦或我返回宮中，便與我們同歸於盡。

剎那間，我如墜冰窖，緩緩抬頭望去——

乾元殿上，朝陽初升，光芒刺痛我的雙眼。

玉階盡頭，大殿正中，一個幽靈般的人影出現。

他手握三尺長刀，棄了頭盔，亂髮披散，身上鎧甲血跡斑斑，被晨光映出淡薄的紅暈，彷彿渾身沐著一層血霧。

隔了七步玉階，他的目光與我相觸，猶如瀕死的野獸。冷，冰冷，絕望的冰冷。

熱，狂熱，瘋魔的狂熱。七步，生死之距。
他突然出刀，向我斬來。
長刃映出陽光粲然，耀亮天地。
我閉上眼，心中寧定，最後一刻掠過蕭綦的身影。
彷彿又看見他橫劍躍馬而來，看見他深邃的目光穿過烽火，直抵我心中最深的地方，從此靈犀相連。
耳後疾風破空，骨骼斷裂聲清晰響起。一切，都在瞬間凝頓。
我睜開眼，面前三步之遙，是宋懷恩的長刀。他猝然一仰，踉蹌退後兩步，以刀拄地。
三支狼牙雕翎箭洞穿他的身體。
一箭洞穿左胸，一箭洞穿右膝，一箭釘入他握刀的右肩。
三箭齊發，力同千鈞，重甲戰馬也能透骨摜倒——除了蕭綦，再沒有旁人。
宋懷恩卻沒有跪倒，依舊拄刀挺立在前。
鮮血從他身上大大小小的傷口裡湧出，臉色近乎透明的慘白。他抬起染滿血汙的臉，定定地看著我，彷彿天地間只剩我一人。
陽光照在他臉上，他微瞇了眼，忽然一笑，長刀脫手墜地。緩緩地，他終於跪倒。

那長刀的刃，是向內而握，並未朝著我。他這一刀，不是殺人，只是求死。

他望著我，笑了笑，露出一口皎潔白牙，額頭髮絲被風吹亂。我傾身看他，第一次如此專注地看他，目光流連過他的眉目。

「我會記著你，永不忘懷。」我看著他的眼睛，彷彿又見昔日的少年。

他痴痴地看著我，閉上眼，再睜開時，已全然沒有凶戾之氣，唯有一片清澈寧和。

我直起身，拔出袖中短劍——懷恩，我會讓你像將軍一樣死去，不必淪落為可恥的囚徒。

他仰起臉，目不轉睛地看著我，笑容淡定。

我用盡全力，一劍揮出，寒光映亮他眸中最後的璀璨，連同他唇間一聲嘆息，亦被就此斬斷。

他的鮮血濺上我素色長衣，盛開猩紅如繁花，我抽劍，漠然轉身。

蕭綦甲冑佩劍，奔上玉階，駐足在我面前，挺拔身軀擋住身後的刺目陽光，將我籠罩在他的身影之下。逆著陽光，看不清他面容神情，只有熟悉而陌生的氣息鋪天蓋地將我席捲……征塵的味道，死亡的味道，鐵與血的味道。

在他身後，玉階之下，肅立著滿朝百官，四下兵馬刀劍森嚴。

我退後一步，取出袖中詔書，向他屈膝跪下。「吾皇萬歲。」

我的聲音遠遠傳下玉階，片刻寂靜之後，階下群臣紛紛俯跪，萬歲之聲響徹殿前。

他的手穩穩托住我雙臂，扶我站起——這雙手終於握住了天下，握住了皇權，也握住了我一生悲歡。

他低聲喚我的名，聲音篤定而溫暖：「妳看，這就是妳我的天下！」

他扶住我，與我並肩而立，一同面向階下匍匐的群臣，面向天下蒼生，「吾皇萬歲」之聲，再次響徹宮闕。

天際一輪紅日高升，照徹乾坤朗朗。

歷經三百餘年的煌煌宮闕大半毀於火中，昔日龍臺鳳閣，連同帝后居所在內，盡化為廢墟。

帝后雙雙殉難，血濺丹墀，屍骨葬於火海之中。

一代皇朝以這樣慘烈的方式落下帷幕。

叛臣宋懷恩殿前伏誅，叛軍殘部被胡光烈剿滅於南郊。蕭綦當庭下令，將軍中牽涉叛亂者盡數下獄，首犯獲罪，其家人親族免卻連坐，罪不及三族。歸降者一律赦免，擢升魏邯為右衛將軍，晉封京畿守備徐義康為廣德侯。

太和殿前，白髮蒼蒼的廣陵王，從我手中接過先帝遺詔，一字字顫聲誦讀。

那個青衫翩翩的少年，從此成為一個森然肅穆的廟號，成了他們口中的「先帝」，再不是那個活生生的，會對我笑，對我怒，對我流淚的子澹。

宣詔畢，廣陵王顫巍巍跪倒，向蕭綦匍匐叩拜。王爵高冠，壓著他滿頭銀髮，重重叩上玉磚。昔日皇族終於俯下了高貴的頭顱，向新皇稱臣。

宗室舊臣、黎民百姓還來不及為賓天的帝后致哀，已迎來他們新的王者。

我曾無數次站在他的身側，以豫章王妃，以他的妻子，以愛侶的身分與他並肩佇立，而這一刻，我成為他的臣屬，向九五至尊俯首跪拜。

他冷峻的側臉，被初升的晨光蒙上淡淡金色，恍如金鐵塑成，不著喜怒。

此刻的蕭綦，令我想起宗廟裡那一座座冰冷漢玉雕刻的巨大神像。從高高的天上俯視眾生，意態從容，手握至高無上的力量，主宰世間生殺。

百年，千年之後，後世史冊將如何記載這一刻，如何書寫這一對開國帝后……對我而言，已如浮雲。

帝位江山，九五至尊，於蕭綦是畢生大願得償，是後半生壯志雄圖的開始；於我，卻是搏殺半生的終點。我終於不必再懼怕，不必再防禦，這世上再沒有人可以危害我們，再沒有人可以左右我們的命運。

久別歸來，已是天地翻覆，人事全非。巨變初定，蕭綦當即於太和殿召見眾臣。我悄然轉身，退往內殿。

悽楚，更有一種我看不懂的情愫，深深藏抑其中。一時間，我有些恍惚，迷失在他的眼裡。

我靜靜地仰頭看他，竟然從未發現，歲月已在他臉上刻下淡淡痕跡。

十年歲月如梭，我們最美好的年華都付與了流年紛爭，消磨於風刀霜劍。唯一的幸運，是我們遇見了彼此，一切都還不算太晚。

在他熾熱薄唇奪去我全部神志之前，我恍惚記起一件最重要的事情。「慈安寺！寶寶還在慈安寺！」我急切仰頭，拽了他的袖口。

他卻掩住我的嘴，將我牢牢地圈在懷中，柔聲道：「輕聲些。」

我掙脫不開，出聲不得，他卻垂眸看我，眼底盡是溫柔。

屏風外忽然傳來熟悉的一聲低啼，分明是嬰兒的聲音。

我怔住，他臉上笑意深深。「妳吵醒他們了。」

千古

昭陽殿有過太多悲傷往事，乾元殿裡埋葬了歷代帝王的陰靈。

我不願在前朝的廢墟上重建新的宮室，不願在熟悉的簷廊下重溫往世的悲歡。

三日後，蕭綦下旨將兩宮殘垣夷為平地，另擇吉址修建寢宮，廢棄昭陽殿之名，改皇后中宮為含章殿。

宮中舊人飽經動盪離亂，目睹過太多深宮隱祕。我不忍將他們禁錮在深宮待死，不忍朝夕面對這樣的面孔。

三月後，蕭綦下旨將前朝宮人遣出，遣返故鄉。

叛臣宋懷恩伏誅，其妻蕭氏以節烈殉難，追封孝穆公主。

在我的求懇下，宋氏子女三人因年幼無知，免予涉罪，謫為庶民，隨族人流配西蜀，永不得出。

先帝遺骸毀於火中，蕭綦也依我所願，在皇陵修建了肅宗與承賢皇后的衣冠塚。

乾元殿與昭陽殿舊人或死於叛亂，或葬於大火，再無人知道當日的情形。

蕭綦並不曾對子澹之死再作深究。

一切，都依從我的心意，真正萬事遂心，如願以償。唯一的遺憾，是哥哥未能歸來。

倜儻風流的江夏王，自願遠別故土，長留在遙遠苦寒的塞北。

蕭綦回朝平叛之際，將突厥逐出漠北，直抵極北大荒之地。

只差三月，他便能將突厥人一舉殲盡，將這個民族從大地上徹底抹去。

然而宋懷恩的叛亂，硬生生止住了豫章王的鐵騎北進，撥轉了劍鋒所指的方向。

內亂，終令一代雄主功虧一簣。

或許是天不亡突厥，蕭綦得到了江山帝位，卻不得不在最後關頭，錯失平生大願。

踏平突厥，一統河山，是他畢生的宏願——這一次興師動眾的北伐，終究未能實現這個心願，此後若興兵事，只怕不是易事了。

死戰不降的賀蘭箴終於向蕭綦送上降書，伏乞劃地歸降。

歲月改變了每個人，連賀蘭箴也不復當初的決絕，竟能向宿仇低頭。他終究成了突厥真正的王者，在私怨與家國之間，毅然保全後者。蕭綦受了降表，與突厥訂立盟約，劃地為界。

賀蘭箴率殘餘部族遠走極北之地，將漠北廣袤豐饒的土地，盡歸我天朝所有。

我不相信賀蘭箴會真的服輸，他那樣的人，正如草原上的孤狼，總在伺機潛伏，不到死亡來臨的一刻，永遠不會放棄目標。暫時的歸降敗走，只是為了保存生機。

他又一次逃離了蕭綦的羅網，十年間，他們兩人誰也殺不死誰。蕭綦是翱翔在天上的鷹，賀蘭箴卻是隱匿在地上的毒蛇。

或許，他還將再次歸來。

劃疆之後，蕭綦頒下一道令諭。

這一道令諭，改變了哥哥的命運，改變了千萬人的命運，亦改變了北方大地的命運。

他將寧朔以北，極北以南，劃為七族雜居之地，將戰禍中失去牧群的大批突厥人南遷至寧朔以北，教習耕種，開荒屯田；失去土地田園的漢民北遷至肥沃廣袤的北方，築城興商……先以強大武力，令各族懾服，再迫使他們聚集雜居，使其風俗教化彼此融合，必須相互依存，方可生存，最終放下仇怨，共容共存。

王者手中長劍雖可裂土分疆，卻割不斷大漠子民對故土的眷戀，割不斷千年流淌下來的血脈之系。

寧朔城外的那個傍晚，我曾與蕭綦馳馬塞外，極目四野，望見突厥牧民帳中升起的炊煙。

時隔多年，我仍記得他當日的話——「胡漢兩族本是脣齒之依，數百年間你征我伐，無論誰家勝負，總是蒼生受累。只有消弭疆域之限，使其血脈相融，禮俗相滲，你中有我，我中有你，合為親睦之族，方能止殺於根本。」彼時，我以為這不過是一個宏遠的空想。

他卻終於做到了。

長寧長公主蒙先帝賜嫁突厥，卻因兩國一戰決裂，勢成水火，直至突厥戰敗歸降，也未能舉行大婚，空領了賜婚聖旨，卻未能成為突厥的王后。

伶仃紅顏，無處歸依，何處都不是故鄉。

遵照盟約，賀蘭箴賜予長寧長公主狼牙王杖，敕封昆都女王之名。

從此，天朝的長寧長公主成為突厥人的昆都女王，從此一頭遙望南方故鄉，一頭守護北方的子民。

昆都，即突厥語「守護神」之意。

猶記京都細雨下，那個眉目如煙的女子，最後一次駐足回望故鄉……相顧無相識，長歌懷采薇。蒼茫亂世，多少女子的一生也隨之浮沉輾轉。比起那些零落紅顏，采薇已算是幸運之至。

昆都女王以守護之名留在了昔日南突厥的王城，改城名為昆都城。雄渾古老的昆都城，靜臥在寧朔以北、漠北以南的廣袤大地中央，統攝七族聚居的三郡四城，與南北相呼應。以女王為神賜的主宰，代替天神守護子民，永世歸附天朝。

在神權的背後，是手握三十萬重兵的江夏王，以天朝上國之尊，行鎮撫理政之職，成為北方大地真正的主宰。

命運終究成全了顧采薇，或者應當說，是蕭綦成全了王夙，成全了我的家族。蕭綦班師回朝平叛之際，以三十萬大軍相託付，將哥哥留在了北境，永為後盾。

從此，金風細雨的京都再沒有那個倜儻多情的貴公子，天高雲淡的塞外長空，卻升起了一隻展翅翱翔，搏擊風雲的蒼鷹。

從前的顧采薇，寧願遠嫁突厥，也不肯嚥下那一口意氣。從前的哥哥，明知錯失所愛，也不肯伸出手去挽回。

離亂，卻改變了一切。

一同經歷過了生死離亂，兩個同樣固執的人，終於掙脫前塵，換來重生，換來與彼此的相守。

只是，他們為之付出的代價，卻是一生相守不相親。

他們可以朝夕相對，卻永無結縭之緣——昆都女王代行神聖庇佑之職，按照突厥人的禮法，必須在神前立誓，以處子終老，永世侍奉神前，以此獲得神靈赦免，免去賜嫁之名，還她潔淨之身。

對於我做過的事情，他不再追問；我想保護的人，他不再傷害；我想要的一切，他都雙手奉送到我面前；我的每一個心願，他都竭盡所能去實現。

我亦任性地享受著他的寵溺，坦然背負起悍妒之名，固執守護著最初的承諾。他答應過有生之年絕不另娶，這是他許給我的諾言。

我不要後世非議他的私德，他應該是讓萬世景仰的帝王。

那麼，就讓史官的筆，將一切惡名歸咎於我，由我來背負這不賢的惡名，而不許任何人破壞我們的誓約。

夏去冬來。

春至，萬物欣欣，天地錦繡。

御醫說我活不過上一個冬天，可此刻，我依然坐在含章殿外的花樹下，看著沁之歡暢地奔跑在綠茵淺淺的苑子裡，放飛紙鳶。

灊灊拍著小手，咯咯笑著，蹣跚去撲那天上的紙鳶。澈兒仰著頭，看那紙鳶也看得出神，在我膝上咿咿呀呀說著我們聽不懂的話語。

紙鳶紮成一只唯妙唯肖的雄鷹，盤旋於宮牆之上。

那是哥哥從萬里之外送來的紙鳶，他還記得每年四月，要為我紮一只紙鳶。當年的「美人鳶」，不知今年又會紮給何人。

隨著紙鳶，還有采薇送來的梅花，那奇異的花朵形似梅花，兩色相間，紫白交替，有花無葉，生長在塞外苦寒之地，永不褪色，永不凋謝。

蕭綦說，北境已漸漸安定，哥哥很快可以抽身歸來，入京探視我們。

正月的時候，姑母以高齡壽終，安然薨逝於長樂宮。可惜哥哥未能趕回來，見上姑母最後一面。

爹爹至今遊歷世外，杳無音訊，民間甚至傳說他遁入仙山修行，已經羽化而去。

正自恍惚間，我被沁之歡悅的呼喊打斷。

「父皇！」

回眸見蕭綦徐步而來，身後跟著英姿挺秀的小禾將軍。

沁之的臉上透出粉嫩紅暈，鼻尖滲出晶亮汗珠，故意側過身，裝作對小禾將軍視而不見，卻舉起手中紙鳶，笑問蕭綦道：「父皇會做紙鳶嗎？」

蕭綦微怔。「這個，朕……不會。」

我輕笑出聲。

小禾亦低下頭去，脣角深深勾起。

「父皇好笨！母后，讓父皇學做一只紙鳶給妳吧……」沁之促狹的笑容裡有著超乎她年紀的敏感早慧。

蕭綦啼笑皆非地瞪她。

我看向小禾，揚眉輕笑。「不如讓小禾做一只送給妳。」

「母后！」沁之滿臉通紅，看小禾一眼，轉身便跑。

「還不去侍候公主。」蕭綦板起臉來吩咐小禾。

待小禾轉身一走，他亦低低笑出聲來。

瀟瀟挨過來，蹭著他衣角，笑著向他伸出手。蕭綦忙俯身將那玉雪般的小人兒抱在膝上。

風過樹梢，吹動滿樹粉白透紅的花瓣，紛紛揚揚，飄落我一襟。我仰起頭，深嗅風中微甜的花香。

「別動。」蕭綦忽然柔聲道。

他傾身俯過來，專注地看著我，黑眸深處映出我的容顏。

「阿嫵，妳是不是花中變來的妖精？」他伸手拈去我眉心沾上的一片花瓣，低低嘆道：「妳竟不會老，還是這樣美，我卻已有白髮了。」

他鬢旁果真有了一絲銀白，可說話時的懊惱神氣，十足像個孩子。只有同我說話時，他才不會自稱為「朕」。

我輕輕扯去他那一根白髮，認真地看著他。「我是為你而來人間活一回的妖。」

他笑，掌心撫上我的臉。

「我會纏住你，一直纏住你，直至地老天荒。」我握住他的手，十指交纏，緊緊相扣。

已經熬過一個冬天，我還要繼續努力地活下去，一天，一月，一年……能多一刻，便多一時的相伴；能伴他一日，便少一日的分離。

他眼底有隱約滲意，一語不發，扣緊我的手指，瞳中映出我的身影，我眼中也只有他的身影。

他是我的朗朗天地。

我是他的江山萬里。

後記

太初元年，神武高祖皇帝即位，四海靖平，天下咸歸。帝在位一十六年，修典制，興民事，啟寒庶之賢，革門第之弊。廢六宮御制，終生無妃嬪采侍之納，聖躬嚴儉，帝后情篤。皇后王氏，出琅琊高門，德配令望，淑行坤德，誕太子、延寧公主。

太初七年，皇后薨於含章殿，時年三十二。上悼痛，乃輟朝七日，群臣哀篤。有司奏謚懿皇后，上特詔曰「敬」，謚敬懿皇后。

太康九年，上崩，謚神武高祖皇帝，與后合葬永陵。太子繼位，興「崇光之治」，宇內承平，開盛世之初。

番外

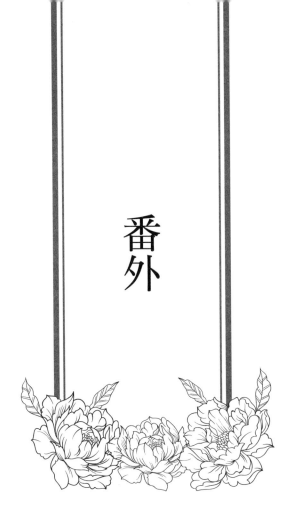

燕燕于飛

薄霧漫過遠處高低田壟，在清晨陽光下漸漸散開。

青瓦粉牆隱現在阡陌桑梓間，牧笛聲悠悠響起，陌上新桑已綻吐綠芽。

李果兒背了柴火，輕手輕腳地推開院門，將柴火輕輕放在牆根，仔細砌好。不留神滑下一根，骨碌碌滾到井臺下，驚動了藤蘿旁酣睡的花貓，喵嗚一聲跳上窗臺，伸個長長的懶腰。

李果兒慌忙撮脣，揮手驅趕花貓，心中直埋怨這不懂事的畜生。這會兒子先生還未起身，聲響輕些，別驚擾了先生的好夢。

花貓懶懶地蜷起尾巴，朝他瞇了瞇眼，卻聽吱呀一聲，竹舍的門從內而開。

先生推門出來，竹簪束髮，只披了竹布長衫，天青顏色洗得發白，衣衫下襬被晨風吹得微微捲起。花貓躍下窗臺，挨到先生腳邊輕蹭，喉嚨裡呼嚕著撒嬌。

「先生起得這麼早！」李果兒咧嘴笑，將手在衣襟上用力擦了擦。「我給您打水去！」

「果兒，我說過，不用你每日送柴火。」先生瞧見地上的柴火堆，微微蹙眉，神色仍是溫煦。「這些事有福伯做，你用心讀書，不可跑野了。」

李果兒嘿嘿一笑，老老實實地垂手站定，平日憊懶神氣半點兒不敢流露，只點頭聽著。

先生瞧著他那模樣，搖頭笑了笑，徐步至井旁舀水。

「我來，我來！」李果兒手腳俐落，搶過水瓢，三兩下打好沁涼的井水。「先生洗臉！」

先生笑了，屈指在果兒額角敲了一記。「讀書不見你這般伶俐！」

果兒撓頭直笑，瞧著先生挽起袖口，雙手掬了水，俯身澆到臉上。

水珠順著先生臉頰滴下，沾溼了鬢角，烏黑鬢間雜有一、兩綹銀白，已是早生了華髮。清晨的陽光照在先生臉上，映了水光，越發顯出透明似的蒼白，襯了烏黑的眉，挺直的鼻，刀裁似的鬢，怎麼看都不像這煙火世間人物，倒似神仙畫裡走出來的一般……

李果兒看得有些發呆，見一行水珠順著臉頰滑下，就要滴進先生衣襟裡，忙欲掏出懷中抹汗的帕子遞去，卻又訕訕住了手，唯恐帕子髒汙了先生。

先生將就著水，洗了洗手，一雙修長如削的手浸在水中，比白玉還好看。

「先生，您從哪兒來的？」李果兒愣愣仰頭，這個問題已經問過了七、八次，卻又傻乎乎地忍不住再問，明知道先生每次的回答，都是同樣的——

「我從北邊來。」這一次，先生仍是不厭其煩，微笑著回答他同樣的問題。

李果兒知道，再怎麼追問，也不會問出更多的答案來。

先生就像一個謎，不對，是太多的謎……叫他想上一輩子也想不出。

在先生到來之前，這村寨已經一百多年沒出過讀書人。

雖是山水靈秀、豐饒淳樸的好地方，卻因山高水遠，與外世隔絕得太久，罕有外鄉人會翻山越嶺來到這南疆邊陲。村寨裡男女老少只知耕種務農，日出而作，日落而息，能識字的沒有幾個。

質樸鄉人倒也安於淡泊，樂天知足，在祖輩留下的土地上勤勉耕種，家家戶戶衣食豐足。偶有外鄉人到來，總是全村的盛事，每家每戶都爭相延邀。

李果兒聽爺爺說過，那年爺爺還在世，正是他冒雨趕路回寨時，在山外峪口遇見先生一家人。

先生和他家娘子，偕了一個白髮老僕在暴雨之夜迷了路。

顯是一路風塵勞頓，三人都憔悴不堪，先生受了風寒，病得不輕，走路都需他家娘子攙扶。

果兒的爺爺是個熱心腸的老人，一看先生病成那樣，便將他們引到家裡，找來寨子裡最好的大夫，連夜挖來草藥，總算讓先生一家撐過了難關。

先生自稱姓詹，為避北邊戰亂，攜了家中娘子與老僕不遠千里來到此處。

那姚氏娘子一看便是大戶人家的千金，雖風塵勞頓，仍是容色極美，說話做事大有氣派。

那白髮老僕，更是精壯矍鑠，力氣堪比壯年男子。

村寨裡從未見過這般風采的人物，老老少少都對他們敬慕得很。最叫人敬慕的，卻是先生。

初到來時，那是怎樣一個人……布衣素服，病容憔悴，卻有一雙比山泉更清寒的眼，讓最好的畫匠也畫不出的容顏。不論對著誰，他總是微笑，笑容溫暖如四月熏風，眼裡卻有著總也化不去的哀憫，似閱盡悲歡，看懂了一切。

先生病癒後，身子仍是虛弱，便在寨子裡住下來休養。這一住，就是七年。

先生起初住在李家，閒暇時便教李果兒識字。左右鄰人知道了，也將自家孩子送來，一傳十，十傳百，上門求學的孩童便越來越多。

村人幫他們搭了屋舍，修了院子，女人們教姚娘紡織烹煮，男人們幫著送柴送糧，哪家殺豬宰牛，打到野味，都不忘給先生家裡送一份。

先生和姚娘只有一個三歲的小女兒，兩人都格外喜愛孩子。

時常是先生在竹舍裡教書，姚娘靜靜坐在屋外廊下，給孩子們縫衣。

村裡孩童慣於樹上牆頭嬉鬧，衣裳髒汙扯破是常事，家中大人也不在意，只隨他折騰去。

先生卻是喜歡整齊潔淨的，一樣的布衣芒鞋，穿在他身上偏就纖塵不染。

每天午後，孩子們來到竹舍，姚娘總是笑吟吟地盛出甜糕來分給大家，瞧見哪個孩子泥手泥腳，衣衫不整，便仔細給他洗乾淨手臉，將綻破的外衣脫下來，拿去細細縫好。

一眾孩子裡，有個叫虎頭的，才九歲，長得高壯頑皮，整日翻牆掏鳥打架。虎頭的娘死了多年，家中只有爹爹和年幼的弟弟，也沒個姑嬸照管，常年跟個泥猴似的。起初被他爹爹送來讀書，轉身就跑得沒了人影，後來見有姚娘做的甜糕吃，這才磨蹭著回來。

慢慢地，虎頭來得越來越勤，時常一早跑來守著姚娘，等姚娘給他縫補衣衫。

有幾次，李果兒偶然看見，虎頭故意在屋外籬笆上鉤破衣袖，再跑去找姚娘。

李果兒偷偷告訴姚娘，虎頭使壞……姚娘卻微笑著嘆口氣。「虎頭想念他娘親了。」

姚娘和先生都是最和善的人。

先生從來不會對人高聲說話，即使再頑劣搗蛋的孩子，他也從不訓斥，卻能讓村裡最讓人頭痛的頑皮鬼都乖乖聽話。

唯獨在又老又胖的福伯面前，孩子們沒一個敢淘氣。

福伯不愛說話，不愛笑。

平素裡只低頭做事，臉上看不出是喜是憂，看人的時候喜歡瞇起眼睛，偶爾開口說話，聲音跟旁人大為不同，尖細低啞，冷冰冰的，叫人不敢親近。

村裡老人大都慈祥溫和，從沒有見過這樣古怪的老頭子。

偶有孩子在先生家中淘氣，一旦看見福伯，便嚇得直縮回去。但是李果兒並不怕福伯，相反，對福伯的崇敬僅次於先生。

有一天半夜，李果兒偷溜出後門，約了虎頭去河邊抓螃蟹。

夜裡，沙洞裡的螃蟹都爬出來透氣了，河灘上到處都是，一抓就是小半簍。那時竹舍還未蓋好，先生一家仍住在李果兒家裡。

福伯就住在後院一間單獨的木屋。

那晚後門不巧給鎖了，李果兒只得翻上院牆，不料腳下一滑，一跟頭栽了下去——那一跤跌下去，雖不要命，頭破血流卻是少不了的。

然而，李果兒毫髮無傷。

他穩穩當當地跌在福伯懷裡。

只是一眨眼的工夫，翻上去之前，牆根下分明沒有半個人影。

一個半大孩子，福伯接在手上一掂，一推，輕飄飄似接了只空麻袋。李果兒還在暈頭轉向中，人已經好端端倚坐在地。

福伯一言不發，轉身就走，月光底下，依然身子佝僂，白髮蕭疏。

「下了幾日的雨，總算晴了。」先生擦乾臉，仰頭看了看天色，在陽光下瞇起眼睛微笑。

李果兒傻傻地點頭，心裡卻想，下雨天才好，下雨就不用幫娘親晒棉絮了。

卻聽先生笑道：「果兒，今日我們來晒書。」

「嗯？」李果兒愣住，一張小臉頓時垮下來。

可先生的話，不能不聽。

「好吧，我搬書去。」李果兒挽起袖子，暗暗做個鬼臉。

先生回頭朝屋裡喚道：「阿姚，將我的書都搬出來，屋裡潮了好幾日……」

窗兒吱呀一聲挑開，髮髻才綰了一半的姚娘，散髮素顏，一手執了簪子，一手撐了窗，笑道：「你倒想得輕鬆，幾大箱子呢，只怕要等福伯回來幫忙才行。」

「等他釣魚回來，日頭早沒有了。」先生不理睬。他倔強起來的時候，像個孩童。

福伯帶著先生的小女兒又去了河邊釣魚，不到傍晚不會回來。

姚娘拗不過先生，只得跟出來幫忙。

花貓跟在姚娘腳邊，喵嗚著撒嬌。

先生從竹舍裡搬出書本，姚娘仔細拂去落塵，分類挑出來，果兒手腳俐落，一摞摞抱到院子裡攤開晒上……三個人各自忙碌，有說有笑，倒也其樂融融。

院子裡沒有太寬敞的地方，厚厚的一冊冊線裝書本，攤開在石臺、石桌上，書頁被風吹得嘩嘩直翻。院子裡隱約浮動著陳年紙張和松墨的味道，遍地都是書香。

晨間陽光穿過院裡老槐，透過樹影，灑下一地斑駁光暈。

不覺已忙了半晌。

先生直起身子，額角已有微汗，一向蒼白的臉頰因發熱而略顯得潮紅。

「歇會兒吧。」姚娘接過他手中書冊，莞爾一笑。

先生點頭，與姚娘四目相對，恬然微笑。「累著妳了嗎？」

姚娘笑而不語，上前引袖為他拭去額角汗珠。

他輕輕握住她的手，將她纖細手指攏在掌心，在她指尖上摩挲到淺淺的繭。

記憶裡的這雙手，一直都是這樣，布滿從前騎馬挽弓，而今漿洗勞作留下的痕跡，從不曾細滑柔膩，不像閨閣佳麗那般吹彈可破。

從前，他總覺得遺憾，總覺得女子的手就該是紅酥香軟，不該如此粗糙。

從前……他忽而垂眸一笑，無聲嘆息，驅散了腦中隱約浮出的散碎記憶，只將妻子的手握得更緊了些……

沒有什麼從前，再也沒有從前了。

姚娘不語，任他牽了手，脣角淡淡含笑。

虛掩的院門吱嘎一聲。

聽得李果兒雀躍的呼聲：「虎頭，羅大叔……咦，羅二叔也來啦！」

門口傳來漢子憨厚的笑聲：「先生在家嗎？」說話間，腳步聲踏入院中。

姚娘忙抽出手，攏了攏鬢髮，轉身，便見虎頭被他爹拽著進來，一旁有位身量高大的漢子，相貌與虎頭他爹甚是相似，兩手提著紅紙包好的綢緞。

院子裡晒滿了書，幾乎無處落腳，姚娘忙請客人進屋裡坐。

虎頭他爹卻只站在院內，搓著手，道：「先生，俺今兒是領著虎頭來謝謝您的……」

這粗豪漢子，不善言談，每次見了先生都恭敬異常，今天更顯得格外侷促。

「羅大哥這是什麼話，承蒙你多方關照，何需如此客氣。」姚娘笑道。

先生卻也不多言，只微微點頭，臉色有些冷淡。

虎頭也一反常態，彆扭地躲在他爹背後，垮著臉，氣鼓鼓的樣子。

站在一旁的壯年漢子躬身向先生一揖。「在下羅二，這些年多謝先生為虎頭費心了。」

「這是我家二弟，這些年一直在外頭跑買賣，昨日剛到家，落了腳才來拜望先生。」羅大誠惶誠恐地賠笑。

羅二面有風霜，神態舉止卻比山裡人多一分精明爽朗，畢竟是走南闖北見過世面的人，對先生亦是恭敬有禮。

「不必多禮。」先生神色淡泊，略抬手還禮。

姚娘看了看先生，對羅家兄弟笑道：「我聽果兒說了，羅二哥這次回鄉來，可是要領虎頭去城裡做學徒？」

「確有這打算。」羅二點頭，看了虎頭一眼，喟然道：「這孩子自小沒娘，生性又頑劣，全賴這幾年跟著先生學會讀書識字，大哥便想叫他跟著我，到外頭去看看。我想也是，總不能一輩子留在山裡，如今世道越來越好，民生太平，不若從前那般亂世，指不定這孩子出去了，還能打拚出點兒造化……」

先生眉頭微皺，並不說話，目光自羅二臉上淡淡掃過。

羅二被他那樣看了一眼，原先滿腹想好的話，突然說不出來了。氣氛一時冷了下去，姚娘也默然。

「我不走，我要跟著先生讀書！」虎頭突然開口，打破了大人之間的尷尬。

先生側目看了看他，似欲微笑，脣角卻勾起一絲悵惘。

姚娘望著虎頭，笑容溫柔，嘆息道：「你爹爹的打算也是好的，先生……只是捨不得你。」

虎頭低下頭去不說話。

羅大又開始搓手，倒像自己做了錯事，惹先生不快，越發不知道如何是好。

羅二只覺得先生清清冷冷的目光，彷彿洞穿世情，看得人無處遁形。

「虎頭還不到十歲，往後出去了，時時記得讀書，不可荒廢了。」姚娘俯身替虎頭撫平衣角，心中確是不捨。

先生背轉身，默然向外，看著院子裡的書怔怔出神。姚娘無奈，對羅家兄弟歉然一笑。

先生卻淡淡開口了：「外邊世道，果真很好？」

羅二見先生開口，反而鬆一口氣，忙笑道：「先生久居山中，有所不知，自當今聖上開國以來，大赦天下，減免賦稅兵役，在邊荒離亂之地重置田地，安置流民……當年離家逃難的人，如今大多還鄉安居，勤於耕種，世道一年好過一年。」

先生背著身，仍不說話。

羅二看了看姚娘，見她低頭不語，便又道：「從前寒家子弟除了投軍打仗，再無出頭之路，如今聖上在各地設了長秋寺，選拔寒庶賢能，好些貧家子弟都被選入京師去了……」

羅大聽得似懂非懂，興奮且迷惘地問道：「長秋寺是什麼地方，莫非是寺廟嗎，將人選去豈不是要做和尚？」

「當然不是做和尚。」羅二啼笑皆非，卻也搖頭說不出為什麼叫「長秋寺」。

卻看先生負手而立，低聲道：「長秋，是漢代皇后的宮名，用以名官，稱其官署為長秋寺。寺監即是中宮近侍官，亦是帝后親信之人，宣達旨意，署理事務。」羅家兄弟恍然大悟。

「先生足不出戶，能知天下事，真是高人啊！」羅二嘆道。

先生略回身，似有一絲辛澀笑意。「若真如你所言……他，倒確實不錯。」

羅二沒有聽明白，只知先生說不錯，頗有讚許之意，頓時受了鼓勵，滔滔不絕起來。從聖上開國，講到北蠻降伏，又說江夏王歸朝之際如何盛況空前。他並未到過京師，也不過是道聽塗說，從旁人口中輾轉聽來，越發渲染得神乎其神，直把那江夏王講得有如謫仙下凡。

直把羅大、虎頭與李果兒聽得目瞪口呆。

羅二講得口乾舌燥，嚥了下唾沫，將手一拍，揚眉道：「那江夏王歸朝之後，即被拜為太傅。」

「什麼是太傅？」李果兒打斷他。

「就是太子的師傅，教殿下讀書的先生。」羅二說著，望向負手而立的先生，大有敬慕之色。

「那殿下又是什麼？」虎頭愣愣問道。

羅二一怔，還未來得及答話，卻被姚娘笑著打斷：「好了，好了，這些話說起來三天三夜也沒完。這會兒時辰也不早，不如就在舍下用個便飯。」

羅家兄弟忙要推辭，姚娘卻不由分說地拉了虎頭和李果兒去幫忙做飯。先生也微笑著挽留，神色和悅許多，不若方才冷淡。

羅二見謙辭不得，忙拿出包裹好的綢緞，雙手奉上。「這是我們兄弟的微末心意，感謝先生和姚娘多日教導照拂，東西雖粗陋些，還望姚娘不棄。」

姚娘不肯收，讓他拿回去給虎頭裁件新衣。

羅二也笑。「姚娘莫要嫌棄，這兩塊緞子確是簡素了些，只是如今還在國喪期間，不能穿戴紅綠，也只得如此……」

姚娘一呆。「國喪？」

「是啊，國喪才半年，未滿服孝之期。」羅二解釋：「山裡偏遠，不通音訊，國喪這般大事也未能傳來村裡，難怪二位不知了。」

見姚娘神色愣怔，羅二方要解釋，卻聽先生驟然開口：「是太皇太后薨了？」

羅二搖頭。「太皇太后早幾年就薨了。」

姚娘的語聲驟然尖促：「那是——」

「是敬懿皇后。」羅二嘆道：「人說紅顏薄命，想不到貴為國母……」

他的話音未盡，卻聽身後哐噹一聲——先生原本負手立在窗下，背後堆了滿滿一架還未整理的書，不知何故，竟被先生碰翻。

那堆積滿落塵的舊書本，凌亂地散落了一地，微塵直嗆人鼻端。屋子大門正開著，恰好捲過一陣風，吹得滿地書冊嘩嘩亂翻。

不知是夾在什麼書裡的一疊舊稿，散跌了出來，被風吹得漫空揚起，白紙墨痕，四散翻飛。

李果兒反應最快，叫了聲「哎呀」，忙奔過去拾撿。

那些泛黃的舊紙張，輕薄異常，隨風翻捲，撲打著飄出門外，越發被風吹得七零八落。

羅二回過神來，見滿地零亂，忙招呼虎頭一起去拾。

「先生，先生，這張飄進井裡了……」李果兒在院子裡急得大叫。

回頭，卻見青衫單薄的先生，直直站在原地，手僵在半空微抬，痴痴地望著眼前凌亂飛舞的紙片，眼底空茫一片。

羅二出聲喚他，他的目光卻直勾勾地落向遠處，越過院牆，越過藩籬，越過天邊流雲……辰巳交替時的陽光，穿過窗戶，白花花的耀人眼目。

先生的臉，被這陽光正正照著，沒有半絲血色。

姚娘呆了一刻，耳中反覆盤旋迴響著「敬懿皇后」四個字……怎麼都不像是真的，猶疑身在夢中，醒過神來，眼前還是方才的景象，滿地書冊散亂，白紙零亂飛舞……一頁紙，打著旋兒，輕飄飄地擦過她鬢旁，飄落在對面那人腳前。

他仍痴痴地僵立著，對眼前一切，彷彿視而不見。姚娘張口，欲喚他的名，聲音卻哽在了喉頭。

卻見他終於有了反應，緩緩俯身，伸手去撿面前那頁紙。

分明就在他眼睛底下，觸手可及的地方，他的手卻顫顫巍巍，幾次都抓不住那泛黃的一頁紙。

姚娘再也忍不住，疾步上前，屈身拾起了那張紙。他拾了個空，伸出的手就那麼懸空頓住，忘了收回。

姚娘將紙放到他手裡，讓他拿著……他的手一顫，紙又飄落在地。不待姚娘伸手去扶，他逕自攀了門框，緩緩站起，邁步朝外走去。

「先生！」羅二茫然喚他。

他頭也不回，腳下似有些虛浮，邁出門時，身子踉蹌一晃。

羅二忙要去扶，卻聽姚娘幽幽道：「別去。」回頭，見姚娘跌坐在地上，臉色慘然，噙了幽幽一絲笑。「別再擾他。」

愣在一旁的虎頭與羅大，這才回過神來。

羅大不知道方才兄弟說錯了什麼，窘急得漲紅了臉。

虎頭蹲身拾起那張紙，怯怯地遞給姚娘。「姚娘，妳莫哭。」

姚娘一震，轉眸看虎頭，展顏一笑。「我怎會哭……」話音未落，她陡覺臉上一片溫熱的溼。

接過那張紙，上面的字跡潦草細弱，還是他初到此地，大病初癒後所錄——

燕燕于飛，差池其羽。
之子于歸，遠送于野。
瞻望弗及，泣涕如雨。

燕燕于飛，頡之頏之。
之子于歸，遠於將之。
瞻望弗及，佇立以泣。

燕燕于飛，下上其音。
之子于歸，遠送于南。
瞻望弗及，實勞我心。

仲氏任只，其心塞淵。
終溫且惠，淑慎其身。
先君之思，以勖寡人。

綠衣

「給皇上拿回去，老奴受不起……」

琉璃碎，玉甌裂，老婦人蒼涼虛弱的聲音從內殿傳出，伴隨著摔杯裂盞的聲音和侍女的驚呼。

幾名侍女狼狽地退出來，轉身卻見殿上屏風後靜靜轉出一名女子，宮妝高髻，眉目溫婉。

「越姑姑。」眾侍女忙俯身行禮，為首一人誠惶誠恐道：「趙國夫人摔了皇上賜下的丹參露，不肯就醫，奴婢等萬般惶恐。」

越姑姑垂首不語，似有一聲低不可聞的嘆息。

她接過侍女手中的藥碗托盤，淡倦道：「有我侍候趙國夫人，妳們退下吧。」

侍女們長舒一口氣，正欲退出，忽聽殿門侍監通傳：「承泰公主駕到——」

眾人慌忙俯跪在地，卻聽環珮聲動，綺羅窸窣，一名鸞帔環髻的宮裝女子疾步而入，行走間袖袂紛揚，將身後侍從遠遠拋在後面。

「趙國夫人怎樣了？」承泰公主劈面急問。

殿內明燭光影，照在她因奔跑過急而緋紅的臉頰上，修眉薄唇，明眸轉輝，雖不若延寧公主絕色，卻自有一番皎皎風神，綽約不群。

越姑姑看了一眼內殿，黯然搖頭。

承泰公主咬脣，極力抑制眼底淚意。

越姑姑揮手令左右退下，輕按住公主肩頭，柔聲嘆道：「壽數天定，徐姑姑榮華半生，如今也算得享天年，公主不必太過憂傷，珍重自己才能令她老人家安心。」

承泰公主閉目哽咽：「母后一早去了，父皇身子一年不如一年，如今連徐姑姑也要拋下我們……姑姑，我著實怕了……」

越姑姑緩緩撫過公主的鬢髮，一時淒然無語。

「公主，妳勸勸徐姑姑服藥吧，她或許還肯聽妳的。」越姑姑忍了淚，對公主笑笑。

「人老了，越發倔強得很，只怕我也勸不住她了。」承泰公主默然點頭，接了托盤，緩緩步入內殿。

望著她纖削背影，越姑姑心中一陣恍惚，步出外殿，倚了迴廊欄杆怔怔出神。

不覺經年……當初年方及笄的少女，早過了雙十年華，算起來，公主今年已經二十五了。

二十五，敬懿皇后在這個年紀已經身為國母，助皇上踐登九五，江山在握了。

自己的二十五呢，如今，連三十五也過了……如花年華，就在這深深宮闈裡逝去了。

「越姑姑。」承泰公主不知何時來到她身後，悄無聲息，眼角猶有淚痕。

越姑姑忙欠身道：「徐姑姑可曾服藥了？」

「服下了，這會兒剛睡下。」

承泰公主黯然低頭，兩人一時相對無語。半晌，承泰公主幽幽道：「徐姑姑還是怨怪父皇。」

越姑姑默然。

「這麼多年了，她還記恨著，總怪父皇累死了母后。」承泰公主驀然掩住面孔。

越姑姑掉過頭，強忍心中酸楚。

自敬懿皇后薨逝，徐夫人便深恨皇上，若非為這帝王業所累，皇后也不至以風華茂盛之年，耗盡了一生的心血，溘然長逝。

隨後，皇上下旨，封閉含章宮，任何人不得踏入，並將年僅七歲的太子與公主帶走，不再由徐夫人撫育，另賜徐夫人誥命之封，封趙國夫人。

縱然如此，徐夫人依然不肯原諒，動輒對皇上冷言譏諷。

普天之下，只有她敢對皇上如此無禮。

也只有她，不論如何無禮，皇上始終寬仁以待，更留她在宮中頤養天年。

承泰公主哽咽道：「徐姑姑不肯諒解，澈兒也不懂事，他們各個都不懂得父皇的苦處……」

「先皇后早逝，令徐姑姑傷心太過，她本無家人，一生孤苦伶仃，早將先皇后視作己出。」越姑姑澀然道：「她也是護犢心切，不忍見先皇后受累。」

「母后自己是甘願的！」承泰公主脫口道。

越姑姑怔怔地凝望公主的眉目，雖然與風華無雙的先皇后並無相似，神態之間卻又依稀曾見。是了，她恍惚記起來，先皇后也總是這般決絕無悔的神色。

看著公主從十一歲長到現在，她突然分不清應該欣慰，還是應該痛惜。

「是甘願，這世間總有一人，肯為另一人甘願……」越姑姑終究忍不住，抬眸深深地看著她。「公主，已經十年了。」

承泰公主一怔。

越姑姑緩緩道：「長安侯也心甘情願地等妳十年了。」

承泰公主的臉色漸漸變了，眸底湧上深濃悲哀。

長安侯，征西大將軍……比起這些顯赫的名字，她卻只願記得當初的稱呼，小禾哥哥。

那個白衣銀槍的少年，從血火中凜然而來，向她伸出雙手。那個溫煦含笑的少年，陪著她在御苑放飛紙鳶。
那個沉默悲憫的少年，在母后大喪後日日分擔她的哀傷。可是，從什麼時候起，一切都變了。
「過去種種已經變了，再不一樣了……」承泰公主黯然一笑。「他並沒有變。」
越姑姑靜靜地看著她，一語切中。
不錯，他沒有變，改變的，只是她一個人而已。
「一個女人並沒有太多的十年可以虛耗。」越姑姑垂下眸子，語聲飄忽，悵惘無盡。
「十年……」承泰公主有些恍惚。
原本母后已經擬了懿旨，只待她及笄禮一過，便要為她和小禾哥哥賜婚了，她卻自請捨身往慈安寺帶髮修行三年，為母后祈福，為生身父母超度。
那是她第一次拒婚，從此承泰公主純孝之名傳揚天下。
父皇大為感動，小禾哥哥也遵從她的意願。唯獨母后很生氣，整整三日沒有同她說話，最終也拗不過她的倔強。
在她離宮前往慈安寺那日，母后只說了一句話：「沁兒，若不能看清楚自己的心，離開宮廷也是躲不過的。」這一句，令她當場汗流浹背，也令她整整三年不敢面對母后。

她以為沒有人能看透她的祕密，沒人知道她拒婚的緣由……原來，母后的眼睛早已洞察一切。

三年之後，她仍未能掙脫心魔，卻已沒有了推託的藉口和退路。

原本她已死了心，認了命，卻不料一夜之間，哀鐘驚徹六宮。

母后的薨逝改變了一切，許多人的命運之轍從此轉向另一條軌跡。

國喪，母喪，孝期又三年。

她又一次躲過了天賜良緣，躲過了默默等待她的小禾哥哥。

從此，小禾再未求娶，孤身一人至今。其間父皇屢有賜婚之意，都被她託詞回絕。

「長安侯西征之日，皇上再度賜婚，公主卻拒絕了。」越姑姑長長嘆息。「已經錯過兩次……公主，恕奴婢多言，人世無常，得珍惜處且珍惜。」

承泰公主黯然垂眸，長久沉默。

半年前，西疆外寇與北突厥暗中勾結，時有犯境。

父皇震怒，深恨昔年未能盡誅突厥餘孽，欲領軍親征，踏平西疆。

然而這兩年，父皇操勞政務，嘔心瀝血，加以年事漸高，昔年征戰中多有舊傷復發，群臣力諫，勸阻皇上親征。

父皇憂及太子年少，不足十五，未敢留下太子監國，思慮再三，最後答允了小禾哥哥的請戰，任他為征西大將軍，領二十萬大軍討伐外寇。

出征之日，小禾哥哥入宮辭行，來景桓宮見了她。

他一反平日疏離，不稱公主，卻叫了她的閨名：「沁之，謝小禾雖不能英雄蓋世，也自有男兒熱血，此去西疆，馬踏山河，不立萬世功業必不回來見妳！」他說，不管多久，他總會等到她願意。

他還說：「沁之，妳心中自有英雄，謝小禾也不是庸人。」

「公主——」越姑姑輕搖她肩頭，見她臉色蒼白，緊咬了脣，半晌不語，不由心中憂切。

承泰公主回過神來，悵惘一笑。「沒事……夜涼了，我去看看澈兒夜讀可曾添衣。」

越姑姑欲言又止，望著她孑然離去的身影，只餘一聲長嘆。

有情皆孽，她憐惜她，誰又來憐惜自己。

一行清淚從越姑姑已染風霜的臉頰滑落。

二月裡，趙國夫人逝於醴泉殿。

四月季春，卻臨近敬懿皇后的忌辰。

年年此時，宮中一月之內不聞絲竹，不見彩衣。

三月裡西征大捷，長安侯平定邊關，揚威四疆，即將班師回朝。

太子殿下代天巡狩，親臨各地長秋寺遴選賢能，贏得世人稱頌，民間皆言年方十四的殿下必能承襲今上之賢，再啟煌煌盛世。

下月初，延寧公主就要從寧朔回京了。

這幾日，皇上龍心甚悅，對臣下時有嘉賞，宮中諸人也罕有地熱鬧喜氣起來。

景桓宮裡，承泰公主領了越姑姑，聽著內廷諸司監使的稟奏。

越姑姑侍立在側，看著公主一一詢問，細緻無遺，署理內廷事務越發從容練達，不由欣然。

到底是敬懿皇后親自教養的，近幾年內廷事務逐漸由承泰公主一手掌管，大小繁雜事務打理得井然有序，亦為皇上分憂解勞不少。

同為姊妹，延寧公主卻被皇上寵溺太過，整日遊戲人間，全然不知職責為何物。

一個皇家公主，卻隨江夏王去邊荒大漠遊歷，一走半年，聽說在塞外樂不思歸，整日逐鷹走馬，彎弓射雕，不知成何體統——每每想到嬌憨烈性的小公主，越姑姑就覺得頭痛。

實在不明白皇上是怎麼想的，三個子女之中，待太子嚴苛異常，卻待延寧公主寵溺無邊，唯獨對年長又非己出的承泰公主，才有君父的慈和威嚴。
內廷監使逐一稟奏完畢，退出殿外，承泰公主這才卸下端肅神色，對越姑姑吐舌頭一笑，頑皮如小女孩。「真要命，這幫人說話總是這般冗長拖遝。」
越姑姑笑著奉上參茶，忍不住念叨：「這次延寧公主回京，可不能再由著皇上那麼嬌慣她，十四歲的女孩，轉眼要及笄了，總這樣野，成什麼樣子！公主可要好生勸勸皇上！」
承泰公主爽然笑道：「越姑姑說話越來越像老夫子了！我倒覺得瀟瀟這樣子很好，無拘無束，自有天地，何嘗不是皇家公主的風範。」
「話雖如此，延寧公主總歸有一天要下嫁，不能讓皇上寵一輩子……」越姑姑蹙眉。
承泰公主莞爾，復又低眸，輕聲道：「越姑姑，帝王家中，自在無憂本就是奢求。我明白父皇的心意，他希望瀟瀟能做一個帝王家的例外，不受皇家之累，我亦如此盼望。」
陡然湧上的心酸，令越姑姑霎時紅了眼眶。
她又何嘗不明白，皇上竭盡所能給予延寧公主的縱容，多少是對亡妻的歉疚吧。先皇后生前曾渴盼過，卻終生未得的夢想，他要盡數給予她的女兒。
「永陵已經落成，父皇前日巡視歸來，很是滿意。」承泰公主淡淡轉過頭，抬眸

書，聽到她或瀟瀟歡笑著跑進來，會莞爾抬眸，取了絲巾，輕輕為她們拭去奔跑間冒出的微汗。

她會柔聲陪孩子們說話，聽他們彼此爭鬧，說累了，總會輕輕咳嗽。每每此時，父皇就會將她們趕走，不許再纏住母后。

恍惚間，那屏風後真有低低咳嗽聲傳來。

「母后！」她幾乎脫口驚呼，轉念卻驚覺那是父皇的聲音，是他在咳嗽。她疾步趨近，到了屏風前，驟然駐足，沒有勇氣轉出來。

父皇會生氣嗎？她就這麼闖進來了……

承泰公主陡然手足無措，似乎做錯事的孩子。

「妳來了。」父皇低沉含笑的聲音，從屏風後傳來，透著淡淡溫柔。

她一驚，臉上頓時火燒一般發燙，心下急跳。

「躲著就讓我瞧不見嗎？還不過來！」

父皇的聲音幾乎讓她不敢相信，這哪裡是平日冷肅的帝王，朦朧含笑間，濃濃暖意，深深繾綣，令她心中頓時如小鹿亂撞一般。

承泰公主低頭從屏風後走出，含怯垂眸，不敢抬頭。良久，卻不聞動靜。

她怔怔地抬眼，卻見那鳳榻之上，繡帷低垂，榻前杯盞半傾，酒漿四溢。玄衣散髮的父皇，脫冠敞衣醉臥於帷幔後，似醒非醒。

「父皇？」她顫顫地試著喚了一聲。

不聞應答，卻聽他低低笑了聲，竟吟唱起斷斷續續的曲子。「綠兮衣兮，綠衣黃裡。心之憂矣，曷維其已……」

她一時呆了，從未聽過父皇吟唱，竟不知他的聲音如此深沉纏綿，聞之心碎。

──〈綠衣〉，竟是這首悼懷亡妻的悲歌。

她再也聽不下去，驀地屈膝，重重跪在榻前。「父皇，求您珍重龍體。」

帷幔後的吟唱停了，她看見父皇半支了身子，側首望過來，清俊容顏猶帶悲戚，眼底似有淚光隱隱，霜白兩鬢散落了銀絲幾許，燭光下，竟顯出幾分落拓滄桑。

「怎會是妳？」他看見她，飛揚入鬢的濃眉立刻深蹙。

她亦怔住，不知如何作答。

父皇忽而一笑，頹然躺下，喃喃道：「奇怪，朕怎會夢見沁兒……阿嫵，又是妳在弄鬼？」他呵呵低笑，翻身向內而臥。「妳不來入夢，我自會去見妳。」

承泰公主呆呆地跪在原地，臉色轉白。

「父皇……」她薄唇翕動，忽然再不能自抑，淚水潸然滑落。原來，他只是誤將她當作了她，連夢裡也不願多見自己一眼。

七年相守，她陪著他，伴著他，敬他如君，待他如父，分擔他的孤寂哀傷……少年時，只知敬畏，仰望他如凜凜天神。

漸至成年，看著他與母后一路執手，兩情繾綣，方知世間果有情深至此。

短短數年良辰如瞬，母后長逝，那高高在上的王座，從此只餘他一個人，隻影向天闕，手握天下生殺予奪大權，卻挽不回最重要的一個人。

十年生死，天人永隔……一天天，一年年，她從豆蔻少女而至韶年芳華，他從雄姿英發而至兩鬢染霜。

他是君，是父，是她名義上的父皇……他收養她，予她榮寵親恩，親自教撫她和弟妹，不曾因母后早逝，而令他們少獲半分關愛。

他永虛后位，不納六宮，世間女子再不曾入他眼裡。

母后在時，她也有小女兒態，也曾承歡膝下。

母后不在，她成了長姊，必須站出來，代替母后留下的空白，呵護年幼弟妹，陪伴在他身側。

父皇，澈兒，瀟瀟，都已是她最重要的親人。

不知從什麼時候起，她已捨不得離他們而去，即便是小禾哥哥，也不能代替他們。

旁人不懂，為什麼她會執意留在宮中，誤了嫁期，誤了年華，轉眼已是二十五的年紀。

有人說承泰公主自負尊貴，連長安侯這般俊彥也不肯下嫁；也有人說承泰公主純孝無雙，甘願長留宮中以報親恩……

是的，她真的甘願！甘願終身不嫁，只願長伴在他身邊，陪他一起走這漫漫帝王路。

「父皇，你沒有作夢，我是沁兒！」她哽咽著撲到榻邊，不顧一切地抓住了父皇的手。

「大膽！」蕭綦霍然驚醒，起身，拂袖將她甩開。

她跌在地上，哀哀地抬頭看他。

「沁兒？」蕭綦愕然蹙眉，猶帶醉意，目中驚怒略消，隨即歸於疲憊。「誰讓妳進來的？」

承泰公主淒然一笑。「父皇真的不願看見我嗎？」

他揉了揉額角，閉了閉眼。「朕頭痛……妳退下吧。」

「沁兒知罪！」她終於鼓足勇氣，顫聲說出深埋心底已久的話。「父皇的悲傷，沁兒感同身受，看著您這樣，沁兒……沁兒會心痛！」

蕭綦眉峰一挑，緘默地看著她，起身披上外袍。

那是一件洗得發白的舊袍，她認得，上面有母后親手繡上的飛龍，燦金繡線已有些褪色。

「妳當知道今天是什麼日子。」蕭綦語聲淡淡，透著憔悴和冷意。「平日妳是最懂事的，今日卻這般不知輕重，朕與皇后寢居之處，可以任人擅入嗎？」
她咬緊了脣，倔強地忍回眼淚。「沁兒擅入寢殿，只為提醒父皇進藥，太醫說，藥不可停。」
蕭綦默然看著她，目光稍見回暖。
「有這份孝心，朕很欣慰。」他仍沉下臉。「今次朕不罰妳，下不為例。來人——」
殿外侍衛不敢入內，在外面高聲應諾。
「將值守內侍廷杖二十。」蕭綦冷冷道。
侍衛齊聲應是，連求饒聲也未聞，便將人拖了下去。
承泰公主跪在地上，只覺得手足發涼，全身微微顫抖。
「下去吧。」蕭綦揮了揮手，神色盡是倦怠。
承泰公主緩緩起身，一步步退至屏風處，卻又轉身站定。
「父皇，我聽到你唱〈綠衣〉。」她噙了一絲笑容在脣邊，目光迷離。「沁兒還想再聽一次。」
蕭綦一震，蹙眉看她，旋即黯然一笑。
「那不是給妳聽的。」他神色落寞，抬眼看了看眼前舉止反常的長女，微覺詫異。「沁兒，妳可是有事要對朕說？」
承泰公主笑了，目光盈盈，略帶小女兒嬌態。「父皇，你先告訴我，綠衣是什麼意思？」

蕭綦深深地看著她，燭光下，這嬌嗔痴纏的小女兒模樣，隱隱掀起他心底一處久已塵封的記憶。

曾經，他的阿嫵也會這般嬌蠻含嗔，會撒嬌地說，蕭綦，你再講一個故事我就睡覺！

那時候她也才雙十年華，比今日的沁兒更年少。

她只在他面前流露小女兒的嬌痴，總愛纏住他講故事，愛聽他戎馬征戰的經歷，聽他少年時不為人知的趣事……她說，她想知道更多關於他的故事。

他側過頭，不敢再看這樣一雙眼睛，不敢再回想往日情狀。

「綠衣，是一個男子懷念妻子的歌謠。」他緩緩開口，撫過身上舊袍的繡紋，淡淡而笑。

綠兮衣兮，綠衣黃裡。
心之憂矣，曷維其已！
綠兮衣兮，綠衣黃裳。
心之憂矣，曷維其亡！
綠兮絲兮，女所治兮。

我思古人（註1），俾無訧兮！
絺兮綌兮，淒其以風。
我思古人，實獲我心！

他的聲音低沉微啞，一聲聲，一字字，都似斷腸。
「父皇永遠忘不了母后，永遠看不到旁人吧？」承泰公主含了一絲笑，低低探問。
蕭綦卻未回答，恍惚良久，喃喃道：「沁兒，妳看，含章殿裡一切猶在……她還在這裡，不曾離開。」
是的，即便母后不在了，她的影子卻永久留在這宮闈裡，留在父皇心裡，無處不在。
承泰公主默默向蕭綦屈身。「請父皇千萬珍重，務必記得服藥。」
「朕知道了。」蕭綦略點頭。
「兒臣確有一事，想求父皇恩准。」她說著，盈盈下拜，行了端莊的大禮。
蕭綦笑了。「何事如此鄭重？」
承泰公主一字一句道：「兒臣願嫁與長安侯，請父皇賜婚。」

註1　古人即「故人」，指亡妻。

四月廿九，聖旨下，承泰公主下嫁長安侯，待班師之日，即行大婚。
這樁喜事令宮闈京華為之轟動。
皇室已有許多年不曾有過婚嫁之喜。
每個人都為這樁天賜良緣讚嘆不已，更讚頌承泰公主孝德有嘉。
父皇很是欣慰，但最高興的人，大概還是越姑姑和澈兒。
澈兒說，皇姊終於嫁出去了，以後再沒人嘮叨了。
越姑姑甚至流下淚來。
「承泰公主得遇良人，皇后在天之靈必會賜福於妳。」

西疆已定，長安侯班師回朝。
五月初三，晴日，長空無雲。
一道三百里加急軍報飛速傳送入宮。
御書房裡，醉臥初起的承泰公主被急召入內。
雲鬢微鬆，羅衫猶帶酒汙，承泰公主茫然踏進殿來。
蕭綦負手立在窗下，鬢髮如霜，軒昂身形在這一刻竟似有些僵直。他緩緩回身，望著承泰公主。
「父皇召兒臣何事？」她疏懶淡漠地笑笑，自賜婚之後，再未在父皇跟前撒嬌。

蕭綦伸手，攬住她單薄肩頭，一語不發將她擁入懷抱。

這一瞬間，威嚴的開國帝王，只是一個痛心無奈的父親。

承泰公主僵住，任由父皇擁住自己，忘記了應該說什麼，應該做什麼……他，第一次，擁抱她。

自收養她為義女以來，十年有餘，今天第一次擁抱了她。

雖是慈父，余願已足。

承泰公主顫抖著閉上眼睛，幾乎忘卻了一切，只想父皇永遠這樣抱著自己。

「沁兒，父皇對不住妳。」父皇的聲音如此沉痛。「小禾，不能回來了。」

她還在迷離沉醉中，沒有聽懂父皇的話，怔怔地問：「小禾哥哥要去哪兒？」

蕭綦深深看進她眼底，一字一字道：「馬革裹屍，青山埋骨。」

耳邊似乎嗡的一聲，她怔怔地看著父皇，聽見他口中說出的八個字。

突然之間，天旋地轉。

眼前掠過那白衣少年的身影，掠過他溫煦的笑容……

他說，此去西疆，馬踏山河，不立萬世功業必不回來見妳。小禾哥哥，你騙了我。

終究，我也錯過了你。

——征西將軍謝小禾於棘城決戰中孤軍殺入敵後，斬殺敵軍主帥，鼎定勝局，身受九處重傷，帶傷趕赴回京，途中傷勢惡化，於三日前猝逝於安西郡。

朝野震動，百官致哀。

長安侯靈柩入京之日，皇上親率太子迎出城外，撫棺長慟，當郊灑酒，祭奠英魂。

承泰公主以未亡人之身，服孝扶靈入城。

永陵。

沒有儀仗護衛，只一駕鸞車悄然自晨霧中馳來。

素服玄裳的承泰公主緩緩步下車駕，滿頭青絲綰作垂髻，一支玉釵斜簪，通身上下再無珠翠。

「這便是永陵嗎？」她仰頭靜靜地凝望眼前恢宏的皇家陵寢，眉目間一片疏淡。

身後小侍女咂舌驚呼：「好宏偉的皇陵！」

皇陵依山為穴，以麓為體，方圓幾十里，入目一片松柏蒼鬱，四下曠野千里，雄渾開闊。

陵前神道寬數丈，筆直通往地宮之上的恢宏大殿。

神道兩側列置巨大的靈獸石雕，東為天祿，西為麒麟。天祿目瞋口張，昂首寬胸，翼呈鱗羽長翎，捲曲如鉤雲紋；麒麟居西，與天祿相對，意為皇帝受命於天，天威至高無上。

皇家天威，震懾四方，也只有這樣的地方才配作為一代開國帝后長眠之所。這裡，長眠著母后，長眠著一位千古傳奇的紅顏。

仰望恢宏皇陵，承泰公主慨然微笑，心中終覺寧定。

未嫁而先寡，誰愛過誰，誰守候誰……終逃不過命運弄人。

宮裡處處傷情，再不是吾家。

她倦了，世間竟沒有一處可依託的地方。

從前悲傷時，孤苦時，總有母后在身邊，總有她能懂得。

或許來到皇陵，與母后相伴，才能獲得些許平靜。

父皇准了她自請赴皇陵侍奉先皇后的意願，破例允她進入地宮。她曾幻想過許多次，母后的地宮該是何等金碧輝煌，流光溢彩。

真正踏入深閉地下的宮門，九九八十一盞長明燈亮起，她卻不敢相信自己的眼睛。

地宮正殿中央，沒有她想像的華美宮室。

只有一座精巧的屋舍，門前搭有花苑、曲徑、小橋……竟是一戶民間宅院。翡翠雕出修竹，瑪瑙嵌作芍藥，滾落絹草綾葉間的露珠，卻是珍珠千斛。

巧奪天工，神乎其技，錦繡繁花盛開於此，猶如長眠其中的敬懿皇后，紅顏不老，花木不凋，任它千秋萬世，風雲變幻，只待他百年之後，相偕歸去。

此間，再沒有紛爭、孤寂、別離，只有獨屬於他們的永恆與寧定。

那束光從黑暗深處刺進來，令她一顫，以為看見了日光。

待光輪漸漸移近，才明白錯了，這暗如永夜的牢中哪有天日可睹，來的是一盞燈。這燈光恍如月輪，平日獄卒拎的風燈只如鬼火熒熒。

她蜷身向陰溼的壁角縮去，瞇了眼，久不見日光目力已弱，迎光只覺一陣刺痛。

那光亮停在牢門前，卻是盞宮燈。

提燈的人斂聲垂首，低綰雙鬟。

身後另有一人，隱在風帽下，不辨形貌。

獄卒上前窸窸窣窣打開牢門鎖鏈，恭然道：「犯婦盈娘在此。」

「帶她出來。」風帽之下，出聲的是個婦人，語聲清冷得很。

牢門軋軋帶起一股霉味，獄卒進去，將蜷縮在一堆破絮裡的女犯拽起。

女犯身量輕飄，只一鬆手便委頓在地。

宮燈前移，照見她身上汙髒，蓬髮將面容都擋了，憔悴不堪。風帽下的婦人嘆一口氣。

盈娘伏在冰冷地上，從這嘆息中聽出惻隱之意，竭力抬起無力頸項，投去哀求目光。

眼前是披風曳地，露出一截宮緞，有華美幽冷的光澤。

她伸手想抓住那一角美如昔日的衣角。

宮裝婦人略退了半步，沉聲吩咐：「將她梳洗潔淨。」

外面已是深宵，露冷月白。

盈娘只仰頭看了一眼月亮的模樣，便被送入一輛馬車，厚氈落下，廂壁密不透風。溼髮還未乾透，新換上的潔淨布衣大約是給臨刑囚犯穿的。

撫著手臂上的肌膚，牢獄之中已磨得粗澀，未曾照鏡，不知這張臉枯槁成什麼模樣。下獄三月來第一回梳洗，看著從頭到腳沖下的泥垢，幾疑這副皮囊殘軀已不屬於自己。

她伏下，細撫車內軟緞坐墊，比起森冷地牢，車廂中已算極樂，便死在此間也知足了。

馬蹄聲疾，車輪轉馳，這一程走得比她想的還要久。

終於停下來，車簾挑起，夜風灌進，帶來令她心口一悸的熟悉甜香。

扶著車轅下來，落地時雙膝軟軟，盈娘望著眼前黑沉沉籠罩在夜霧中的府邸，一時失魂。

三個月前，這裡還是赫赫的相府。

如今落葉滿階，滿目肅殺，只見月懸孤簷，烏鵲繞樹，半絲人聲也無。仰首望了那扇門，盈娘生生打個寒顫，想起了當日朱門濺血的慘像。

那一日，狼煙沖破京師榮華，兵圍相府，馬踏玉階。她在房裡聽見馬嘶人叫，幼童驚啼。

刀劍鐵甲帶著血腥氣撞開了女眷們的內院，家僕跪了一地，不跪的全被屠戮當場，死屍橫路，流血滿地……她嚇得魂都丟了，戰戰兢兢隨著女眷們被押到前門，見到了森然列陣的禁軍，和那個刀劍寒光輝映下，端坐鸞車，素顏覆霜的女子。

豫章王妃。

想起這名諱，她又是一寒，彷彿再次被當日那霜雪似的目光穿透。

不想此生還能歸來，這相府，這內院，這廣築。

他給她的居處，在相府內苑南隅，曲水相隔，小橋連通，取名廣築。

此間歲月與別處不同，流光彷彿不會經過，只有晝深夜長的清寂，連飛鳥掠過也自輕悄。

說是廣築，只不過是個小巧別院——昔日她問他廣在何處，他笑而不答。

囚在天牢石室裡，無數次想起這裡，再不覺得方寸寂寥，若到泉下還能遇著他，她要對他說，這廣築是世間至美的地方。

她陷在恍惚裡，任人擺布，像隻飽受驚嚇的幼貓。

昔日相府深閉的門開了，裡頭森然幽寂，蜿蜒亮起一路宮燈，照著去向廣築的路。

將她帶出天牢的婦人，披著連身遮顏的風帽，一言不發地走在前頭，直到走過曲橋，到了燈火明亮的廣築門口，才駐足拂下風帽，回頭囑咐：「見了貴人須恭敬，好好對答，莫怕。」

最後二字令盈娘心底一熱，抬了眼，看清風帽下的宮妝婦人，面容已老，猶見溫雅風儀。

廣築中月華流瀉，亭臺花木扶疏如故，物在人歸。

燈燭全都亮起，廊間燈下侍立的宮人，悄無聲息地隱在暗處，這般端肅氣象往日也不曾見。

她不敢有絲毫猜想，深垂了頭，只跟那宮婦沿連廊前行，一路行至庭中。這簡素處所，是他常居的書房。

庭中樹影森森，投在地上，攪得一地月色起了波紋，像有幽魂欲破土而出。她怕鬼，此刻卻隱隱盼望有鬼，有魂能自泉下歸來。

「隨我來。」宮婦的語聲令她回過神來，隨之步入一別數月如隔世的門後。

裡邊空空如也，四壁成空。

想來他的書房是被裡外查抄過，一函一匣都作為謀逆的罪證被抄走了。只有窗下孤零零的書案上，還擱著久已積塵的琴，那道屏風也還在。

她怔怔地望向那隔開內室與欄杆的屏風，欄杆外的庭院有一樹海棠，虬枝伸入簷下，月夜裡樹影綽約，映在素絹屏風上，天然成畫。

昔日他最愛這屏風，這海棠影。

最愛叫她坐在屏風後，花影下，為他撫琴。

他從來是自斟自飲，不言不語，聽著琴音至醉方休。

那些時日如水流過，夜夜如此，只有琴聲流淌，並無多少言語。

他和她之間常常隔著那屏風。

他只在夜裡來，鮮少留宿，多是獨眠。

他寡言少語，只這樣隔著屏風遠遠地看她，目光成痴。

有風自庭中送入。

今夜的屏風，依然映著昔日月影，只是海棠花早已落盡。素絹上面，卻有淡影如畫。
月下身影映出雲髻嵯峨，衣袂翻飛，彷彿天人。
宮婦屈身行禮。「奴婢已將盈娘帶到。」
屏風後人影微動，傳來低婉語聲：「妳退下吧。」
這個聲音，彷彿冰涼的深紅綢緞滑過，令盈娘劇震。是她。
這語聲聽過一次，盈娘再也難忘，寒意從心底生出。
裙幅拖曳過地面，瓔珞搖動的清響自屏風後傳來。
盈娘朝那身影軟軟跪下，語聲發顫：「王妃……」
「妳怕我？」屏風後的人問。
「犯婦不敢。」
屏風後靜了靜，語聲略柔：「那日我曾命人將刀架在妳頸上，迫妳招出孝穆公主下落……是那時驚著妳了。」
盈娘惶懼裡聽得似懂非懂，不知誰是孝穆公主。
自從下獄，再不曾聽過外間半分消息，只知他敗了、死了，宋氏一門誰也逃不過株連。
屏風後的王妃竟似知道她所想所惑，緩緩道：「孝穆公主是玉岫追封的名號，她以節烈殉難，不受牽連，也不再是宋夫人了。」

「夫人也去了……」盈娘並不意外，想到昔日府中，夫人待自己不薄，心中慘然。
「她是自盡的。」王妃哀傷語聲，不像是在說當日你死我活的叛臣。
可盈娘分明記得那時候兵圍相府，豫章王妃冷冷下令將宋家婦孺一併押走。
「陛下赦免宋氏親族連坐的死罪，改為流徙。」王妃頓了頓，喚她名字：「盈娘，妳願與宋氏族人一同西徙，或是歸鄉還家，自去安置？」
盈娘不敢相信耳中聽見的話，伏在地上良久不敢應聲。
只聽王妃又道：「妳與逆案無涉，可還清白之身，自此刻起，妳便是無罪之人。」
屏風後環珮有聲，逶迤裙幅上的金赤鸞紋映入盈娘眼裡。「謝，謝王妃……」
「妳可願隨宋家西徙蜀地？」
盈娘心中一團紛亂，喜極惶極，不敢應聲，只是搖頭。
「也罷，妳自去別處，往後不可再對人提及『宋懷恩』這三字。」
盈娘伏在地上，額頭鼻尖貼著冷森森的磚面，周身起了一陣戰慄。
宋懷恩。
這三個字聽在耳中像冷透的死灰堆裡跳出一粒火星，亮了一亮，寂滅無蹤。
「犯婦謹記。」盈娘閉上眼睛，字字哽咽。
「妳已無罪，不必再稱犯婦。」王妃一頓，語聲略低：「盈娘，抬起頭來。」
「奴婢不敢。」即便是她饒了自己的罪名，盈娘還是懼怕這個談笑間殺人，手握生死予奪大權的女人。

「抬頭。」這低婉語聲蘊有無形的力量。

盈娘緩慢直起身，頸項發僵地將臉揚起，目光一絲也不敢抬，只平平地落在王妃的腰間。

披帛繞臂之下，王妃孱弱的腰身令她訝然——剛強得可以領兵平叛的豫章王妃，原來生得如此單薄。

當日相府門前，她沒有膽量直視那鸞駕上的女子，只記得刀劍鐵甲的輝映下，那清寒如雪夜的目光。

她深深垂目，在同樣的目光注視下屏住了氣息。

也不知過去了多久，只感到王妃的目光一直停駐在自己臉上，盈娘的汗珠漸漸滲出鬢角。

「妳家鄉何方？」

問話令她屏住的氣息一鬆，眼皮略顫。「回王妃，奴婢是流民棄下的孤兒，自幼被樂班收留，十二歲隨樂班到帝京……家鄉，實不知在何處。」

王妃的目光彷彿從臉上移到自己手上，只聽她道：「伸出手來。」

盈娘慢慢將雙手平舉，袖子滑落至肘，露出細瘦手腕。確是一雙磨出琴繭，自幼操勞，雖秀美卻不柔軟的手。

王妃良久沒有言語，低不可聞地嘆了口氣。「日後妳有何去處？」

盈娘略躊躇，怯聲回道：「如蒙恩准，奴婢想去……暉州。」

「暉州？」王妃語聲微揚，深夜靜室裡驀然起了一絲涼意，迫得盈娘禁聲。

屏風上樹影婆娑，庭外木葉簌簌。

「為何是暉州？」王妃淡淡問。

暉州，何其美妙。

若沒有這二字遙遙照進天牢陰森黑暗的囚室，如月在天，一日日在煎熬裡支撐自己等下去，盈娘想，怕是熬不到今日的。

多少回午夜凍醒、餓醒、被鼠蟻驚醒，便瑟瑟地想：「我要活著出去，去那仙境般的地方，他說那裡群山疊水，仙山瓊閣，星河觸手可及，天人近在咫尺……」幾回醉裡擁她憑欄，他只有在似夢似醒的時候，才肯對她說這許多話，每個字她都記得。

那夜月色也如水，他說給她聽的暉州，美得不似人間。那夜他的目光卻如深淵，浮著一層痴遠的霧。

那夜醉得深了，他緊握住她的手腕，目光灼灼。「總有一日我要與妳重登那高樓，俯瞰山川，俯瞰這天下！」她何曾隨他去過，醉裡胡話說說罷了。

山高水遠，帝京與暉州遙隔千里，怕是要等到他辭官歸老的那一天，她已老嫗，他已遲暮，才得相偕同去。

她當真想過會有那一天，卻不知道，原來他心之所向，是那九重天闕。

「這是他的話？」王妃的語聲極輕，嫋如天外遊絲。

「他是這樣說的。」盈娘神色恍惚，一時間忘卻惶恐，往昔僅有的好時光又都湧上心頭，原來一刻也不曾忘。

屏風海棠影下的諾言，隨風而去。

她卻牢牢記得他說過，一生最思念之地，是暉州。

如今他不在了，暉州仍在。

王妃緘默聽著，再沒有說過一字半句，直至盈娘的聲音因哽咽而窒住。一方素絹將盈娘臉龐托起，為她拭去淚水。

是王妃的手，手指尖很涼，宮袖鳳鐲下的手腕皓如凝霜。

盈娘目光顫然抬起，第一回真真切切地看到豫章王妃的模樣。綠鬢修眉，容光清絕，眉梢眼角竟不覺得陌生，似在哪裡曾見。

當日相府門前的豫章王妃，與眼前卻不像是同一人，那鳳瞳之中霜雪融去，不見凜冽，只覺瀲灩溫柔。

這目光令盈娘忘了惶恐，恍惚這半生悲苦，不需言說，都有這雙眼睛在看著，都有這一人懂得。

「徐姑姑。」王妃垂下重錦廣袖，目光似又隱回雲層。宮婦自門外悄無聲息地進來。「送她去暉州，尋個清淨處安置。」

「是。」盈娘心底酸熱齊湧，俯身以額觸地。「叩謝王妃再生之恩！」

王妃拂袖轉身，語聲難掩疲憊：「去吧，往後好好過活。」

宮婦近前，將跪地不起的盈娘扶起。盈娘再次重重叩頭。「奴婢今生永記王妃恩典。」

「是皇后。」宮婦在她耳邊低聲道。

盈娘一震，原來獄中數月，外間江山早變色，豫章王已登基，王妃已是皇后。

「無須謝我，妳原不該陷進這恩怨中來。」皇后王儇沒有回頭，語聲低到極處，也涼到極處。

隨著徐姑姑往門外走去，盈娘腳步沉沉，每一步都覺得地面空陷，踏出去便再也回不了頭。

這書房，這廣築，這門，一步邁出，此生是再也見不到了。

盈娘強抑心底翻湧，卻扛不過一股無形之力的牽引，到底回頭看了屏風一眼。再也挪步不得。

她雙膝一軟，直直跪下。

「奴婢斗膽，懇求皇后……」匍匐地上，盈娘淚如雨下。「求皇后開恩，准奴婢臨去之前，再彈一支曲子。」

皇后沒有回應。

徐姑姑蹙眉問：「彈什麼曲子？」

盈娘哽咽道：「〈漢廣〉。」

皇后回身，目光深幽。「漢之廣矣？」

「是。」盈娘低了頭，淚光盈睫。「這曲子是他令樂師按〈漢廣〉譜了曲，命奴婢學彈，奴婢粗笨，未曾練得上手，他已去了……求皇后恩准，讓奴婢臨走之前，彈這一曲〈漢廣〉。」

良久靜默，皇后問：「妳可知這詩寓意？」

盈娘的頭垂得更低了。「奴婢識字不多，不通文墨，只聽他說起，此處取名廣築，是取漢廣之廣的意思。」

「廣築……」皇后低喃，低垂的袍袖紋絲不動。

「奴婢只求彈這一回。」盈娘仰起臉來，滿是淚水。

皇后垂眸看她良久，頷了頷首。「琴在案上。」

盈娘忘了謝恩，晃晃悠悠地起身，到那書案前，拿衣袖將琴上灰塵小心拂去。

琴是名琴，弦是故弦，卻不再有昔日光彩，連它也知人去臺空，聽琴的人已經不在。

那個醉裡聽琴，擲杯舞劍的人，為何不再回來，不來聽這一曲〈漢廣〉。

淚水，墜在弦上。

僵硬的手指撫上冰冷的琴弦，弦動，如割在心，顫顫溢出一聲悲咽。弦音起得那樣低，轉低，復轉低，低至不可聞。

南有喬木，不可休思。
漢有遊女，不可求思。
漢之廣矣，不可泳思。
江之永矣，不可方思。

……

翹翹錯薪，言刈其蔞。
之子于歸，言秣其駒。
漢之廣矣，不可泳思。
江之永矣，不可方思。

嫋嫋餘音，終有斷絕。一曲終了，滿室淒清。

高懸如明月的宮燈也照不開屏風上樹影深深的寒涼。

琴上雙手捨不得離開，眷戀地撫過琴弦，盈娘眼中淚水悄然斂去，滿腹悲酸釋出，終是無憾。

這曲〈漢廣〉到底彈給他聽了。

再無舊事牽絆她的離去。

盈娘推琴起身，朝皇后深深行過禮，一言不發地退向門口。

「將琴帶了去吧。」皇后靜立在屏風下，不再回身。

琴是千金難求的名琴，如今算在抄沒之物裡。

盈娘怔怔地望向皇后的背影。

徐姑姑輕聲道：「賜給妳了，妳便帶走。」

盈娘一時恍惚作聲不得，上前抱了琴，屈身跪拜謝恩。

皇后抬手，止住她下跪。「罷了。」

盈娘抬起目光，竟忘了禮數，怔怔地望著皇后問：「〈漢廣〉，是講什麼？」

皇后並無惱容，目光飄向遠處，緩緩道：「這詩是說，有個男子戀慕一水之隔、遠在彼岸的女子。」

徐姑姑知她不忍說出後話，便讓這女子只知一半意思也好。

一水之隔。

盈娘垂眸，脣角有了一絲笑，想他讓她住在此處，以曲水環繞，拱橋連接，從此端到彼岸，不過數十步之隔——漢之廣，卻是這一般心思，這一番情愫。

盈娘抱琴辭去。

退出門外，復又回首，朝皇后隱在屏風後的身影遙遙一鞠。

倒是個知情知義的女子，送她出來的徐姑姑，從旁無聲地看著，將她交與候在一旁的宮人，頷了頷首。

目視她轉身，娟娟身影一步步融進連廊陰影裡。

徐姑姑的目光不覺凝住，見那纖細背影在夜色裡悄然挺直，臨去時刻，流露出不為人知的堅韌。

從來覺得無稽，怎麼可能相像，一個龍章鳳姿，一個弱質荏荏，無非眉眼間略有形近罷了。

然則此刻，徐姑姑終究長長地嘆了口氣。

折回房中，一室清冷，似琴音娟繞未散，曲中悵恨猶自綿綿，卻見皇后佇立屏風下，望著庭外樹影出神。

「夜涼了。」徐姑姑將一件風氅輕輕搭上皇后如削雙肩。

大病初癒，阿嫵又見瘦了……私心裡，徐姑姑仍喚這乳名，喚了多少年，任她由小郡主，至王妃，終至皇后，總還是那個小阿嫵。

阿嫵卻緘默。

「此間久無人住，陽氣不足，妳身子才好，莫要久留。」徐姑姑直言相勸。

「這宅邸就要拆了。」阿嫵低聲道。

徐姑姑微詫，想一想道：「也好，長久荒廢倒也可惜。」

「皇上原想留著，日後賜還宋家孩子……手足袍澤，他總是念著的。」阿嫵環顧四下，神色疏淡。「拆這宅子是我的意思。闔族流徙西蜀，是皇上親擇的地方，山水甚好，魚米富足，一族老小遷過去，耕織屯墾，平安度世，也算對得起故人舊義。只是俊文兄妹，我要他們而立之後，方可離開蜀地，終生不得回京。」

「為何是而立？」徐姑姑不解。

「到那時，最小的孩子也已有了家室妻小，心中仇怨雖不能平，身邊自有牽絆慰藉。」

阿嫵的側臉籠在宮燈下，如有玉澤，一點脣色是僅有的暖。「人有了牽念，總是不同。」

徐姑姑無言以對，心口隱隱地疼——她這般縝密心思，十餘年後的事也在計量中，如何不傷身傷神，如何能長壽康健。

「俊文已能記事，山河易改，仇怨難消，我護不了他別的，高宅華堂抵不過一生平安，換不來玉秀泉下心安，只有將他遠放江湖，自安天命……於私心裡，我輩恩怨我輩銷，只願百年之後，留給澈兒一個乾乾淨淨的江山。」

她目中映了月色清輝，縱是徐姑姑也覺不可直視。

「京城是他們父母殞身之地，靈柩也隨族人西遷，人去宅空，何必再留，留下的無非都是憾事。」阿嫵緩步到欄杆前，仰首看那庭樹。「我還記得，初來時這樹只及欄高，玉秀甚愛，想移栽去她院中，懷恩卻不肯。他在外頭修渠引水，築成別院，輕易不許人進。那時玉秀同我說起，笑他性子孤僻。那一年懷恩生辰，皇上攜我同來赴宴，宴後君臣兩人曾在此間對飲……彼時尚未有君臣之分。」

靜了片刻，阿嫵低低道：「懷恩至死不臣，在他眼裡，再不必分什麼君臣了。」

「那逆臣賊子，險些害了皇后與二位殿下，如何當得起陛下寬赦。」徐姑姑隱忍不得，道出心中憤恨。

當日是她護著襁褓中一雙幼兒逃亡，種種驚魂猶在眼前。

「他原是大好男兒……權位誤他，我亦誤他。」阿嫵微微闔目，蒼白手指撫了積落塵灰的欄杆。

徐姑姑斂聲動容，細想來，好個廣築，好個漢廣，那賊子也是痴人。

庭外樹影動搖，天地間似有嘆息聲。

阿嫵拂袖，終是愴然。「江之永矣，不可方思……懷恩，你原知不可為。」

漢之廣，水之長，終不得渡。

眼中人，心上傷，永在彼方。

1.「之子于歸，言秣其駒」：也有解為「姑娘就要出嫁了，我要快快餵飽她的馬」，或解為「姑娘若肯嫁給我，我將餵馬去迎她」。作者傾向於後一種解讀。

2.《漢廣》大意為：

南山有木高且直，樹下不可歇蔭涼。漢江之上有遊女，隔水瞻望不可求。漢江滔滔寬且廣，浪高水急不可泅。江水悠悠去千里，乘筏策舟不可渡。茂盛柴草錯雜生，揮刀割取長蒿條。何日伊人來下嫁，飼馬引轡相迎候。漢江滔滔寬且廣，浪高水急不可泅。江水悠悠去千里，乘筏策舟不可渡。

外頭簷下等候的隨從為他牽過馬，他會親手將酒錢放入門口的陶盆。從前還是新陶，如今陶盆已斑駁豁口。

他每次付的酒錢都夠在此喝上一整年，卻一年只來一回。鐘叟的背越來越佝僂。客人兩鬢霜白也漸增，眉間紋路深如刀刻，卻不見多少老態，只覺威儀愈盛。

鐘叟偶爾想起還會自嘲山野之人世面見得少，頭一回給這客人端酒時，手上抖索，竟潑灑了半碗。

初時是很畏懼這客人的。

這人氣度非凡，相貌堂堂，一身簡素玄衣，下著鄉野人家的連齒木屐，從來不笑不語，飲酒如飲水。

他的坐騎，通身如墨似漆，雄壯異常，牽去歇馬處，對地上乾草看也不看，農家拴在近旁的馱馬，見了牠都伏耳避讓。

他的侍從，布衣佩劍，舉止恭敬莊重，走路幾乎不發聲響。鐘叟從不敢與他搭話。

卻有一回，鐘叟倚杖坐在門口，跟初到京城的邊地客人說起紫川舊事，聽者莫不驚羨神往。

那客人也在鋪裡聽著。

飲罷出門，他到鐘叟面前。「老丈，明年此時還說這紫川舊事與我聽，可好？」

次年暮春時節，他如約前來，此後年年不改。

十幾年來，鐘叟慣了，早已不以為怪。

今年卻與往年有些不同。

客人飲完了酒並不離去，卻負手立在門前簷下，悠然乘蔭，偶或望一眼南面，像在等什麼人。

鐘叟顫巍巍拄杖走近。「客官在等人？」

客人頷首笑笑。

「是等你家兒郎？」

「老丈怎知？」客人側首，濃眉略揚，露出一分驚詫。

鐘叟撫著稀疏長鬚，呵呵笑。「每月小兒回來，我與老婆子也是早早站在村頭盼的。」

客人怔了怔，搖頭而笑。

鐘叟奇怪。「客官為何搖頭？」

「無妨。」客人擺了擺手，似不願說，抬眼看見鐘叟笑得慈和的臉，頓了頓，緩聲道：「我是頭一回迎他回家。」

「喔，喔。」鐘叟撫了撫鬚，心下暗想，大戶人家禮數不同，當父親的自然沒有來迎兒子的道理。

「他已離家半年，今日回來，恰要從渡口過，我來迎他一程。」客人的語氣，聽來倒與尋常人家慈父一般無二。

鐘叟連連點頭，笑咧了缺牙的嘴。「你家兒郎大有出息啊。」

「老丈過獎。」客人一笑，又問：「令郎不在家中，平日何人侍奉二老？」

「媳婦在家。」鐘叟嘆道：「我與老婆子福薄，老來才得這麼一個兒子，還沒添孫兒……你家孫兒已能入學了吧？」

客人淡淡道：「小兒還未娶親。」

鐘叟奇了，想問又不敢問，暗忖這貴客的兒子莫不是長相醜陋，或是有疾在身，遲遲未娶妻可真說不過去。

客人對他的驚詫不以為意，負手緩步走上橋頭，望了一川流水，衣袂在風中微微翻動。

午後天地間灑滿日影碎金，卻照不開這黑衣深深，投在橋上如墨一樣的影子。

橋下靜水深流，流向林間盡頭，歸路在望。

離此兩里外的驛站，也冷落得久了，今日卻有四人四騎，早早策馬迎候在路口。為首一人竹笠遮顏，三人布衣無冠，平常裝束，佩的是寶劍，騎的是名駒。

日過正午，輕簡車駕往南而來，馬蹄聲踏破林間靜謐。

四騎前迎，當先那人率眾翻身下馬，齊齊單膝屈跪。車駕徐徐停在路中。

布衣大漢除下竹笠，日久已褪為淺褐色的刀痕斜過臉龐，肅然斂首。「臣魏邯，恭迎殿下回京。」

車簾掀起，白衣單紗，紫纓小冠的少年從容步下車來。「有勞將軍親迎，請起。」年輕的儲君長身玉立，振袖虛扶。

陽光照耀林間，飛鳥驚起，三兩片樹葉旋落，掠過他烏黑髮際。

他看向林梢碧色，微微一笑。「京裡真好時節，難怪父皇囑我從此道入京，一路看盡春深夏淺。」

魏邯起身，望了少年儲君如有玉質清堅的笑容，恍覺時光易逝，昔年有這般相似容顏的人已長眠皇陵，血火中守護過的幼主，轉眼間卻從襁褓小兒，長成一言一笑隱見威儀的天之子。

「是，此間甚好，皇上也甚愛紫川渡上風光。」不苟言笑的魏邯露出一絲笑意，頓了頓道：「皇上已在前面渡口等候殿下。」

儲君怔住，良久作聲不得，只問：「是父皇來了？」

魏邯看出少年老成的儲君，在不動聲色之下，極力掩抑著孺慕激動。

「回殿下，皇上一早親至，在渡口等候已久。」魏邯從不多話，見儲君這般喜色，不由補上一句：「皇上素愛到紫川橋微服踏青，難得今日殿下回京，特命微臣來此迎駕。」

原來父皇年年出宮，便是來此，少年儲君略微有些詫異。

此間風景雖秀麗，卻也無甚特別，他深知父皇昔年征戰南北，已看慣山川勝景的。

天下皆知儲君代天北狩，巡視邊疆歸來，卻不知月餘前，他又受命從暉州悄然折往江南，今日方才風塵僕僕，一路南歸。

亦君亦父，亦嚴亦慈，但在太子蕭允朔眼中，只羨胞姊允寧能在父親膝下盡享寵憐，自己身為儲君，自幼教嚴，父子間倒是君臣之分占得多些，天倫之樂實是奢侈。

去歲秋後奉皇命北狩，在極寒的北境度過有生以來最酷嚴的冬天，方知昔年父皇開疆北伐之不易，也知父皇磨礪自己的一番苦心。

開春的北疆雪融草長，山川奇絕，允寧又來了。

堂堂公主胡服男裝，恣意縱遊在北方原野，無拘女兒身分，遠不受父皇管束，近得舅父江夏王的寵愛。

看著胞姊逍遙快活，自己卻又得奉旨南下，時至暮春才得回京。

在城外接到宮人傳旨，棄官道，從舊津微服還宮，太子蕭允朔只道父皇的意思是輕簡儀從，不必入城擾民。

萬萬想不到，父皇竟會親自來迎。

蕭允朔當即棄車換馬，躍上一騎，催馬朝渡口馳去。

馬蹄聲中，一騎絕塵而來，袍袖隨風揚起，踏雲英姿，彷彿天人。

倚門眺望的鐘叟，顫巍巍地揉眼，一時看得呆了，只疑王郎歸來。原來世上仍有這般人物，風流不遜當年。

少年立馬彼岸，躍下馬背，廣袖翻飛地走在橋上。

佇立橋頭的黑衣客人凝目遠望，直到少年走得近了，才頷首而笑。少年拂衣而跪，垂首喚聲「父親萬安」。

橋下流水潺潺有聲，日光溫和，照在父皇肩頭，如披金輝。

不曾抬眼，已看到熟悉的玄色布衣，連齒木屐，多年儉素如一。

「在外面不必拘禮。」父皇伸手過來，一托之力，不容抗拒。

這隻執掌乾坤的手，強而有力，掌心暖意微透。

蕭允朔斂袖起身，感到父皇深邃目光久久停駐在自己臉上，抬眼望去，被他鬢邊新添的銀絲刺痛了眼。

那白髮拄杖的老人從酒鋪裡蹣跚走到父皇身旁，咧著缺牙的嘴。「終於等來了啊，公子真是好人才！」

「老丈謬讚。」父皇難得和煦如斯。「勞煩老丈再來一罈好酒，難得今日有閒，我父子許久不曾同飲了。」

「好好好。」老人欣然應諾，蹣跚轉身，卻又拄杖回頭。「是了，我那窖中還藏有一罈多年老酒，如二位貴客不嫌山野鄙陋，且至舍下，開罈來喝？」

父皇朗聲笑。「老丈啊老丈，原來這些年你都不捨得將好酒拿與我喝。」

老人扶杖也笑。「客官莫怪，這罈酒原是我早年存下，等這酒鋪歇業之日喝的閉門酒。到底年歲不饒人，明年今日怕是不能再講紫川舊事與你聽了，來來去去這些年，也只有你愛聽……人老掉牙，事老便忘，只有酒老仍香。」說罷，老人長長嘆息。

父皇沉默半晌，也是一嘆，喃喃道：「何曾能忘。」多年故人終有一別，渡口的酒，也有飲盡的一日，紫川舊事終於無人再說。

「好，這罈酒，今日我父子喝定了。」父皇慨然笑道：「澈兒，你為老丈牽馬來。」侍從早將馬都備好了。蕭允朔依言牽來，父皇親手扶了老人上馬，手撫馬鬃道：「老丈，再將紫川舊事講給這少年人聽一聽吧。」

鐘叟笑著應允。

於是去往山間農家的路上，老人娓娓道來，將昔年豫章王妃與江夏王曾走過這座古橋的光景，講與並轡徐行的太子蕭允朔聽。

而那玄衣孤騎，已遙遙走到前面去了。

遠處一縷炊煙，竹籬掩映古井，茅屋三間，山花錯雜，柴犬迎門吠叫。鐘叟的家，在山腳綠竹林下。

遠遠聽見犬吠，已有村婦出來開門，見有外客來，慌忙低頭迴避在門旁。鐘叟吩咐兒媳婦快快炊煮待客。

這農家院落看在蕭允朔眼中別有山野閒趣，卻也粗陋，卻不知父皇為何一踏入院中，便似神往無盡，著了迷地四下流連，一井轆，一磨盤，一扒犁，都細細看過，難掩羨嘆。

一代開國雄主，在朝在戰，這般情態怕是誰也不曾見過的，連阿姊也沒機緣得見呢……

蕭允朔心念忽動，想起早逝的母后，不知她可曾見過這樣的父皇。

「魏邯，魏邯何在？」父皇負手立在屋簷下呼道。

隨侍在外的魏邯應聲而入。

「主公，屬下在。」

「你將這屋頂捒一捒。」父皇抬手指了一間茅屋頂上，似乎覆頂的茅草有些塌漏。

「主公……」魏邯卻愣住，臉上訕訕，極不自在。

堂堂魏大將軍，戰功赫赫，武藝超卓，捒補房頂卻著實不會。

父皇瞪他。「怎麼，要朕教你？」

蕭允朔在旁忍笑咳嗽一聲，提醒父皇的自稱，說漏了嘴。
鐘叟倒是沒聽出來，只攔道：「不勞煩，不礙事，等我家小兒得閒回來再揀。」
魏邯一聲也不敢抗辯，領命自去，將隨侍護駕的禁中高手統統召來修補屋頂。
鐘叟拄了杖，跟去幫著指指點點。
父皇負手，遠遠地皺眉看著。
蕭允朔悄聲問：「父皇當真會嗎？」
「什麼？」父皇似不明所以。
蕭允朔望了眼屋頂，意思是他方才瞪魏邯時說的「要朕教你」。
父皇一怔，哼了聲，轉頭不言。
果然他也是不會的，橫掃千軍、馬踏天闕的父皇，也修補不來一間小小茅屋。蕭允朔忍笑，將脣角忍成一彎月弧。
「要笑便笑。」父皇頭也不回地說。
沒等說慣的一句「兒臣知錯」出口，蕭允朔驚覺自己的笑聲已搶了先。這一笑竟停不下來，笑罷看見父皇峻嚴側臉，也有了溫和笑容。
多久沒在父皇面前這樣大聲笑了，自成年後，漸漸成了父皇跟前的儲君蕭允朔，不再是母后口中柔柔的「澈兒」。
「你笑起來最是像她。」父皇緩聲道。

蕭允朔垂下目光。「聽舅父說，我相貌雖肖母后，性情卻是阿姊更像。」

父皇笑。「那是自然。」

提起阿姊允寧，蕭允朔不由長眉斜飛。「那日阿姊穿一身紅衣，與賀蘭氏的王子賽馬，賀蘭氏使詐，阿姊一怒揚鞭，竟將人抽下馬來。舅父大笑道，母后少時也曾將冒犯她的兩個宗室子，當著太后的面鞭打。」

「打得好，賀蘭家的蠻子，還妄想求親。」父皇冷哼。「打幾鞭子算得什麼，若以阿嫵的凶悍……」語未竟，聲已黯，後半句父皇再也未說出來，就此沉默。

母后的名諱，他是極少在人前提起的。

蕭允朔心下不忍，微笑著引開了話。

「阿姊掛念父皇，囑我向父皇問安。」

「她掛念的是天寬地闊，優游自在，哪有閒掛念一個無趣老頭子。」父皇的語氣真似一個與兒女賭氣的尋常老人，蕭允朔聽來莞爾，卻聽他頓了頓語聲，恍若無事般問起：「江夏王可好？」

問的是江夏王，不是舅父，這讓蕭允朔心中一凝。

「江夏王與昆都女王皆安好，北疆寧定，軍心穩固。」蕭允朔應道。「只是冬來江夏王略感了風寒，北地酷寒，頗為難耐。」

「他可有歸鄉之意？」父皇問得意味深長。

蕭允朔揣度著他的心思，不敢妄語，只斟酌道：「未聽舅父提過……江南雖常有書函信使來，舅父卻從不覆信。」

父皇漫不經心地一笑。

「舅父不問外事，常年閉門謝客，連親故也少見。」蕭允朔用詞極慎。

「他是極聰明的人，王氏一門總不乏智者。」父皇似笑似嘆。「歷三朝更替而不衰，不是沒有緣由。」

蕭允朔思索這話，目光投向遠處的魏邯，落在他的佩劍上。想起帝師曾謂，離皇權最近之處，最為凶險。

然則愚者險，勇者危，智者安，王氏百年以來，總在離皇權最近之處，不近不疏，不犯不離，廣植根脈，門庭親緣無處不在。

朝代更迭恍若劍鋒鈍去又新，新而又鈍，劍鍔始終在手，無論執劍者何人，終需劍鍔相護。

王氏便是那劍鍔。

然而年輕儲君的心中，藏有久久不得解釋的迷惑。既有如此經營，王氏何不自擁天下。

父皇自是忌憚自己的妻族，才將舅父長久外放北疆，卻為何託以重兵。

這迷惑看在父皇眼中，他只寥寥地笑。「你尚年少，待朕百年後，換你坐上龍庭便懂了。」

「兒臣惶恐。」

「惶恐什麼，朕也是人，豈能當真萬歲萬萬歲。」父皇嗤笑。「何謂寡人，朕是寡人，你亦是寡人，一姓天下之主，至高至孤至寡，一朝踏上，永無退路，子孫萬世都在這條孤途上了。」

蕭允朔抬目，怔怔地望著父皇，心中震動，似有萬古寒氣自地下悄然升起。

「只有別無退路的人，方能登臨至尊。」父皇面色沉如水，靜無波。「王氏則不然，他們永遠留有退路。世家之所以為世家，不在於位高權重，在於寵辱不驚，遊刃有餘。當世王氏一門，以你母后與舅父最是聰明絕頂。當年江夏王自請離京北放，不涉朝政，朕則以重兵相託，這是朕與王氏不言之契。」

蕭允朔垂目聆聽，心念翻沸如潮湧。

以舅父宰輔之才，父皇卻將他外放北疆，明裡讓他手握重兵，信如股肱，實則六軍上下對父皇的忠誠，任誰也難以撼動分毫。

多年來父皇擢升寒族，貶抑世家子弟概不手軟，唯獨王氏以后族之尊，得明裡倚重，暗裡遠放，果真非如此不能兩全。

要革除士庶之妨，門第之弊，自有摧筋動骨之痛，世家首當其衝。王氏若在朝，勢不能免當鋒之痛。

以父皇待母后情深如斯，也不免計算權衡，蕭允朔默然，心中倏地掠過一個少女的明淨笑靨，那桓家女兒，在他面前彷彿一顆水滴，剔透瑩瑩。

倘若是她入主東宮，做了太子妃，日後還能有多少澄澈笑容。

「此番讓你代朕巡狩北疆，朕的用意，你舅父是明白的。」

父皇的話將他心神拉回。

父皇望著他，緩緩道：「朕有生之年，王氏仍是天下第一高門，朕不負你母后，日後江夏王也不會負你。」

少年儲君眼尾微揚，目中清輝閃動。

父皇語聲略沉，薄而銳的脣邊有一絲莫測笑意：「再往後的事，天知地知，人力不可計量。天家與外戚此消彼長之爭，歷代不免。在朕手裡或有幾十年安寧，到你手裡，後世子孫手裡，沒有王氏也有別家，這紛爭永遠沒有盡頭。一姓一家天下，離不了聯姻為盟，孤家寡人坐不穩江山。遲遲不冊太子妃，便是要各家相爭相忌。朕要讓那些孤高自傲的世家門閥先遭重挫，再在你的恩威下重獲榮光，日後才會服膺於新君。」

君父用心良苦至此。

凝望父皇鬢邊銀絲，蕭允朔強抑心中震動，將脣角抿出堅毅紋線。父子兩人這般神情如出一轍。

「澈兒，你要記得朕今日的話——」

父皇看著自己，喚了這聲乳名，眼中罕有的柔軟一閃而沒，轉為肅然。

「王氏為世家之首，立於帝側，即便是朕也忌讓三分。縱然如此，朕仍信之用之。只因將軍陣前，遇敵殺敵，逆我者亡是武人手段。為君者，於絕頂處觀天下，誰不覬覦，誰不忌憚，殺是殺不完的。倘若面前有攔路惡犬，只需擊殺之，若有嘯傲猛虎，則馴服之。你需記住，帝王術是馭人術，不是殺人術。」

蕭允朔斂容屏息，眼前如有磅礴雲氣，萬里山河隨父皇這番話，無聲鋪展翻騰。

良久，他肅然垂首。「兒臣謹記。」

修齊治平，只在父子寥寥閒言間。

那邊屋頂茅草已揀補一新，鐘家兒媳婦煮好了風乾的鹿肉，端上石桌，為客人佐酒。

陳年窖存的老酒罈子，泥封拍開，奇香熏得滿院花木都要醉了，人在其中，飄飄欲仙。

素來不好酒的蕭允朔也不禁深吸了一口浮動在山風裡的酒香，未飲已陶然。

父皇抓起一只土陶酒碗拋向魏邯。「來吧，有酒同飲！」

魏邯躬身接住，也不辭讓，過來拎起酒罈，逐一斟酒。

「我來。」蕭允朔伸手接過酒罈，親手為父皇斟滿。四只酒碗舉起，濺起的酒花在夕陽下晶瑩清洌。

父皇一傾而盡，連呼好酒。

鐘叟卻向蕭允朔拊掌讚嘆：「看不出公子也好酒力！」

但見他碗底涓滴不剩，陳年老酒直飲下去，冠玉似的臉上卻從容如舊。蕭允朔只是一笑，覺察到父皇斜目一瞥間的嘉許，心中豪興暗生。

「山野人家沒什麼好菜款待貴客，且嘗嘗這鹿肉，是小兒親手打的。」鐘叟樂呵呵地舉箸，卻見鹿肉還未切開，忙喚來兒媳，責備她怠慢貴客。

「無妨無妨，老丈，待我來切。」父皇朗聲笑，抽出不離身的短劍，寒氣泛人眉睫，刀光過處，一盆鹿肉已片片勻薄。

直叫鐘叟看得瞠目。

父皇饒有興味地掂了掂手中寶刃，笑嘆：「拿此物切肉作膾，還是第二回。」

這原是母后隨身之物，如今留在了父皇身邊，蕭允朔啼笑皆非。「敢問父親，第一回是何時？」

父皇眼也不抬。「不可說！」

鐘家兒媳呆立在側，這才回過神來，滿面窘紅地向家翁貴客賠罪，道：「方才灶上煎給阿母的藥沸了，忙亂裡，未顧得及……」

父皇濃眉略揚。「老丈，尊夫人也在家？」

鐘叟點頭，嘆了口氣。「在是在的，她有眼疾，出來待客，只怕要讓貴客見笑的。」

父皇擱下酒碗。「老丈哪裡話，既有酒肉，怎能少了主人，快請尊夫人出來。」

鐘叟略躊躇，吩咐媳婦：「去吧，給妳阿母添件衣再出來，起風了。」

一句叮嚀，說來平常，聽在蕭允朔耳中卻是一呆，目光斜處，但見父皇默然側首。

鐘叟老妻在媳婦攙扶下蹣跚而來。

白髮蓬首的老婦人，滿面堆皺，眼裡生了白翳，目力衰微，到桌邊摸摸索索坐下。村婦不識禮數，木訥地陪坐一旁也無甚言語。

媳婦為她夾肉，餵給她吃，她偏了頭慢慢咀嚼，口角有沫。

鐘叟側過身，顫巍巍地舉起袖子一面替老妻抹去嘴邊食渣，一面慢悠悠地笑。

「早年我勞作，她送飯，如今老了，反將過來。」

父皇端酒在手，良久一動不動，只低聲一笑。「老丈真好福氣。」

蕭允朔聽出父皇語聲隱有淒然。

「有什麼福氣，少年夫妻老來伴咯。」鐘叟搖頭笑。

「宜言飲酒，與子偕老。琴瑟在御，莫不靜好。」父皇喃喃，念的是《女曰雞嗚》，直望著一雙白髮老人，落寞失神。

酒飲未半，鐘叟已醉了。

父皇將空碗頓下，命魏邯再斟。

魏邯略有遲疑，手中酒罈被父皇劈手奪過。

「澈兒，你陪朕喝。」

父皇拎酒起身，頭也不回走向屋前，拂袖不許旁人相隨。

徑直沿山間小徑走了許久，直到前頭無路，只得半方池塘，瑟瑟漂滿浮萍枯葉。周遭杳無人跡，林鳥驚飛。

父皇在一塊大石上坐下，一言不發，仰頭連飲幾口，揚手將酒罈拋來。

蕭允朔接過，就著酒罈喝了一大口，生平第一遭這樣飲酒，濺得衣襟半溼。何以解憂，唯有杜康。

酒盡人醺，林濤如訴。

「紫川渡的酒，朕再不來喝了。」父皇揚手將空空酒罈擲了出去，落入池塘，濺起水花譁然，浮萍四散。

「這老兒，教朕好不羨妒！」說罷父皇大笑，笑聲遠震山林，隱有愴然。

蕭允朔也笑。「父皇若想飲酒，天南海北，兒臣相陪。」

父皇側首看向自己，目光恍惚於剎那。

「天南海北……東海浩瀚，西蜀險峻，滇南旖旎……是了，朕還有澈兒相陪。」

他喃喃，念著蕭允朔聽不懂的話，似笑似狂，挾七分醉意，往大石上仰天躺了，闔目便睡。

「這裡風涼，天色已晚，父皇該回宮了。」

他擺了擺手。

「朕累了，莫吵。」話音落，他當真就睡了過去，片刻已氣息酣沉。

蕭允朔望著父親睡容，解下外袍輕輕覆在他身上，也挨著他躺下來。

最熟悉又最遙遠的氣息，父親的氣息，將自己密密籠罩。

林間的風也暖了，雲也停了，再無一處比此間更安穩，無一刻比此際更寧靜。

耳中聽著父親勻長氣息間，偶有囈語，知他已在夢中。

蕭允朔闔上眼睛，極想知道父親在作一個怎樣的夢。

山中黃昏光影在眼中徐徐合攏，碎金迷離，光暈染綠。朦朧中，晚風拂面，如有歌吟。

是誰的聲音，遠遠傳來，穿過層層時光，柔軟了天地。

循聲四望，那低吟著熟悉歌謠的人，彷彿在小徑盡頭，農舍之中。

「父皇，你聽……」想要推醒父皇，抬眼卻見前方，大袖飄飄，那疾步而行的高大身影不是父皇是誰。他忙追了上前，一路跟著父皇，回到鐘家竹籬虛掩的院前。

父皇推門而入，立在庭中，含笑喚：「阿嫵，阿嫵！」

應這一聲呼喚，柴門輕啟，款款走出素衣無塵的母后。

她笑眸如絲，容顏未老，兩鬢卻如父皇一般盡成雪色。父皇上前執了她的手。

她抬袖為父皇拂去肩上一片落葉。

兩個身影，漸漸在夢中的蕭允朔眼裡疊作一個，分不清是父皇還是母后，似遊龍又似驚鴻，淡入天際流嵐，終與連綿山川連在了一處。

帝王業（下）

作　　者／寐語者
發 行 人／黃鎮隆
副總經理／陳君平
總 編 輯／洪琇菁
執行編輯／陳昭燕
美術監製／沙雲佩
美術編輯／王羚靈
國際版權／黃令歡
企劃宣傳／邱小祐、劉宜蓉
文字校對／施亞蒨
內文排版／謝青秀

國家圖書館出版品預行編目資料

帝王業／寐語者作．-- 初版．-- 臺北市：尖端，2019.09
冊；　公分
ISBN 978-957-10-8618-7（下冊：平裝）
857.7　　108007753

出版／城邦文化事業股份有限公司　尖端出版
台北市 104 中山區民生東路二段 141 號 10 樓
電話：（02）2500-7600　傳真：（02）2500-2683
讀者服務信箱：7novels@mail2.spp.com.tw
發行／英屬蓋曼群島商家庭傳媒股份有限公司城邦分公司　尖端出版
台北市 104 中山區民生東路二段 141 號 10 樓
電話：（02）2500-7600　傳真：（02）2500-1979
劃撥專線：（03）312-4212
戶名：英屬蓋曼群島商家庭傳媒（股）公司城邦分公司
劃撥帳號：50003021
※ 劃撥金額未滿 500 元，請加付掛號郵資 50 元
法律顧問／王子文律師　元禾法律事務所　台北市羅斯福路三段三十七號十五樓

台灣地區總經銷／中彰投以北（含宜花東）　楨彥有限公司
電話：（02）8919-3369　　傳真：（02）8914-5524
雲嘉以南　威信圖書有限公司
（嘉義公司）電話：0800-028-028　　傳真：（05）233-3863
（高雄公司）電話：0800-028-028　　傳真：（07）373-0087
馬新地區總經銷／城邦（馬新）出版集團 Cite（M）Sdn Bhd
電話：603-9057-8822　　傳真：603-9057-6622
E-mail：cite@cite.com.my
香港地區總經銷／城邦（香港）出版集團 Cite（H.K.）Publishing Group Limited
電話：852-2508-6231　　傳真：852-2578-9337
E-mail：hkcite@biznetvigator.com

版　次／2019 年 9 月 1 版 1 刷　Printed in Taiwan